Saturday

星期六

[英] 伊恩·麦克尤恩————————著

夏欣苗————————译

上海译文出版社

能否举个例子？比如说，何谓人类？我们，居于某座城市，生于某个时代，蜕变无休无止，从属某个群体，被科学转变，被政权统治，被滴水不漏地控制，处在后机械化的环境下，激进的愿景接连破灭。在一个既匮乏集体意识同时又贬低个人价值的社会里，繁衍旺盛的人口使得生命变得一文不值。掌权者将数以亿计的物资浪费在对外战争上，却不知维护自身家园的安定和谐，任由野蛮和原始在高度文明的城市里继续肆虐。与此同时，成千上万的民众开始觉醒，或许凭借精诚团结和共同奋斗可以扭转乾坤，如同数以兆吨的水曾孕育了海底的有机生命，如同水滴终有一天可以穿石，如同岁月足以勾勒悬崖的轮廓——巧夺天工的机械为芸芸众生开创了崭新的生活方式。谁又能否认蚁民生存的权利？你怎能忍心独享传统的价值观却任凭有人辛苦劳作还依然无法果腹？而你，难道忘记了自己原本也是人类群体的一员吗？世人皆是兄弟姐妹，背叛亲缘的人就是忘恩负义、浅薄无知的傻瓜。明白了吗？赫索格告诉自己，这就是你要的例证，这就是世界运转的方式。

——索尔·贝娄①《赫索格》1964 年

第一章

　　黎明尚待许久，神经外科医生亨利·贝罗安却已从梦中苏醒。他坐起身来，掀开被子，下了床。他不确定自己醒来有多久了，但这似乎也无关紧要。虽然这种情景以前从未发生过，他却并没为此感到惊惶，甚至有丝毫的意外。他自觉动作灵活、四肢舒适，连背部和双腿也格外有力。他一丝不挂地伫立在床边——裸睡是他的习惯——他挺直身躯，耳畔传来妻子舒缓的呼吸，卧室里清凉的空气轻抚着他赤裸的肌肤，一切都是那么惬意。床头闹钟显示现在是清晨三点四十分，他想不明白是什么吵醒了自己，因为他既没有如厕的需要，也不曾被梦境或是前日的思虑所困扰，时局的混乱亦不曾导致他夜不安寝。伫立在黑暗之中，自己仿佛生于混沌，形神俱全，无拘无束。尽管时间尚早，近日来也颇为劳顿，他却并未感觉疲惫，新近也没有任何事务让他烦心。事实上，他感觉神清气爽，心无杂念，反倒有一种莫名的愉悦。他漫无目的、毫无理由地走向卧室三扇窗中离他最近的一扇，步伐的轻松和灵活让他不由得怀疑自己若非身在梦里便是正在梦游。倘若果真如此，倒令他失望了，因为他对梦境毫无兴趣，宁愿此刻是真实的。他并无异常，这点毫无疑问，

1

他也知道自己睡意已消：因为知道梦与醒之间的差别，并了解两者之间的界限，正是神志清醒的明证。

这是一间宽敞且陈设简单的卧室。当他以轻松得近乎荒谬的步伐穿过卧室的时候，想到这种惬意终会消逝，他不由得一阵伤感，然而这种情绪转瞬即逝。他来到正中央的窗前，轻轻拉开狭长的木质折窗，小心不去惊动罗莎琳。这份仔细固然是出于对妻子的关爱，但也存留了自己的一点私心。因为他不想被问到在做什么——他不知该如何回答，又为什么要让解释来破坏这瞬间的美妙呢？他又拉开第二层百叶窗，将它折到一边，然后轻轻地抬起玻璃窗。窗子比他高数英尺，但内置的牵引力却让他毫不费力就将它推了上去。二月的寒意顿时扑面而来，让他不由得浑身一紧，却并不介意。他从三楼眺望着窗外的夜色，整座城市正笼罩在乳白色的曙光里，广场上几棵枯树形影相吊，三十英尺之下的一楼，黑色的箭形围栏犹如一排长矛巍然耸立。清新的空气中弥漫着些许薄雾，好在街灯的光芒还不足以湮没星空的璀璨。广场对面，南方星空的余晖照耀在丽晶公园的上空。酒店是一个重建的仿造品——战时的费兹罗维亚区①遭到了德国空袭的破坏——背后紧挨着的是邮政大楼，后者尽管白日里看起来繁忙而又破旧，但在夜色的衬托下，楼体半隐半现，再配上像样的照明，令它看起来俨然一座丰碑，见证着往日的辉煌。

————————

① 伦敦市中心的一个区。

2

然而,眼下的世道又是怎样一番光景呢?工作之余,他时常带着迷惑和忧虑思考这一问题。不过此时此刻,他并没有想到这些。他俯身向前,双手撑在窗台上,将全身的重量都落在掌心上,尽情地享受着窗外的安宁和纯净。他的视力——一贯很好——现在似乎更加敏锐了。步行广场上云母铺就的小径熠熠生辉,鸽子的粪便因为日久和寒冷而凝结,如雪花般撒落在地面,几乎是美丽的。他喜欢广场上对称的黑色铸铁栏杆及其投射在地上的更加浓重的阴影,还有那鹅卵石铺就的方格形的阴沟。满溢的垃圾箱暗示着生活的富足而非窘迫;环绕着花园的空荡荡的长椅,温柔地期待着每天川流不息的访客——上班族喜欢来这里享受午餐,而印度青年公寓里的莘莘学子们则常坐在这里阅读,也会有浓情蜜意的情侣来卿卿我我或者吵吵闹闹。当然,这里也不乏昼伏夜出的毒贩们的光顾,更时常可见一位落魄的老妇人在这里大叫"滚开!"她会一连数小时地吼个不停,听起来好像沼泽地带的鸟类或者动物园里的动物。

　　他矗立在那儿,如大理石雕像般对袭来的寒意无动于衷,眺望着夏洛特街,注视着远处一峦峦渺小的房屋、脚手架和尖尖的屋顶。这座城市真是一项伟大的成就、辉煌的创造和自然的杰作——数以百万的人穿梭在这个历经了千年的积淀和不断重建的城市里,如同住在一座珊瑚礁上,日复一日地休憩、工作、娱乐,多数时候是和谐共处的,几乎所有人都期望城市能这样一直运转下去。贝罗安所居住的这一方乐土就是这种辉煌的缩影:

完美的环形花园围绕着罗伯特·亚当①设计的完美广场——十八世纪的梦想沐浴在现代文明的光芒之中,头顶着街灯的照耀,脚踏着地下的光缆,新鲜的供水在管道中奔淌,废弃的污水转瞬便消失得无影无踪。

　　惯于审视自己思绪的他,常常为自己这种持续而扭曲的欣快症所困扰。或许在他熟睡的时候,体内的分子发生了化学事故,如同被打翻了的饮料托盘,促使多巴胺似的受体在细胞内激起一股强烈的反应;不然就是由于星期六的来临,或者是过度的劳累产生了物极必反的效应,才导致了这种兴奋。的确,过去的一周分外疲惫。昨日下班回来时家里空无一人,他索性躺在浴缸里读书,满足于这种静默。他正在读的是达尔文的传记,是他那过度爱好文学的女儿黛西寄给他的。据说和他接下来应该读的康拉德的小说有关,尽管他还不知道何年何月才会去碰那本书——因为航海的题材,无论多么富含哲理,都实在难以勾起他的兴趣。几年来,她常常批评他的无知已经到了惊世骇俗的地步,于是引导他接受文学教育,纠正他的低俗品位和麻木不仁。她的做法不无道理——贝罗安在高中毕业之后就直接进了医学院,接着又成为像奴隶一般工作的普通医师,再下来就是占据了全部精力的神经外科的培训,期间还穿插着担当人父的责任——一晃十五年过去了,期间他几乎没碰过任何医学之外的

①　Robert Adam(1728—1792),苏格兰建筑师和室内设计师。18 世纪后期最杰出的建筑师之一。伦敦费兹洛伊广场设计者。

4

书籍。另一方面原因则在于他自认所目睹过的死亡、恐惧、勇气和苦难已足以充实多部文学作品。尽管如此,他还是遵照了女儿的吩咐,接受了她列出的书单,尤其是自从她移居巴黎市郊去开始一段充满未知数的生活之后,这已经成了他和女儿保持联络的一种方式。今晚将是她六个月以来第一次回家——导致他欣快症发作的又一诱因。

他已经落后于黛西布置的任务了。他一边用脚趾不时地控制水龙头以添加热水,一边迷离迷糊地阅读着达尔文如何在仓促之间创作了《物种起源》,以及对再版时修改过的结尾篇章的概述。与此同时,身边的收音机也正在播放。不苟言笑的布利克斯①先生又一次在联合国发表演讲——人们普遍感觉他在很大程度上削弱了战争的理由。当他意识到自己根本没有读进去的时候,就关掉了收音机,又回到书本上重新再来。有时这本传记会让他陷入一种舒话的怀旧情绪,缅怀当初碧草如茵、车水马龙的浪漫英伦;但其他时候这本书则令他沮丧。达尔文用区区几百页的文字就概括了生命的全程——犹如罐装的自制的酸辣酱。尤其当他想到一个生命的存在,及其梦想、亲人和朋友,所有被个人奉为至宝的东西和曾经拥有的一切,都可能在一瞬之间轻而易举地灰飞烟灭时,他就会陷入忧郁。接下来当他躺在床上考虑晚餐可以吃什么的时候,这些思绪又被忘得一干二净

---

① Hans Blix(1928—),前联合国武器核查官。他曾多次就伊拉克是否拥有大规模杀伤性武器这一问题向国际社会作出说明。

了。一定是下班回来的罗莎琳给他盖上了被子，她甚至可能还给了睡梦中的他一个吻。四十八岁的年纪，却在周五晚上九点半就已经熟睡了——这正是现代高级白领的生活写照。他工作努力，身边的人也均是如此，但这一周他格外辛苦，因为医院的员工中爆发了流感——他的手术量比平时增加了一倍。

凭借周密的安排再加上分身有术，他得以在一间手术室里实施大型手术，同时监督另外一间手术室里的一名高级实习医师，还兼在第三间手术室进行一些小型手术。他的医疗中心目前有两位神经外科的实习医师——一位是莎丽·麦顿，她的医术日臻完善而且堪当重任；另外一位是尚处在培训期第二年的、来自圭亚那的罗德尼·布朗，很有天赋，也非常努力，但对自己仍然缺乏信心。贝罗安手下的高级麻醉师名叫杰伊·施特劳斯，也在指导他自己的实习医师吉塔·希亚。这三天来，贝罗安一直让罗德尼跟在自己身边帮忙，一同穿梭于三个手术室之间——他的脚步声在打磨过的走廊里铛铛地回响，伴随着手术室的旋转门发出的或低或高的噪音，合成了一首管弦乐团的协奏曲。星期五的手术日程和往常一样，在莎丽为病人缝合的时候，贝罗安走到隔壁为一位老妇去除三叉神经疼和痉挛。这种小手术至今仍能带给他愉悦——他喜欢其中的迅速和精准。他把戴着手套的食指滑进老人的嘴里，试探了一下疼痛的部位，然后瞄了一眼影像强化仪，接着拿起一根长长的探针，从口腔外部刺向三叉神经集中的部位。杰伊从隔壁过来观摩吉塔如何使老人恢复片刻的清醒。探针尖端的电刺激设备抵着老人的脸颊，让她感到一阵刺麻,在她迷迷糊糊地确认位置正确之后——贝罗安一开始就找对了地方——她又再次进入麻醉状态,神经开始接受射频热凝治疗仪的烘烤。这个手术的难度在于要在患者保持轻度的知觉的同时为她祛除疼痛——所有的一切都在十五分钟内完成,三年的痛楚——所有尖锐的、刺骨的疼痛,都彻底结束了。

他轻轻地钳住中脑主动脉上的动脉瘤——贝罗安是医学艺术的大师——并在丘脑的肿瘤上做了一个活组织切片检查,丘脑部位是不可能动手术的。病人是位二十八岁的职业网球运动员,已经出现了急性失忆的症状,当贝罗安从颅内深处抽出探针时,他一眼就判断出那里的组织已经发生了变异,化疗和放射治疗不太可能有明显的疗效。实验室的口头报告证实了他的诊断,当天下午他把这个不幸的消息告知了患者年迈的双亲。

接下来是一个开颅手术,患者是一位患有脑膜瘤的五十三岁的小学校长。肿瘤正处于运动中枢神经区,贝罗安透过探针借助脑膜分离器对它采取了彻底的治疗措施,将它从大脑里清除干净。接着,由莎丽进行缝合,贝罗安则到另外一间手术室给一位四十四岁的肥胖患者实施多层腰椎切除手术,他是海德公园的一名园丁。贝罗安在切开足有四英寸厚的皮下脂肪之后才看到病人的椎骨,每当他用力下压切除椎骨的时候,患者都会在手术床上不合作地扭动。接着,贝罗安替一位老朋友——耳鼻喉科专家——打开了一个十七岁男孩的耳道。真奇怪,那些耳鼻喉科的同事们总是逃避自己动手做这么高难度的手术。贝罗安在耳后做了一个矩形骨组织,花了一个多小时,惹得着急要做自己本院手术的杰伊·施特劳斯十分不满。终于,肿瘤暴露在了外科手术显微镜下,一个前庭神经鞘瘤离耳蜗仅三毫米。把它留给自己的专家朋友切除之后,贝罗安急忙出来去实施另外一个也让他有些烦心的小手术——一个大嗓门、带着习惯性不满态度的年轻女子要求把脊髓刺激器从背部移到前面去,而就在一个月之前他才刚把它从前面移到后面,因为她抱怨坐着的时候不舒服。现在她又说刺激器让她无法躺在床上。他在她的腹部切开了一道长口,又浪费了宝贵的时间把半只胳膊都伸到她体内去寻找电池的接线。贝罗安毫不怀疑要不了多久她还会再回来。

午餐,他就着一瓶矿泉水,吃了一个食品厂加工的金枪鱼黄瓜三明治。坐在狭小而拥挤的员工休息室里,那里弥漫的烤面包片和微波炉加热过的通心粉的味道总是让他联想起重大外科手术的气味。坐在他附近的是海瑟儿,一位人缘颇好的伦敦东区女士,她负责在手术间隙清理手术室。她谈起她的女婿被目击证人在嫌犯列队辨认时误认,结果遭警方以持械抢劫的罪名逮捕。但他的不在场证明无懈可击——案发当时他正在牙医诊所里拔智齿。屋里其他人则都在谈论着流感。杰伊·施特劳斯手下的一名洗手护士和为他工作的一名手术实习医生当天早晨因病请假回家了。十五分钟后,贝罗安和他的医疗小组又投入了工作。莎丽正在隔壁为一位老人在头颅上打孔以缓解内出血的压力,患者是一位已退休的交警,患有慢性硬脑膜下血肿。贝罗安则正在用医疗中心最先进的计算机影像指引系统实施颅骨切开术,将一个额骨后右侧的神经胶质瘤切去。随后,他让罗德尼开了另一个钻孔来治疗慢性硬脑膜下血肿。

今天的最后一个手术是为一个十四岁的尼日利亚女孩切除盖面囊状体星细胞瘤。她和叔叔婶婶一起住在布里克斯顿,叔叔是一位英格兰教会的牧师。肿瘤正好横亘在头的后半部,走的是天幕下病灶的天幕角路径。病人采取坐姿,已经实施了麻醉。而这又给杰伊·施特劳斯制造了一个难题,因为空气有可能进入静脉,造成栓塞。安德莉亚·查普曼是这里的问题患者,也是她叔叔的问题侄女。她十二岁时搬到英国——忧心忡忡的牧师和他的妻子给贝罗安看了她那时的照片,照片里一个整洁的小女孩穿着连衣裙,头上系着蝴蝶结,脸上挂着羞涩的笑容。然而自从她进入布里克斯顿公立中学就读之后,她身上某种被北尼日利亚的乡村生活压抑许久的性情就彻底释放了出来。她迷上了这里的音乐、服饰、语言以及价值观——甚至包括街头的糟粕。病房里,她的婶婶极力地在安抚她,而她的叔叔则私下里说这孩子缺乏礼教。她吸毒、酗酒、小偷小摸、逃学、仇视管教,语言污秽得堪比经商的海员。莫非是肿瘤压迫了她大脑中的某个部位?

贝罗安不能为了安慰他而认同这种猜测。肿瘤的位置离大脑额叶很远,处于小脑蚓的深处。她已经出现了早晨头痛、盲点和运动失调的症状,但这些症状并没有妨碍到她胡思乱想,她仍在怀疑她的病症是一个阴谋——是医院、学校、警方和她的监护

9

人共同勾结起来企图阻止她去跳舞泡吧。她入住医院才不过几个小时就已经和护士、护士长等人发生了冲突，一位年长的患者表示无法忍受她的污言秽语。贝罗安在向她解释接下来的治疗过程时也遇到了麻烦。即使是在她未被激怒的时候，她也喜欢像 MTV 电视上演的说唱歌手一样讲话，坐在床上摇晃着上半身，手掌向下画着圆圈，搅动着周边的空气，为下一次爆发做准备。尽管如此，他还是很仰慕她的斗志、凶猛的深色双眸、无瑕的皓齿，以及她说话时翻动着的粉红舌头。即使是在咆哮发怒的时候，她的脸上也挂着一抹欢快的笑意，仿佛有人在用刚好可以隐忍的力道挠痒她。最终还是杰伊·施特劳斯，那个美国人，凭借着这家英国医院里无人能及的温和与坦率制服了她。

安德莉亚的手术持续了五个小时，一切正常。她接受的是坐位开颅手术，头被固定在面前的支架上。后脑开颅手术需要非常小心，因为骨头与下面的血管挨得很近。罗德尼紧挨着贝罗安身边站着，冲洗着钻孔的位置，用双极神经元烙器止血。头颅终于打开了，头部的骨幕——像一个帐篷——苍白、精巧的美丽结构，就像一个披着纱衣的舞女飞舞旋转形成的小小圆圈，硬脑脊膜在这里连接起来又再次分开，这一部位的下面是小脑。贝罗安小心翼翼地切割，借助重力的作用让手术刀慢慢下滑——不需要用牵引器——这样就可以更加清楚地看到里面松球腺所在的位置，它的前面就是肿瘤大肆扩散的红色区域。星细胞瘤完全显露出来，它只是部分地渗透到周围的组织。贝罗安完全有把握把它安全地切除，而不伤害到其他任何深层组织。

他给了罗德尼几分钟的时间用显微镜和吸管学习了一下，然后让他把伤口缝合。贝罗安亲自做了头部的包扎，当他终于从手术室里走出来的时候，他却一点也没觉得辛苦。手术从不会令他感到疲倦——一旦他沉浸在医院、手术室和井然有序的手术程序所构成的封闭世界之后，全神贯注地沿着从手术显微镜里所窥探到的生动的路径直到抵达病灶部位，每当这种时候他便会迸发出超人的能力，更像是一种渴望，对工作的极度渴望。

　　这周余下的两个上午和往常一样忙碌。经验丰富的他已经不会再被目睹的各种伤痛所困扰——他清楚自己的责任是治病救人。巡视病房和每周的各种例会也不会让他感到劳累，反倒是周五下午的案头工作令他疲惫，那些积压已久的转诊申请，以及对转诊申请的回复、为两次会议所准备的概要、给同事和编辑的信件、一份尚待完成的同事评估、对管理规划的建议、政府对基金会结构的调整、对教学实践的修正，还要重新审视——一而再再而三地重新审视医院的急救方案。简单的火车相撞已经不再是事故的极限，那些诸如"大灾难"、"伤亡惨重"、"生化武器人战"和"重大打击"等等的字眼，因为最近不断地重复已变得平淡无奇了。去年他就发现，新的委员会及其分支在不断地繁衍滋生，掌管医院的权力机构一直延伸到医院之外，甚至超出了医疗部门的范畴，并通过政府部门的远程管理直接由内政大臣负责。

　　贝罗安平淡地做了口述，此时连秘书都早就下班了，可他还在自己位于医院三楼的那间盒子般的过热的办公室里工作，下笔时一种陌生的生涩耽搁了时间。他素来为自己迅速的行文和世故的文风而骄傲，无需多少构思——边写边想一气呵成。可现在他却停滞不前，那些专业术语并没有生疏——它们已经成为了他的第二本能——反而是他的语言组织能力跌跌撞撞。每个措辞都在脑海里给他制造着麻烦，如同路上横七竖八停放的自行车、沙滩椅和衣服挂——变成了拦路虎。刚在脑海里造的句子，落笔时就忘记了，要不就是先把自己逼进了语法的死胡同，再不得不绞尽脑汁地逃出来。至于这种力不从心究竟是疲惫的根源还是疲惫的结果，他没有停下思考过。他不肯服输，一定要把自己逼到极限。终于在晚上八点的时候，他写完了一长串邮件中的最后一封，从已经伏案笔耕了四个多小时的桌前站起身来。离开的时候，他又顺道经过重症监护室察看了他的病人。没有什么问题，安德莉亚的情况正常——她正在睡觉，各项指标都很良好。不到半个小时他就回到了家，泡了会儿澡，没过多久，他也上床睡着了。

两个身穿深色外套的女子斜穿过广场，背对着他走向克利夫兰大街，她们的高跟鞋踢踏作响，不怎么合拍——想来是回家的护士，虽然在这个时间倒班很奇怪。她们没有交谈，尽管步伐并不一致，但两人挨得很近，几乎像姐妹一般亲密地并肩而行。她们正好从他的楼下经过，再沿着公园转了四分之一圈，渐渐远去。她们走过时呼出的气息化作一缕水雾在身后升起，让人莫名感动，仿佛正在玩小孩子的游戏，模仿着蒸汽式火车。她们朝着广场远处的角落走去。凭借身处高位的地理优势,再加上好奇心的驱使,贝罗安不单单是在观察,更像是在守护,带着一种神祇般的轻微的占有欲监视着她们的一举一动。在了无生气的寒冷中,她们穿过了这夜晚。人类就像热血的小型生物发动机,有着可以适应任何地形的两足动物的技能,体内是数不清的深埋在骨膜下、纤维里和暖肌原纤维细丝中的分支神经网,其中流动着无形的意识流——这些生物发动机规划着自己的运动轨道。

贝罗安在窗前站了已经有几分钟了,先前的热情渐渐消退,他开始打寒颤。高高的栏杆环绕的公园里,一层薄霜覆盖在悬铃树林外规划过的起伏的草坪上。他注视着一辆救护车,关闭了警笛,蓝色的警示灯不停地闪烁着,拐进夏洛特大街,接着加速向南驶去,目的地也许是 Soho。他转身背对窗口,想伸手去拿搭在椅子上的那件厚实的羊毛睡衣。就在转身的瞬间,他已经意识到了窗外的变化,在广场上或是树林里,耀眼但又没有颜色,在他转头的一刹那从他眼角的余光中掠过,但他并没有立即回头去看。他感觉很冷,想穿上睡袍。他拿起睡袍,穿上一只袖子,边回到窗边边摸索另一只袖子,同时系上腰带。

他其实并没有马上明白自己所目睹的情景,虽然他当时没有意识到这一点。在最初的反应中,出于急切和好奇,他马上从行星的范畴进行推测:是一颗流星正从伦敦上空划过,自左向右,靠近地平线,却高过所有楼顶。但流星应该具备箭一般的速度和形态,一闪之间就会燃烧殆尽。这个东西却在缓慢移动,庄

13

严而平稳。他立即调整了自己推测的范围,扩展到了太阳系的尺度:这个物体与自己相距并非几百英里乃是亿万英里之遥,远在宇宙深处,沿着永恒的轨迹环绕太阳运行。它是一颗彗星,泛着些金黄,熟悉的明亮彗核后面拖着一条炽烈彗尾。他曾经跟罗莎琳和孩子们一起在湖区翠绿的小丘上观赏过海尔波普彗星,此刻他心头再次升起那种感恩,庆幸能亲历这真真正正超凡脱俗的一幕。这次的彗星更妙、更亮,也飞得更快,因是预料之外就自然更有惊喜。他们一定是错过了相关的预报,全因工作太忙。他本想唤醒罗莎琳——他知道她一定会为这景象而兴奋不已——但他又担心彗星会在罗莎琳赶到之前消失,那样一来连他也要错过了,但如此奇观又岂能独享?

他正朝床前走去,却突然听到隆隆的响声,如雷声般愈演愈烈。于是他驻足倾听。骤然间一切都明白了,他扭头望去以核实自己的猜想。他早该想到彗星远在天边,看起来本应是静止的。他惊骇地返回到刚才站立的位置,响声持续低沉,他再次调整自己猜测的范围,这次是缩小,从太阳系的坚冰与尘埃回归到了本土。从他目击空中的火焰到现在仅仅过了三四秒的时间,但他的判断却已更改了两次。火焰正在沿着他曾经走过无数次的路线行进。每次他所乘坐的飞机接近终点时他都会履行固定的程序:把椅背竖起、调回时差、收起文件,带着好奇猜想是否能够在那一望无际的、近乎美丽的红砖灰土的建筑群里找到自家的房子。飞行的路线自东向西,沿着泰晤士河的南岸,位于两千英尺的高空,终点是希思罗机场。它现在就位于他的正南方,仿佛仅有一英里之遥,随即穿过悬铃树凋零的树杈的最顶端,接着消失在邮政大楼的后面,和最低的碟形卫星天线持平。虽然城市里灯火通明,但飞机的轮廓在晨曦的昏暗中,还是看得不甚分明。起火的部位一定是在靠近机翼与机身的连接处,或者是悬挂在机翼下的一个发动机上。火焰的前端是扁平的白色球体,向后拖曳成红、黄色交织的锥形,倒不像是流星或彗星,反倒符合作家笔下危言耸听的描述。好像在假装一切正常,着陆灯在不停地闪烁,但发动机的声音却泄露了秘密。在通常的低沉和空洞的声音之外,如将近窒息的女妖般的声嘶力竭越来越强——像在尖叫又像不断地呼喊,嘈杂刺耳的噪音表明了连钢筋铁骨都无法承受的难以为继的机械运转,螺旋上升至顶点,危险地一再攀升,如同露天游乐场里粗劣的过山车的噪音一般——危机近在咫尺。

他不再想要叫醒罗莎琳,何必把她带到这噩梦中来呢? 实际上,眼前的景象仿佛是从前幻想的重现。像大多数的乘客一样,空中旅行的单调限制了身体的活动,只能紧扣着安全带驯良地面对包装的餐食,这时候他往往会陷入天马行空的遐想。飞机外面,在一堵薄薄的铁皮墙和吱吱作响的塑料之外,是零下六十摄氏度的温度和四万英尺的高度。当飞机以每秒五百英尺的速度穿越大西洋上空的时候,你屈服于这荒唐的冒险,因为其他的人也如此。你同行的旅客则打消了他们的顾虑,因为你和你周围的旅客都显得那么平静。从某种角度来看——例如每英里的乘客死亡人数——结果是令人放心的,更何况想要去南加州出席会议除了搭乘飞机之外别无选择。航空旅行就像股票市场一样，是一种镜像感觉的骗局，是一种集体信念的脆弱联盟；只要保持情绪稳定，而且机上也没有炸弹或者劫机者，大家就会平安无事。但一旦发生不测，就将不是小规模的伤亡。再从另一个角度来看——单次旅程的死亡人数——结果则不容乐观，飞机和股市一样都有可能垂直下跌。

他往往一边手里捏着塑料叉子，一边幻想着意外发生时的可能景象：隔音材料部分地削弱了机舱里乘客的尖叫，人们忙着在行李里摸索着手机，或是想留下只字片语；惊慌失措的空乘人员执行着记忆中仅存的零碎的操作程序，空气中弥漫着屎尿的恶臭。但即使是置身事外，从远处目睹这场面，感觉也是同样熟悉。因为就在差不多十八个月前，大半个地球的人们都不断地从电视上目睹了那些素不相识的受害者飞向死亡的一幕，从此每当大家看到任何一架喷气式飞机都会产生不祥的联想。如今人人都有同感，飞机已不再是往日的形象，而是成为了潜在的武器或是看起来在劫难逃。

贝罗安知道是错觉让他以为自己看到了飞机的轮廓——其实只是黑暗映衬下那一个更深的阴影。燃烧的发动机的轰鸣继续升高。即使看到全城亮起灯火，穿着睡袍的居民站满广场，他也不会奇怪。身后躺着的罗莎琳，早已习惯将城市夜间的骚动与自己的睡眠隔离，而仅仅翻了个身。今天发生的噪音并不比平日里尤斯顿大街上呼啸而过的警笛声更会惊扰到她。白色的火球和它五颜六色的尾巴越来越大，坐在客机中央的乘客将会无一幸存。这是另外一种熟悉的感觉——因那看不见的情景而恐惧。在安全的距离之外观察着灾难的发生，目睹着大规模的死亡，却又没亲眼看到任何一个人死去。没有鲜血、没有惨叫，甚至连一个人影也没看到，在这种空白中，想象一发不可收拾。驾驶室中的殊死搏斗，勇敢的乘客团结起来向恐怖分子发起最后的进攻。为了避开火焰散发的巨大热量你该跑向飞机的哪一端？驾驶室这一边感觉似乎比较不孤独。如果你在这紧要关头，还要到头上的行李架上去取自己的包裹，这究竟是一种可悲的蠢行，还是必要的乐观？这时候那曾为你送上羊角面包和果酱的浓妆的空中小姐还会来阻止你吗？

　　飞机正从树冠的上方划过，短暂地，火光在树枝和树梢的间隙如节日焰火般闪烁。这提醒了贝罗安他有事情该做。等到急救部门接到通知再转接他的传呼机时，无论将发生什么事情，都已经成为过去。如果那个驾驶员还活着的话，他应该已经提前用无线电通知了机场，也许他们已经在跑道上洒满了灭火泡沫。在这种情况下，现在跑到医院去试图加入援救已经没有意义了。希思罗机场并没有被囊括在他们医院的急救方案之内。位置更靠西边的医院的医生们，此时多半正在漆黑的卧室里茫然地穿着衣服，对将要面对的事情毫不知情。飞机还有十五英里就要着陆了，如果燃料箱发生爆炸的话，他们就没什么人可挽救了。

　　飞机在树后重新出现，穿过一个空隙，消失在邮政大楼的后面。如果贝罗安有宗教倾向，或者想用超自然的方式去解释的话，他可以认为自己是受到了召唤，所以才在异常的精神状态下

17

醒来,而且毫无理由地来到窗前,他或许也会承认冥冥之中的安排,是一种外在的智慧想要展示或者要告诉他某件重大的事情。但是如此这般的一个城市已经滋生了众多的失眠症患者,本身就是一个不眠之城,整日歌舞升平,在它上百万的市民中注定有人在本该入睡的时候却仍在凝视着窗外。当然,并不是每夜都是同一个人,此次碰巧是贝罗安而不是其他的人则纯属巧合。这里暗含着一个简单的人类规则。对超自然力量的信仰的开始等同于他的精神病学同事们所谓的病态或者意念的征兆——过度的主观,想要依照你的需要来规划世界的秩序,同时又无法认清自己的微不足道。在贝罗安看来,这种思维应该属于人性范畴的一个极端,就像那些久被遗弃的寺庙一样,近于癫狂。

可能就是这种思维导致了飞机上的灾难,一个信念笃定的人将炸药藏在了鞋跟里。在饱受惊吓的乘客之中,很多人可能正在——又一个信仰滋生的问题——祈祷自己的神灵进行干预。假如注定要有死亡,那么安排他们遭受这一命运的神灵很快又将会在葬礼上被人们祈求赐予他们心灵的慰藉。贝罗安认为这是一个不解之谜,是无法用是非来评断的人类的境遇。由此衍生的,虽有丧心病狂和血腥屠杀,但也有义人和善行、宏伟的大教堂和清真寺,以及戏剧和诗歌。他曾经诧异而又气愤地听到一位牧师这样声称,说纵使是否认神的存在,也是一种属灵的历练和祈祷的方式——要想摆脱信徒的游说可不是件容易的事情。对这架飞机最好的设想只能是它仅仅是遇到了简单的无关神意的机械故障。

飞机已经经过了邮政大楼,开始向西方渐渐远去,稍微向北偏移一点。随着视角的缓慢变化,飞机上的火光好像逐渐减弱了。贝罗安现在能看到的只有机尾和信号灯,引擎所发出的噪音也越来越弱。飞机的起落架已经放下来了吗?他无法知道,唯有希望如此,但愿如此——这算是祈祷吗?他可并没有向任何人求助。甚至直到飞机的着陆灯已经消失不见,贝罗安还依然注视着西方的天空,恐怕有爆炸的发生,因而无法转移视线。尽管穿了睡袍,还是感觉很冷,贝罗安把窗户上自己的呵气拭去,想着那把自己从床上叫起来的一时冲动,现在显得多么的遥远。终于,他直起身来,轻轻地拉上折窗,遮住了外面的天空。

他边走边记起很久以前在一次物理课上学到的一个著名的思想试验。把一只猫,一只薛定谔猫①,藏在一个遮住的盒子里。这只猫也许还活着,也可能经被一把随机激活的锤子将毒药瓶子砸碎而杀死。直到观察者拿掉盒子上的遮盖为止,两种可能性,活猫或者是死猫,都并列存在于平行的宇宙中,同样的真实。在拿掉盖子,对猫的生死进行检验的这一时点上,一个或然率的量子波就坍塌了。贝罗安以前对此从未理解过,至少从人类的角度看待。显然又是一个心理问题的例子。他听说甚

---

① 量子力学的创始人之一埃·薛定谔在 1935 年做了一个思维实验,设想在一个与外界完全隔绝的容器中放一只活猫,容器中有一个盛有毒药的密封玻璃瓶,瓶的上方安装着一台仪器,它可以被诸如放射性原子衰变等量子事件所触发,从而使一把锤子下落,打碎玻璃瓶,使毒药散出来,将猫毒死。如果没有原子衰变等量子事件发生,则猫继续活着。按照人们的一般常识来猜测,猫非死即活。但按照量子理论,却是活猫和死猫两种状态并存,即死活两种状态叠加在一起,是一只又死又活的猫!直到有人从容器外进行观察(测量)时,才能断定猫是活着还是死了。

19

至连物理学家都放弃了对这一问题的关注。对贝罗安来说，这好像是无需证明的东西：结果，或者说后果，独立地存在于世上，不以他的意志为转移，却为他人所知，只待他去发现。被摧毁的只不过是他的无知。无论生死如何，其实早已成定论。无论机上乘客的命运如何，是惊恐、是平安，还是死亡，现在都已经揭晓了。

多数患者在初次就诊时都会暗地里打量外科医生的双手以寻求一种信心的依托，他们希望看到的结果是精细、灵活和稳健，或许还有一尘不染的苍白。在这一点上，贝罗安的双手每年都会导致他流失一些患者。他甚至在患者自己还没意识到之前就已经洞悉了事件的结局，不祥的征兆包括重复向下漂移的检视、预先想好的问题却欲言又止，以及告别之前过于客套的辞令。有些患者尽管对眼见的这一双手并不满意，却不知道自己还有选择医生的权利；有些则是鉴于贝罗安的名望而权当是视而不见，当然也不乏人对此根本就不在意；更何况部分患者正是因为神经系统出现障碍而丧失了视觉或者知觉，甚至是沟通的能力才被送来接受贝罗安的诊疗。

贝罗安才不担心这种事情呢！让那些嫌弃他的人快快去另谋良医吧！要知道有多少患者正排队等待着他的医治，只因为神经系统所能引发的疾病是如此的繁多而又深重。贝罗安的双手尽管稳健有余却纤巧不足，他完全具备成为一名钢琴家的自然条件——不过实际上他只是略懂一二——因为他的手指可以轻而易举地覆盖十个琴键,而且这双手不仅关节粗大,就连指骨和肌腱也十分凸出,手指的上半段还长着一层栗色的汗毛,指肚也是扁平而又宽阔,好似蜥蜴足上的吸盘。两只拇指不但距离食指异常遥远,还有如香蕉一般向外弯曲,即便是在放松的状态之下也自然向后翻折,这样的一双手似乎更应该属于马戏团的小丑或者是杂技演员,而不该是一位外科医生。不仅如此,和贝罗安身体的其他部分一样,手背的肌肤也长满了深浅不一的棕色暗斑,一直散布到指尖。在某些患者眼中,这样一双手不仅类似于怪物,甚至象征着病态——即便是被手套遮住,你多半也不希望由这样的手来摆弄你的大脑。

时光的流逝为这双手的高大而又棱角分明的主人滋长了气质,但也增加了重量。想当年,双十年华的他穿着方格衬衫的模样活像是衣服被悬挂在了竹竿上。倘若刻意挺胸抬头的话,他足有六尺二寸高。轻微的驼背总让他看起来仿佛略带歉疚,在不少患者眼中这反倒成了他独特的魅力。一双深棕色的眼眸,外加眼角深重的笑纹,再综他平易近人的风度,这些都令患者感到放松。直到四十岁之前,面颊和额头上那略显稚气的雀斑都让他看起来和蔼可亲,但是近来它们开始渐渐褪色,好像高级医师的身份在迫使他必须放弃洒脱的外表。那些患者们如果得知贝罗安时常在听他们讲话的时候溜号的话可能会感到不快,但他的确有浮想联翩的小毛病。贝罗安的幻想就如同开车时收音机里紧急插播的路况报道,骤然间不期而至,甚至偶尔会发生在他问诊的过程中。不过,好在他善于掩饰自己的想法,一边还能够对患者不时地点头、皱眉或是淡淡地微笑。几秒钟过去之后当他再回过神来的时候,总是发现自己并没有错过什么重要的信息。

从某种程度上讲,他的驼背其实是一种假象。贝罗安对自己的身材一向十分注意,就算是步入中年也不轻易懈怠。每次巡视病房他都是一路健步如飞,经常害得随从的人员疲于追赶。他基本算得上是身材健美。偶尔他也会在沐浴之后站在浴室的落地镜前仔细地打量自己的身体,只有在这样的时候他才会发现腰围隐约有加宽的苗头,但又似乎只不过是肋骨之下少量脂肪的堆积,他只需用力挺直身躯或者高举双臂,这些迹象便会立刻消失。除此之外,他的胸肌和腹肌虽然称不上是健硕却也棱角分明,特别是在关掉镜前灯之后,让光线从侧面照过来的时候。他尚在壮年,头发纵然在日渐稀疏,但依旧富有棕红色的光泽,只有他胯下的毛发略有点点灰白显露。

每周六,他都会和他的高级麻醉师一较高低,多数时候都是以贝罗安胜利告终。不过倘若碰上了擅长谋略的对手懂得如何将他调离中场并使他疲于奔跑的话,用不了二十分钟贝罗安就会败下阵来。然后背靠着墙,悄无声息地自测脉搏,同时自问他这四十八岁的身躯是否还能承受每分钟一百九十下的心跳。记得那一次在一个难得休息的日子,他和施特劳斯正在打壁球,就在他领先两局的情况下,两人同时接到了一个紧急呼叫——伦敦帕丁顿火车站发生了严重的脱轨事故①,所有医生都接到了传唤——在接下来的时间里,他们不间断地抢救了十二小时,绿色制服的下面还穿着运动短裤和球鞋。贝罗安每年都参加半马拉松长跑为慈善募捐,医院里甚至盛传任何人想在贝罗安的手下得到升迁就务必要参加赛跑。去年他跑出了一小时四十一分的成绩,只比他的最好成绩慢了十一分钟。

他的谦逊也同样是一种误导,与其说是个性使然倒不如说是刻意营造——因为世上不存在谦逊的神经外科医生。不难推断,贝罗安的学生和下属可不比患者那么经常能够感受到他的翩翩风度。曾经有一位学生,当着贝罗安的面,指着 CT 照影说"下面靠左边",结果引得贝罗安大发雷霆,最终那名羞愧难当的学生被打发去重新学习他的部位描述。然而手术室里的贝罗安,据医院同事们描述,却是一个处变不惊的极端典型:无论手术的难度和风险怎样倍增,他都绝不会吐出不雅的语言,更不会凶神恶煞地威胁要把某个不称职的医务人员赶出手术室,这种所谓的硬汉作风据说可以帮助松弛绷紧的神经。不过贝罗安的观点正好相反,他认为越是遇到困难就越应该保持紧张的状态。他倾向于自言自语或者保持静默。如果有某位专业医师在使用牵开器时手法笨拙,或是洗手护士把垂体镊以蹩脚的角度递给他的话,倘若适逢贝罗安心情不佳,他可能会吐出一句"操",尽

---

① 1999 年 10 月 5 日,英国伦敦帕丁顿火车站附近发生重大的火车事故,两列火车在同一条铁轨上对撞,重大撞击造成柴油箱爆炸引发大火,26 人重伤,31 人不幸身亡,造成了英国火车史上最大的悲剧。

管语气平淡,但鉴于其罕见程度反倒让身旁的人备感惶恐,于是导致手术室内气氛愈发紧张。不过大多数时候,贝罗安都喜欢在手术室里伴随着音乐工作,他最常播放的是巴赫的《哥德堡变奏曲》《平均律钢琴曲集》和组曲。在演奏者方面,他比较喜欢安吉拉·休伊特[1]、玛莎阿·格利希[2],但有时候也会听古斯塔夫·里昂哈特[3]的专辑。若逢情绪高涨,他也会选择格伦·古尔德[4]的更自由的演奏。在主持会议的时候,贝罗安喜欢直入正题,依次讨论,按时散会,从这意义上来说他称得上是一名能力卓越的主席。虽然大多数人都会把高级医师们的旁征博引和自我夸耀的毛病当作可以忍受的职业病,但贝罗安对此深恶痛绝。在他看来,遐想和侃谈应该留在私人的时间里进行,开会则是集体活动。

因此,尽管他给人感觉谦和有礼,而且时而喜欢沉思,但像现在这样激动对于贝罗安来说还是实属反常——站在窗边的他在为了是否该唤醒罗莎琳而犹豫不决。唤醒她根本没有意义,已经没有什么可看的了,唯一的理由只剩下他自私的冲动。她的闹钟将在六点三十分响起,一旦她得知了所发生的事情,就不可能再入睡了。她迟早会听说的。即将开始的一天本来已经够辛苦的了。关上了百叶窗,屋里又恢复了黑暗,他清楚事态的严

---

① Angela Hewitt(1958—　),加拿大女钢琴家。
② Martha Argerich(1941—　),阿根廷女钢琴家。
③ Gustav Leonhardt(1928—　),荷兰羽键琴演奏家。
④ Glenn Gould(1932—1982),加拿大钢琴家。

重性。脑海中的思绪让他感到眩晕而又虚弱——一件事情想得太久了开始变得模糊。不知为何他觉得有负罪感,但同时又觉得无能为力。这两种感觉看似矛盾,但其实不然,两者有重合的地方,是看待同一问题的不同角度,这才是他想弄清楚的事情。是他的无能为力造成了他的负罪感,无能为力的负罪感。他迷失了,又想起了打电话的事。如果换作在白天,不通知急救部门会不会被视为玩忽职守?或者人们会认为确实没有什么可以挽救的,因为已经来不及了?他的罪过在于躲在安全的卧室里,裹着温暖的羊毛睡袍,一动不动,无声无息,目睹着伤亡却游离在半梦半醒之间。不错,他本该打电话,就算只为了能和他人沟通,把自己的声音和感受与陌生人的反应比较一下。

这正是贝罗安想要唤醒妻子的初衷,不单单是为了要告知她刚刚发生的事件,更主要是因为他已经近乎迷离,不停地从思考的轨道上偏离出来。他想要分毫不差地将刚刚目睹的每一丝细节都呈现在她那冷静和成熟的职业洞察力之前去接受检视,他渴望感受她双手的抚慰——那般精致和柔软,总是能带给他一丝清凉的感觉。他们上一次做爱是在五天前一个周一的早上,在六点钟新闻开始之前,外面正下着暴雨,借着从浴室里透出的微弱的灯光,他们从工作的魔爪之下——两人常常如此戏说——夺下了二十分钟。在野心勃勃的中年,工作仿佛成了他们生活的全部。他有时会在医院一直工作到晚上十点,然后又在凌晨三点被从睡梦中叫走,上午八点钟还有可能又再去。罗莎琳的生活则是一个逐渐加速到骤然结束的循环,她的工作是让自己任职的报社免吃官司。一连忙上好几天甚至好几个星期对他们来说是常有的事情,工作俨然成了安排他们生活的日历,除去事业之外他们似乎一无所有——亨利·贝罗安和罗莎琳·贝罗安就是一对事业的奴仆。贝罗安固然无法耽搁危急的病患,更何况他也不愿抗拒妙手回春所带来的荣耀,尤其是当他迈出手术室的一刻,在患者家属的眼中他简直有如神明,或者是传递喜讯的天使,向他们宣告生命的延续而非死亡的降临;而罗莎琳的辉煌则通常来自法庭之外,例如当她凭借无懈可击的雄辩迫使有权有势的对手低头服输的时候,或者在极少数不得不走上法庭的情况下取得了有利的判决结果并使之成为经典的案例。通常在每周日的晚上,他们会把各自的掌上电脑并排放在一起,好像一对交配的动物,通过红外功能互传彼此的日程表。即使是在忙里偷闲地做爱的时候,两人的电话也始终保持开机的状态。出于某种变态的巧合,电话总是在他们刚刚开始的时候响起。有找他的也有找她的,各占一半。如果轮到是贝罗安不得不穿上衣服匆忙出门的话,他常常会一边诅咒一边又折回来找钥匙和零钱,同时还依依不舍地再回头看一眼妻子,才奔向医院。如果走得快的话,从家到医院只要十分钟,他一边走一边回味着渐渐冷却的激情。随着他迈进医院的大门,穿过铺着旧式的棋盘图案地砖的急诊室,然后乘坐电梯到达四楼的手术室,进入消毒区,拿起肥皂,聆听他的助理医师叙述手术的难点,在不知不觉之间,他心中连最后剩余的欲望也已经消失无踪,甚至没有一丝遗憾。贝罗安素来以效率和成功率而著称,排队等候他治疗的名单长得出奇——他每年都要处置三百宗以上的病例。除了少数最终没能转危为安之外，只有个别还处于吉凶不明的状态，但绝大多数都恢复了健康，很多人又得以重新投入到事业中去，归根结底还是工作——能够工作已经俨然成了健康的代名词。

而工作正是他此刻不该唤醒她的理由，因为十点钟她将要赶赴高等法院去参加一个紧急听证会。她所在的报社想要披露另一家报纸被法庭下达了封口令的内幕，而促成这份封口令的一方甚至成功地说服了法官下令禁止公开禁令本身的内容。这显然是侵犯了新闻自由的基本原则，罗莎琳今天要实现的目标就是推翻法庭的后一项禁令。在听证会开始之前，先要听取简报，然后，至少她希望是，能有机会和对方在走廊里私下聊聊。在这之后，她要向自己报社的编辑和管理层陈述摆在他们面前的选择。她昨天晚上因为开会回来得很晚，而贝罗安则是还没来得及吃晚饭就睡着了。她或许曾坐在厨房的餐桌前一边喝茶一边翻看过文件，可能还有点失眠。

内心的迷茫和烦躁让他依然迫切地想要对她倾诉，他流连在床尾，凝视着她盖着被子的轮廓。她蜷着双膝的睡姿充满稚气。在近乎完全的黑暗里，宽大的卧床令她的身躯显得越发的玲珑娇小。她的呼吸轻浅到几乎细不可闻，只有在吐气时才略有加重。突然间，她在睡梦中咂了一下舌头，是那种舌尖轻舔上腭的湿湿的声音。时光倒流，在他们初次相遇的病房里，在她的人生遭遇苦难的一刻，他爱上了她。起初她几乎没有注意到他的存在,只知道有一个身穿白袍的人曾来到她的床边为她拆除上唇内侧的缝线,但直到三个月之后他才第一次有幸亲吻到了这双美丽的嘴唇。不过相比一般普通情侣,他对她有着更加细致入微的了解,毕竟普通男人有几个能有机会那么近距离地观察未来的情人。

他俯下身来,低头亲吻了她温暖的头发。然后转身走出了卧室,并顺手轻轻带上了房门,下楼进了厨房,然后打开了收音机。

现代遗传学和家庭教育理论普遍认为父母的教诲对子女的性格几乎没有什么影响。换句话说,孩子可能成为什么样的人谁也说不准。身为父母或许能够左右子女的机遇、健康、前途、口音以及餐桌礼仪,但真正决定孩子个性的却是哪个精子配上了哪个卵子,而这两副基因纸牌又是怎样被各自抽取出来然后再被重新排列组合的,是活泼还是敏感,是善良还是贪婪,是好奇还是呆板,是外向还是腼腆或者是游离在任何两种性格极端的中间,这一切都早在出生之前就已经是板上钉钉了;一旦父母们意识到自己所能决定的东西其实寥寥无几的时候,自尊心可能会大受打击。但从另一方面来说,这也给了他们推卸责任的借口。任何拥有两个以上子女的父母都可以证明这种理论的真实性——基本相似的生存条件却造就出了一对完全不同的子女。此时此刻,就在这地窖般的厨房里,在凌晨三点五十五分,在舞台般的一束灯光的笼罩下,正坐着他的儿子西奥·贝罗

看到父亲出现,西奥把凳子的后腿降回了地面,然后招了招手以示问候。动辄大惊小怪不是西奥的风格。

"早起有事?"

"我刚看到一架起火的客机飞向希思罗机场。"

"没开玩笑吧?"

贝罗安走向音响,想换一个频道,但西奥已经抢先拿起了饭桌上的遥控器,打开了炉灶旁边的小电视,这台电视就是为了这种突发性的新闻而准备的。四点钟新闻的片头气势恢宏,合成音效很有让神经紧绷的效果,电脑特技更是令人眼花缭乱,象征着最新时事、科技飞跃和全球报道的五光十色的画面接连闪现。终于那个和贝罗安同龄的方下颌的播报员开始播报过去一小时里所发生的重大事件,显然飞机起火的故事还没有闯入媒体的视线。截至此刻,它还只停留在一个不足为信的主观印象阶段。尽管如此,他们还是留意了其他的新闻提要。

"首先是一则关于汉斯·布利克斯的消息——战争究竟有没有必要?"播音员的声音盖过了背景音乐,画面上出现了法国外长维耶潘在联合国大会上接受众人掌声的情景。"英美两国对此确信无疑,可是大多数人并不认同。接下来的新闻是关于今天即将在伦敦以及世界其他城市举行的反战大游行的准备工作;另外一场正在佛罗里达进行的网球比赛因为持有面包刀的妇女而中断……"

贝罗安关掉了电视,问道:"来点咖啡怎么样?"趁着西奥起身去煮咖啡的工夫,贝罗安向他描述了今早的事件,这是他的版本的早间新闻。他毫不意外地发现整件事情并没有什么好讲的——不过就是一架着了火的飞机由左至右地闯入了他的视线，然后途经邮政大厦向西飞去，仅此而已，他却感觉自己仿佛经历了很多。

"对了，你当时站在窗前干吗？"

"我告诉你了，因为我睡不着。"

"真巧。"

"可不是。"

然后他们四目相对——一场辩论似在酝酿之中——但是西奥随即将视线转移改变了主意。在这一点上，西奥和姐姐正好相反。黛西和贝罗安一样都喜欢和人针锋相对，正如罗莎琳和西奥所说的，父女二人都有唇枪舌剑的无聊嗜好。在西奥那弥漫着青春期气味的蜗居里，除了有关吉他的杂志、穿过的衬衫和袜子以及果汁瓶子之外，还可以见到几乎未曾读过的有关飞碟的书籍。不明飞行物在现今已经成了宇宙飞船的代名词，无论是外星人制造的还是人类驾驶的都算在内。根据贝罗安的理解，西奥的世界观里包括一个直觉，那就是万事万物皆有关联，存在某种微妙的关系，但是某些超级大国，特别是美国政府，独占着外星生命的奥秘，却将世界其他国家排除在沉闷迂腐的现代科技根本无法理解的神奇知识之外。这些知识也许就记载在他屋里的其他书籍当中，西奥却不曾读过。儿子的求知欲，原本就不甚强烈，仅有的一点也已经被科幻小说俘虏了。但这又有什么要紧呢？至少他能弹出天籁一般的旋律，至少他还相信有奥秘的存在,他的人生之路还长得很,有足够时间可以让他改变主意,况且他的世界观尚未定型也说不定。

西奥是一个性情温和的孩子——长长的睫毛,深色天鹅绒般的双眸带着一抹东方的韵味,他不是那种会轻易陷入争论的类型。每当父子之间意见相左的时候,西奥都会调转视线,并保留自己的想法。在他看来,当世界把一个关联或者征兆已经摆在了贝罗安面前的时候,父亲却选择去无视它的存在,那还有什么好继续争论的呢?

在习惯性的走神之后,贝罗安又回到现实中来,继续说道:"飞机几分钟之内应该就坠毁了。你认为电视台还要多久才会报道?"

正在煮咖啡的西奥扭过头来,按着下唇思考了片刻。他那深红色的饱满的双唇,近来该是颇为寂寞的吧。西奥终结所有恋情的方式全都一样,就是让一段感情在无声无息中自行灭亡,不带任何戏剧化的情节。有限的沟通,省略的称谓、介绍、告别,甚至道谢,这就是当今社会所奉行的礼节。唯有在打电话时,年轻人才会滔滔不绝,西奥常常一讲就是三个小时。

儿子的语调透着安抚的意味,仿佛是在和一个大惊小怪的子女说话,带着一种电子时代的公民的权威说道:"下一个整点新闻就会报道,爸爸,再等半个小时。"

只能这样了。此时的贝罗安除了睡袍之外什么都没穿——这身打扮原本就是老弱病残的标志——睡眠不足让他的头发日益稀疏,自信的男中音也因为烦乱的心境而变得有些尖锐——

贝罗安确实需要被人安抚。一个漫长的演变已经拉开序幕，不知不觉中父母和子女将互换角色。直到有一天，你听到他们对你说，爸爸，要是你再哭闹的话，我们就带你回家。

西奥坐下来，把咖啡推到父亲触手可及的地方。他自己反倒没喝，而是打开了又一瓶半升装的矿泉水——年轻人的健康之选，或者他正在试图缓解宿醉。但是不论怎样，贝罗安可以就此发出质问和指手画脚的时候已经一去不复返了。

西奥问道："能是恐怖分子干的吗？"

"有这种可能。"

9·11事件是西奥关注的第一件国际大事，也是他头一次接受在这世上除了朋友、家人和音乐之外还有其他事情足以左右他的存在。当时他已经十六岁了，这种醒悟来得可谓颇晚。贝罗安出生于苏伊士运河危机①爆发的前一年，随后的古巴导弹事件和柏林墙的竖立以及肯尼迪的被刺对于尚且年幼的他来说毫无印象。不过一九六六年发生的艾伯凡矿难②却给他刻下了痛苦的烙印。在那场事故中，一百一十六名和他同龄的学生刚刚从学校的教堂祈祷出来，正准备迎接第二天的期中考试，转瞬之间全都被掩埋在了巨石之下。这幕惨剧让他第一次怀疑校长口中所尊崇的那疼爱孩子的上帝是否真的存在，后来他发现世界

---

① 苏伊士运河危机(Suez Crisis)也被称为苏伊士运河战争，是一场于1956年发生在埃及的国际武装冲突。
② 1966年10月，英国艾伯凡一处煤矿的矿渣堆突然坍塌，大量矿渣倒进一所小学，116名学生、28名成人就此丧命。

上有太多的事件都让人萌生类似的疑问。然而对于西奥这一代完全的无神论者而言，这个问题就不存在。西奥就读的学校都是宽敞明亮、干净整洁且富有远见的机构，在那里没有人会强迫学生祷告或者颂唱不可理喻的赞美诗，西奥也由此省却了质疑的麻烦。世贸大厦的土崩瓦解让西奥对现实幡然醒悟，其打击虽然沉重但所幸他适应得很快。如今他常常会像浏览邮购目录一样去翻阅报纸上的时事，只要没有新的灾难发生，他就容许自己暂且松一口气。恐怖主义、安全警戒、战备状态——这些都早已成了现今世界的常态，平凡得像每天的天气预报一样。因为这个世界在西奥初次用成年人的眼光去看待时，就已经是这般光景了。

时局对西奥的困扰远远不及对他的父亲来得深刻，尽管他们平日里浏览的是同样的报纸。此刻大队兵马正在海湾集结，坦克也在周四进驻了希思罗机场，警方对芬斯博雷公园的清真寺进行了搜查，有关各地关押恐怖分子的监狱的报道层出不穷，本·拉登预言伦敦将遭到"殉教者的袭击"。尽管目睹了诸多不祥的征兆，贝罗安还是一度抱有幻想，期盼这一切都只是暂时的骚乱，世界很快就会冷静下来然后恢复正常，矛盾终究会得以化解，因为理智有着不可抗拒的威力，更是唯一的出路；或者就像所有曾经的危机一样，总有一天会慢慢冷却，然后淡出公众的视线之外，让位给新的麻烦。从前的马岛战争①、波黑

---

① 阿根廷于 1982 年 4 月轻而易举地击溃了驻守在马岛上的英军士兵。但英国随即派遣远征舰队对岛上的阿根廷军队进行打击。在开战近 3 个月以后，岛上的阿根廷部队向英军投降。

战争、比亚法拉共和国①,切尔诺贝利核电站事故不都是这样过去的吗？但是从最近的情况看来,这种幻想似乎过于乐观了。贝罗安在不情愿地被迫适应着,就像患者最终不得不接受自己失明或者是瘫痪的现实一样。纯真的年代已经随风而逝,现在回头再看1990年代真算得上是太平,只是当年谁会预见到这种转变呢？时下连呼吸的空气都今非昔比了。他曾买过一本弗雷德·哈利迪②的书,在书的开头有一段既像是结论又像是诅咒的文字:"纽约的袭击预示着一场全球危机的爆发,纵使我们有幸看到结局,也至少是百年之后的事情了。"况且前提还是如果我们足够幸运的话。一百年等于是囊括了贝罗安的余生、西奥和黛西的终生,以及他们的子女的一辈子。一场百年大战。

手法不太熟练的西奥煮出来的咖啡比往常要浓上三倍。但是出于父爱的鼓励,贝罗安还是一饮而尽。现在他可是彻底清醒了。

西奥继续问道:"你没看清是哪家航空公司吗?"

"没有,太远了,天太黑。"

"我只是突然想起蔡斯今天早上应该坐飞机从美国过来。"

蔡斯是新蓝调人乐团的萨克斯手,是一个来自圣基茨③的高

---

① 尼日利亚东南部一个由分离主义者建立的短暂存在的国家。
② Fred Halliday(1946—2010),英国学者兼作家,中东和国际关系的专家。
③ 位于中美洲加勒比海地区小安的列斯群岛北部,是一个由圣克里斯多福岛与尼维斯岛所组成的联邦制岛国,在1983年9月19日脱离英国独立,首都为巴斯特。

大而又阳光的大男孩,刚刚在纽约修习了一个星期的音乐大师课程,名义上是在布莱夫德·马沙里斯[1]的亲自指导下。西奥和他的朋友们都有一种与生俱来的音乐上的优越感,希望受教于最好的音乐人。瑞·库德[2]曾经在奥克兰听过西奥的演奏,至今在西奥卧室的镜子上还贴着一个啤酒杯垫,作为一份来自大师的鼓励。如果你把脸贴得够近就能依稀辨认出在啤酒印记下面隐约有蓝色的签名和一句话:再接再厉,孩子!

"不用担心,美国飞来的航班都是在五点半以后才抵达的。"

"那倒是。"他大口地喝着水,"你觉得是圣战组织的人干的吗?"

一时间贝罗安感到有些激动,出于喜悦的眩晕。眼前的一切,包括儿子的面孔,都突然间和他拉开了一段距离,却反而变得更加高大而又清晰。他从没听过西奥提及过这个组织,他们是叫这个名字吧?只是用西奥那男高音般的声音念出来显得那么的无辜,甚至颇有古典的韵味。昔日稚气的童音如今已经蜕变成为深沉的嗓音,转眼已有五年光景了,然而贝罗安却仍然感到难以接受。这个阿拉伯语的单词在西奥的口中听起来仿佛是某种即将被乐队借鉴和数字化的摩洛哥弦乐器的名字,纯洁而又无害——他甚至在第一个音节上下了一番工夫去模仿原语的

---

① Bradford Marsalis(1960—),出生于美国的一个音乐世家,父亲是活跃于20世纪60、70年代的硬式咆勃乐(Hard Bop)的钢琴手,弟弟则是近代最受争议的爵士乐手。
② Ry Cooder(1947—),美国音乐人兼制作人,被视为20世纪90年代古巴音乐再复兴的最重要人物之一。

发音。在伊斯兰的理想国度里,在遵循严格的伊斯兰法律的前提下,外科医生或许能获得一席生存之地,但蓝调音乐家就得另谋生计了。或许并没有人想要创建这样的国家,在否定一切宗教和道德的虚无主义者心中除了盲目的仇恨之外,没有任何确切的目标。作为一个地道的伦敦人,你有时甚至可以宽恕爱尔兰共和军所犯下的罪行。即使是他们炸断了你的双腿,但那至少是为了统一爱尔兰这个崇高的愿景。依照伊恩·伯斯利神父[①]的说法,这一理想即将通过政党之间的合作而成为现实。只不过短短三十年,爱尔兰的危机就即将化作历史了。然而此一事非彼一事,伊斯兰极端分子可不是什么虚无主义者——他们要的是完美无瑕的世界,换而言之是伊斯兰的世界。这种理想在贝罗安看来只会给人类带来厄运——借乌托邦之名,行不择手段之实,在理想的大旗下无所不用其极。这些人的借口是:如果最终能确保让所有人都过上天堂般的生活的话,以一两百万人的生命作为代价又算得了什么呢?

"算了,不谈这件事了。"贝罗安说,"现在说什么都太晚了,还是等着看新闻吧。"这个回答反倒让西奥松了一口气。出于对父亲的体谅,他愿意陪他讨论这件事,如果确实有这个必要的话。但是在清晨四点二十分,多一事不如少一事,于是他们在一种舒适的沉默中度过了几分钟。在过去的几个月里,他们曾多次围坐在这张餐桌前广泛地探讨各类话题，这是父子之间有史以来最深入的交流。为什么在西奥的身上找不到任何青春期的乖张叛逆呢？为什么年少必经的那种暴躁的摔门和无声的愤怒统统都不适用于他呢？难道那些浮躁都被蓝调音乐抚平了吗？他们的话题当然不可避免地涉及了伊拉克、美国的强势、欧洲的不信任以及伊斯兰的遭遇和自怜，还有以色列与巴勒斯坦、独裁者和民主制度，当然也有男孩尤其热衷的话题：大规模杀伤性武器、核反应堆、卫星监控、激光和纳米技术。如果二十一世纪之初的时局是一场盛宴的话，这些话题就是每日的特色菜肴。就在刚刚过去的这个星期日，西奥自创了一句格言：眼界越远，失望越多。当被问及原因的时候，他解释说："倘若纵观天下大事的话，例如政治局势、温室效应、贫困人口等等问题，难免会觉得一切都糟糕透顶，毫无进展，前途一片灰暗。但是如果我只顾眼前，只关心自己的境遇，我就会想起刚刚邂逅的女孩、即将和蔡斯一起表演的曲子、下个月的滑雪假期，这么一想反倒发现生活其实不赖。所以从今往后我的座右铭将是：乐做井底之蛙。"

鉴于有这么一段插曲，况且距离新闻开始还有几分钟的时间，贝罗安于是问道："演出成功吗？"

"我们弹了一些极其经典的摇滚曲目，几乎都是杰米·里德的曲子。比如这首……"他一边唱一边滑稽地模仿着自我陶醉的贝司手，左手假装在拨弄着琴弦。"观众简直都听疯了，不许我们改弹别的。这让人有点郁闷，因为这本来不是我们的风格。"沉浸于回忆之中的西奥尽管语带抱怨，脸上却绽放出了一个大大的笑容。

新闻终于开始了，依然是同样的广播信号图案和电脑合成的哗哗声，然后又看到了那个不眠不休的主持人和他让人信赖的面庞。终于，飞机的存在得到了证实，此刻它正歪斜在跑道上，显然毫发无伤，周围站满了士兵和警察，一辆辆救火车正在不停地向它喷洒着泡沫灭火剂，还有救护车在一边待命。在切入新闻正题之前，先是一段不相关的对紧急救援部门反应迅速的赞美之词，然后才言归正传。出事的是一架俄罗斯图波列夫型货机，原定从拉脱维亚首都里加起飞前往伯明翰。在途经伦敦东部上空时其中一个引擎突然起火，机组人员在请求着陆的同时试图切断燃料供应。最终飞机沿泰晤士河向西飞行，依照导航的指引安全降落在希思罗机场，两名机组人员均无伤亡。报道没有透露所载货物的细节，只说有部分损毁，但估计多半是信件。第二条新闻还是关于将在几个小时之后启动的反战游行，布里克斯的演讲则变成了新闻的第三条。

目前看来薛定谔猫安然无恙。西奥把外套从地板上捡起来，从容而又淡定。

"看来这不是一场针对我们社会的袭击。"

"结局不错。"贝罗安赞同。

他有种想要拥抱儿子的冲动，不仅仅是出于对事件结果的宽慰，更主要是因为他突然发现西奥已经成长为一个可爱的青年人。看来提前迈出校门的决定是英明的——脱离传统的教育体制，主宰自己的人生轨迹，这是父辈没有勇气做出的选择。不过想归想,按照父子之间的不成文惯例,至少要分别了一个星期以上才可以在相聚的时候彼此拥抱。其实童年时期的西奥很爱亲近父母——直到十三岁还偶尔会在街上牵着父亲的手。然而往事已经一去不复返了,如今只有即将归来的黛西还有可能在睡前给爸爸一个吻。

在西奥离开之前,贝罗安问道:"你也去参加游行吗?"

"不一定,我主要是在精神上支持他们,还有首曲子要准备呢。"

"好好睡一觉吧。"贝罗安说。

"你也是。"

在离开厨房之前西奥说了句:"晚安!"几秒钟后,又从楼梯上传来"早上再见!"等到走到楼梯尽头的时候,他又带着疑问的语气喊了声"或者晚上再见?"每一次贝罗安都做出了相应的回答,明知道还会有下文。这是典型的西奥式的告别方式,没有四五次反复是不会结束的,因为西奥有种迷信的想法,坚持最后说话的人必须是他。究竟是从哪一天开始他不再去牵父亲的手了呢?

贝罗安一贯相信咖啡偶尔会起到反作用,就像现在,他一边关掉厨房四面的灯一边感到脚步有些沉重。昨夜零散的睡眠,以及刚刚过去的一周,外加近几个星期以来累积的疲惫开始让他尝到了后果。他觉得两膝无力,尤其在四头肌部位,让他不得不借用扶手走上通往一楼的楼梯。这将会是他七十岁时的写照。他穿过走廊,赤裸的脚掌踩在地砖上感觉清凉而又舒服。在走上通往卧室的主楼梯之前,他在有两重门的门厅前停下了脚步。最外面的那道门紧挨着人行道,沿着屋前的这条街可以直达广场。充满倦意的贝罗安突然间注意到了门上的层层防备——三只坚固的班汉姆门锁、两条和房子同龄的黑铁门栓、两条钢铁的门链、一个隐藏在黄铜外盖下的门镜、一个电子防盗装置、一个紧急报警按钮——警报器上的显示数字正在悄无声息地跳动着。如此严密的防范,如此庸俗的戒备仿佛在提示着他:"要小心乞丐、吸毒者和地痞流氓。"

卧室依旧一片黑暗。他走到床边,让睡袍滑落在脚边,然后摸索着钻进被子里并紧贴着妻子躺下。她面朝左边背对着他,两膝仍然蜷曲着。他用自己的身体偎着那熟悉的曲线,右手臂落在她的腰际顺势揽她入怀。当他亲吻她的后颈的时候,她从余梦中呢喃了几声——语调是邀约和满足的,无论她说的是什么,它们都似乎太过沉重,让她的唇舌不堪负荷。她的温暖透过真丝的睡衣感染了他的前胸和小腹。三层楼梯的旅程唤醒了他的身体,让他在黑暗中睁大了双眼。正在攀升的血压刺激了他的视网膜,导致一团团五彩缤纷的幻象划过眼前,思想的帷幕被拉开了。他本无意做任何思考,却还是不可避免地丧失了睡意。即将开始的一天是他难得的休息日,他得去看望母亲,但在这之前还有一场壁球赛在等待着他,不过照现在这种失眠的状况看恐怕是必输无疑了。他突然一时间想不起来母亲现在的模样,记忆中只有她在四十年前荣获全郡游泳冠军时的样貌——

44

这一印象是他从照片上获得的——她头戴花朵图案的橡胶泳帽,让人联想起一只跃跃欲试的海狮。他为她的成绩而骄傲,尽管童年时代母亲让自己吃了不少苦头。她总爱在寒冷的冬夜带着他去市立游泳馆,更衣室那冰冷的水泥地面上到处是丢弃的创可贴,上面还沾染着红红紫紫的血渍,浸泡在温热的水洼里。无论是可怖的绿色湖水还是不适宜游泳的灰色北海,她都会逼着他一起跳进去。因为母亲总是说,水是构成大自然的四种基本元素之一①,像是在解释又像是在劝诱。然而他最不想做的事情就是把自己长满雀斑的瘦小身躯浸到这种自然元素里去。从一种自然元素过渡到另外一种的瞬间是最最痛苦的一刻。但为了取悦母亲,他还是踮着脚尖走入埃塞克斯初夏六月浑浊的海水中去,咬牙忍受着冰冷如刀的水面缓缓漫过他汗毛直立的紧绷的小腹。他永远做不到像母亲那样纵身跃入水中,她的梦想是每天都遨游在这种自然元素之中,让每一天都不虚度,她认为他也应该这么想。如今的他已经不再排斥体验其他元素了,只要不是冷水,什么都可以。

卧室里的空气很新鲜,他让自己的身体和罗莎琳贴得更加紧密,这令他萌生出几分做爱的冲动。耳边传来了尤斯顿大街上清晨的第一波喧嚣,好似微风掠过杉树林般的声音。这么早就出门的人多半是六点钟就要上班的人。通常只要一想到这些人,贝罗安就会睡意加重,但今天是个例外。他想到了性。倘若

---

① 根据中世纪哲学家的观点,其他三种分别是土壤、空气和火。

世界由他主宰的话,那么此刻他和罗莎琳必定正在做爱,他会是心无挂念地,而她则是百般迎合地,最终一同精疲力尽地安然坠入梦乡。然而纵使是专制的暴君,乃至远古的神祇也做不到事事如意。这世上恐怕唯有小孩,确切地说婴孩才会认为凡事只要心想就必定事成,也许这就是为什么暴君都有些孩子气的原因吧。他们想要实现所有不可能的愿望,一旦不能如愿以偿,血腥杀戮就很自然地变成了他们发泄不满的方式。以萨达姆为例,他不仅长着一副双下颌的混蛋像,更像是一个生长过速的不顺心的大男孩,臃肿的面庞,猥琐的神情,深色的眼眸折射着对不能完全随心所欲的困惑。绝对的权力及其随之而来的快感始终无法完全获得,并且还有越来越少的趋势。他知道如今把一名拍错了马屁的将军投入刑讯室,或者对着某个亲属的头颅开枪已经不再能够带来曾经的满足感了。

贝罗安变换了一下姿势,用鼻尖轻轻地撩拨着罗莎琳的脖颈,汲取着来自她身体和发间的淡淡的暖香。他是何其有幸之人啊!能娶到自己深爱的女人为妻。他讶异于自己的思想竟然在转瞬之间就从情欲转到了萨达姆身上,后者是乱世的枭雄,复杂局势的产物,是恐怖和忧患的源头。失眠的清晨总是会让人不由自主地胡思乱想——做最大的努力但做最坏的打算应该是人类的一种求生本能。在危机四伏的自然界里,是物竞天择的法则培养了这种悲观的天性。在过去的一小时里,他一直处于一种疯狂的不理智状态,对所目睹的一幕做出了过度的反应。或许换作另外一个人,处在他所站的位置上,在相同的时刻面对

46

相同的景象,很可能也会贸然得出相同的结论。但是这种可能性并不足以令贝罗安感到宽慰。判断失误的情况每时每刻都在发生,叫我们怎能相信自己?此刻他才意识到自己在恐惧心理的驱使下竟然在无意中忽视了诸多细节:例如飞机当时并没冲向任何建筑,不但其降落的方式是有条不紊的,就连飞行路线也没有任何异常——所有这些都不符合恐怖袭击通常的征兆。尽管他告诉自己被用作实验的猫有两种可能的结局:侥幸逃生或者是死于非命,但其实在他的内心深处已然否定了前一种可能的存在。他早该意识到——这不过是一场单纯的意外事故,而绝非什么对西方社会文明的袭击。

罗莎琳在朦胧中感受到了他的存在,于是动了动身体,并轻微地扭转了一下肩膀让自己的后背更加紧密地贴在他的胸前。她的一只脚滑过他的小腿,并让脚心落在他的脚趾上。这一动作进一步挑起了贝罗安的欲望,他感到自己的勃起被卡在了她的腰间,于是伸手下去解放自己。她的呼吸又恢复了平稳,贝罗安只好保持不动,等待睡意的降临。无论是以任何社会和任何时代的道德标准来衡量,他对罗莎琳的那种无休无止的欲望都足以被当作病态。就连平日工作里唾手可得的恋情和诱惑都未曾让他真正动心过,每当他想到性爱,他的脑海中就只有她一个人。他会想起她的眼眸、她的身躯、她的双唇,还有她的迷人。今生今世除了她还有谁会因为了解他而更爱他,而且爱得既温柔又俏皮?多年来的风雨同路是他们之间最坚韧的纽带。一世的光阴转瞬即逝,他绝不可能再找到第二个女人能够像她那样让他完全地放松，可以任由他恣意地去取悦。也许他实属另类，但熟悉的亲密对他的诱惑远胜于新鲜的性爱。他猜想自己可能是患有某种缺陷或者是天性怯懦。很多他认识的男医生都会时不时地搭上更年轻的女人，让原本坚固的婚姻因为激情的外遇而支离破碎，这类事件屡见不鲜。这会让作为旁观者的贝罗安感到不安，担心自己缺乏某种雄性的本能，对猎奇不具备其他同性那样正常而又强烈的胃口。他的好奇心都跑到哪里去了？这是他的缺陷吗？他对自己却又无可奈何。面对偶尔投射过来的美女眼中的质疑，他只能抱以平淡而又节制的微笑。这种对婚姻的忠实或许看似高尚甚至近于古板，但其实全都不是，因为既然从未面临过抉择又何来考验一说。他的生命必须要有三样东西：拥有、被拥有和重复。

　　一场劫难——一次几乎颠覆了她整个世界的意外事件——将罗莎琳带到了贝罗安的身边。初次见面时他只见到了她的背影，那是一个八月的午后，他恰巧从神经外科的女子病房经过。身材娇小的她却披着一头瀑布般的红发直至腰间，这给贝罗安留下了极其深刻的印象，他甚至一度误把她当成了未成年的少女。她坐在病床边上，还未换上病号服，正在和医生交谈的她显然在努力克制着内心的恐慌。通过旁听贝罗安多少了解了她的部分病情，随后又从她的病历里弥补了未知的信息。她无相关病史，但在过去的一年中不时出现头疼的症状。她向医生指出了疼痛发作的部位，这一动作让贝罗安注意到了她玲珑的双手。她有一张完美的椭圆形面庞和一对淡绿色的大眼睛。其他症状

48

还包括月经周期紊乱,乳房偶尔会溢出一些分泌物。此次病发时她正在伦敦大学的法律图书馆里研究民事侵权法——在这一点上她说得很具体——突然间她的视觉开始变得模糊,用她自己的话说,仿佛在天旋地转,在仅仅几分钟之内她就已经无法看清手表上的时间了。于是她丢下书本,抓起背包,紧贴着楼梯扶手下了楼。由于视野越变越暗,她几乎是一路摸索着走到急诊室的。起初她以为是发生了日食,但又注意到没有人在仰视天空。急诊室在接诊之后立刻就把她转到这里,而现在她只能勉强看清眼前医生穿的衬衫条纹,她甚至无法数清医生举在她面前的手指。

"我不想失明。"她细小的声音在颤抖,"拜托,请不要让我失明。"

如此明亮的双眸谁能忍心叫它们失去光明呢？由于主任医师没有回复呼叫,贝罗安被派去亲自寻找。在离开她的一刻,贝罗安突然萌生了一种违反职业准则的妒忌情绪,他很不放心留下她单独和这个住院医师相处,因为这个家伙一看就是个猎艳的高手,而她则是个罕见的尤物。尽管他并不十分确定她的病症,贝罗安还是很想独自包揽拯救她的任务。

他要找的主任医师是维利大夫,他正在开一个重要的会议。维利大夫那天穿着一套条纹的西服三件套,挂着块怀表,胸前口袋还别着一条紫色的真丝手帕。即使是在昏暗的走廊里,贝罗安也能从远处凭光亮的头顶认出他来。维利那话剧演员般的浑厚嗓音是其手下医生们模仿打趣的对象。贝罗安请求秘书进去请他出来。在门外等候的这段时间里,他在脑海里反复演练了怎样陈述病情,盘算着如何能给这位杰出的前辈一个良好的印象。维利一脸沉重地聆听了贝罗安对这位十九岁的女患者的描述,从头疼到突然视觉丧失,月经不调病史和乳漏的症状。

"我的天啊,月经紊乱,还有乳头分泌物!"他惊讶的评论好似战时的新闻播报员一般简短干练,边说边夹着外套向病房跑去。

维利医生叫人搬了一把椅子坐到病床边上,好能水平地检查患者的情况。在查看她的眼睛的时候,他的呼吸似乎也减缓了下来。罗莎琳那美丽而又苍白的面孔仰望着医生的模样让贝罗安情愿牺牲一切以换取她如此专注地聆听他的机会。由于无法捕捉医生神情上的变化,她唯有依赖其语调的细微变化来推断状况。诊断很快就结束了。

"小姑娘,我认为你的脑下垂体腺部位长了一个肿瘤,脑下垂体腺位于大脑的中心,只有豌豆大小。换句话说,肿瘤附近的溢血压迫到了你的视神经。"

维利医生背对着一扇高大的窗户,光影的反差可能帮助罗莎琳分辨出了他的轮廓,因为她的双眼似乎在打量着他的面容。她沉默了几秒钟,接着深思地说:"这么说,我真的有可能失明了?"

"如果我们马上处理的话就不会。"

她点点头表示同意。维利吩咐刚才那个住院医师在送罗莎琳进手术室之前先给她做一个详尽的CT。接着他弯下腰,用近乎温柔的语调向罗莎琳讲解了肿瘤如何刺激了泌乳激素的分泌,后者是和妊娠有关的一种荷尔蒙,导致月经停止同时促使乳房分泌乳汁。他宽慰她说肿瘤应该是良性的,而且他相信她将会彻底康复,但手术刻不容缓。在快速地确认了她乳房的症状之后,维利直起腰来又恢复了他洪亮的声音,在他下达医嘱的时候,贝罗安的视线暂时被他挡住了。之后维利医生离开病房去重新安排当天下午的日程表。

贝罗安陪同着罗莎琳从放射科出来前往手术室。他仅有四个月的实习经验,甚至还不足以假装知道即将进行的手术流程,因此只能眼看着她痛苦地躺在推车上。他们一起在走廊里等候麻醉师的到来。在闲聊的过程中他了解到她是法律专业的学生,在伦敦没有什么亲人。父亲在法国,母亲已经过世,唯一亲近的姨妈却远在苏格兰的西部群岛。罗莎琳眼中含泪,努力和激动的情绪斗争着。好不容易她控制住了自己的声音,指着墙上的灭火器说,既然这有可能是自己最后一次看见红色,她要好好地记住它,因此可否麻烦他把她推近一些?但即使这样,她其实仍然看不清楚。他虽然口头保证她手术的成功是毫无疑问的,但其实对此他并不确定。当他推着她向墙边靠近的时候,他感到自己口干舌燥,两膝发软,那时的他还没有学会对病患不动感情。或许他对她的爱早在那一刻就已然萌生,而不是在罗莎琳回到病房之后。门开了,他陪着她一起走进手术室。运送护士推着病床,他则在边上紧紧跟随。罗莎琳双拳紧握,眼睛紧盯着天花板,似乎想要最后再多看一眼。

她的视觉是在图书馆里骤然恶化的,而此时她又只能孤独一人来承受巨大的压力,她尝试用深长而又缓慢的呼吸来让自己平静下来。在麻醉师将针头插入她手背的血管然后注射硫喷妥钠①的过程中,她的视线始终凝固在医生的脸上。她随即失去了知觉,贝罗安赶忙去洗手区消毒准备回来观摩,他被告知要认真学习这个重要的手术——脑下垂体腺瘤切除术,因为终有一天他将会亲自主刀。即便在这么多年以后再回顾当时的情景,他依然为她的勇气所折服,同时感激上天让他们的命运因为这一场劫难而有幸交织在一起。

年轻的贝罗安为这位患有脑下垂体腺瘤而几乎失明的美丽女士还做了哪些事情呢?首先他协助护士把已经处于麻醉状态的她从推车移上了手术台,然后听从住院医生的指令,给手术灯的把手包上了消毒罩。他注视着她的头被夹持器的三个支点固定住。接着在维利医生暂时离开之后,住院医师吩咐贝罗安为罗莎琳的口腔消毒,这给了他欣赏她完美牙齿的机会。稍后,维利医生在她的上唇内侧开了一个切口,沿着鼻腔将她的面部皮肤向外翻开,并把鼻黏膜从膈膜上分离,然后贝罗安帮忙把巨大的手术显微镜固定到位。当年还没有液晶显示屏可以供医生参照——实时影像技术在那时还是新鲜事物,尚未被这家医院采用。不过在手术过程中,他可以不时地借用住院医生的放大镜来看上几眼。贝罗安注视着维利医生深入蝶窦,在去除了它的

---

① 一种麻醉剂。

52

前壁后经由这里慢慢切开并钻穿垂体窝前方的骨架,前后只用了不到四十五分钟,严重肿胀的紫色腺体就出现在了他们眼前。

贝罗安非常专注地看着维利手中的手术刀果断地划过,露出了黑色的凝血和褐色的肿瘤,这些像粥一样黏稠的物质被维利医生手中的吸管抽走了。突然一股清澈的液体泉涌出来——脑脊液,医生决定取一块腹部脂肪移植到这里来堵住破口。他先在罗莎琳下腹部位做了一个微小的横向切口,然后用手术剪子剪下一块皮下脂肪,放在手术盘中。接着维利医生万分小心地把这块脂肪通过鼻腔放入蝶窦区域,再用鼻夹固定住。

手术过程的精密和手术原理的简单形成了一个绝妙的反差:因为医学上的处置方式其实无异于下水管道的疏通,病理无外乎就是堵塞——只要解除了视觉神经所受到的压迫,罗莎琳的视觉就可以恢复正常。但是,如何安全地抵达这个隐藏在大脑深处的病变部位则需要仰赖技术的高度娴熟和精力的绝对集中。医生必须先从患者的面部进入,再经由鼻腔去除肿瘤,既要让患者重拾健康,同时又要尽量避免疼痛和感染,并最终达到让视觉完好如初的目的,如此的妙手回春如果不是人类智慧所创造的奇迹那又是什么呢?仅仅这一项手术技术的成熟就耗费了医学界近一个世纪的时间,曾有多少尝试都以失败告终,之后才有了部分的成功,直到过去几十年来凭借显微镜和光纤照明等技术的重大突破才最终使得这个手术成为可能。这项手术是慈悲和勇敢的结晶——让救死扶伤的良善之心结合了马戏团里钢丝特技演员的胆量。在经历这场手术之前,贝罗安只是在理论上认为自己想要从事神经外科。他之所以选择大脑是因为它比膀胱或者膝盖这样的部位要有趣得多，然而这一次的经历让他原本模糊的计划升华成了炽热的欲望。当手术进入缝合阶段的时候，看到这张面容，这副如此美丽的容貌，再次不留一丝痕迹地恢复了原貌的时候，他开始无比地憧憬未来，迫不及待地想要掌握全部的技能。他爱上了这种生活，同时，他也爱上了她。这两种情感不可分割地交融在一起。在欢愉之余，他甚至还有富余的好感可以分给眼前的这位大师——维利医生，注视着身材高大的他弯着腰进行着极其细微而又精密的操作，口罩下面则传来他沉重的呼吸声。在确认清除了所有的肿瘤和瘀血之后，维利离开了手术室去查看别的病人。留下了那个滥情的住院医生来恢复罗莎琳的美丽容貌。

也许贝罗安不应该刻意留在观察室里只为了成为她醒来之后看到的第一个人。当她的知觉和情绪都在被吗啡所左右的时候，他真的以为她会注意到他的存在而对他一见钟情吗？然而接下来发生的事情是，忙碌的麻醉师和他的助手们把贝罗安挤到了一边。他们命令他去别的地方干点正事去。可是他没有听话，而是站在距离她几英尺之外的地方，等待她恢复知觉。终于他看到了她睁开双眼，并且在努力地思考着究竟都发生了什么事情。当意识到自己的视觉正在康复的时候，她绽放出了一个疲惫而又痛苦的微笑。尽管她的视觉尚未完全恢复正常，但那只是时间上的问题了。

几天之后他才真正发挥了作用，负责为她拆掉上唇内的缝线和鼻腔内的包扎。他还在下班之后继续留下来陪她聊天。她无亲无故，手术让她脸色苍白，只能靠坐在枕头上，身边摆满了大部头的法律书籍，头发梳成了两个孩子气的辫子。她唯一的访客是同宿舍的两个勤奋的女生。因为说话会导致疼痛，她必须在说话间歇不停地小口喝水。她告诉他三年前，也就是她十六岁的时候，母亲丧生于一场车祸，父亲是著名的诗人约翰·格勒麦蒂克斯，现在独居在法国比利牛斯的一座城堡里。为了唤起贝罗安的记忆，她还提及了父亲的一首题为《富士山》的诗，几乎所有中学的教材都收录了这首诗。但是当贝罗安表示对作者和该首诗歌都闻所未闻的时候，她似乎并不介意。而对于贝罗安乏味的家庭背景也同样没有表现出任何厌烦——他自小在一成不变的伦敦郊区派瑞沃勒长大，是家里的独生子，对父亲毫无记忆。

当他们在几个月后正式开始约会的时候，在一个寒冷的午夜，在一艘前往西班牙毕堡的渡轮船舱里，她打趣起他对她的"漫长却精彩的追求过程"，她甚至称之为"经典的秘密行动"。但实际上，他们恋爱的速度和方式一直都是由她掌控的。早在一开始的时候，他就意识到自己一不小心就可能会把她吓跑。她的孤独并不只局限在神经外科的病房里，她总是在压抑着内心的冲动并随时给兴奋的情绪降温，她给自己的青春戴上了枷锁。哪怕只是一个去乡间野餐的突发奇想，或者是某位不请自来的老朋友，甚至几张免费的戏票，都会令她手足无措。即使最终她会选择接受以上所有这三种意外，但是下意识的反应总是先去回避,并暗暗忧愁。和法律书籍相处的时光更让她有安全感,因为那些早已尘埃落定的旧案子绝不会带来意外。如果他做出什么超乎常规的举动的话,她的这种对生活的不信任就会很容易殃及他们的恋情。况且,贝罗安需要顾及的女人不是一个而是两个,因为在赢得女儿的信任之前他必须先学会了解和欣赏岳母大人。后者虽然早已入土但也照样需要迎合和奉承。

罗莎琳虽然已经不再为母亲玛丽安的去世而哀悼,但还是会频繁地提起她。母亲是她心中永恒的守护天使,时刻观察着她的生活,也和她一同观察着人生,她才是罗莎琳内向和谨慎的真正根源。母亲过世得太过毫无道理——肇事者酒后开车闯红灯——乃至于直至三年以后,在某种程度上罗莎琳仍旧无法接受这样的离别方式。母女之间始终保持着一种心灵的亲密和无声的沟通,随便什么事情都能让她联想起母亲来,她总是直呼其名,据说这是从小就养成的习惯。她有时候会专门对他漫谈母亲的往事,也常常会在话里话外提到她,幻想着母亲对某些事情会做出怎样的反应。例如他们刚刚看了一部不错的片子,她就会说玛丽安应该也会喜欢这部电影。再不就是在某次做饭的时候说这个洋葱汤是玛丽安教给自己的,但自己总是做得不如母亲美味。再如有一次两人谈到马岛入侵事件,她突然说,你知道吗?玛丽安多半不会反对这场战争,因为她讨厌加尔铁里[①]。在交往了几个星期之后,两个人的关系还仅仅停留在好感的阶

① Leopoldo Fortunato Galtieri Castelli(1926—2003),阿根廷政治家,军事独裁者。

段,没有任何出格的身体接触——贝罗安终于有一天鼓足勇气询问罗莎琳她的母亲可能会怎么评价他,结果她毫不犹豫地回答说:"她会很喜欢你的。"贝罗安将这一回答视为重大的里程碑,因此在当晚吻她的时候格外地大胆。她对他的追求并不拒绝,但是显然有所保留,甚至曾有一个星期她忙得连晚上见他的时间都没有。独处和工作与亲吻比起来要让她放松得多,他逐渐意识到自己身陷一场竞争。人性的本能规律注定他迟早会赢得胜利,但前提是他必须遵守传统的法则慢慢地进行。

在渡轮颠簸的船舱里,在一张狭窄的床铺上,他们的感情终于有了定论。这对罗莎琳来说绝非易事,因为确定和他的爱情就意味着将要放弃她长久以来的精神依靠——母亲。当清晨来临的时候,她从睡梦中醒来意识到自己已经跨越了那道界限。她哭了——而且一再徒劳地试图让他相信这泪水有一半出于悲伤一半出于幸福。尽管这幸福似乎来自对原则的背叛,但绝对是不容否认的。

他们走上甲板去欣赏日出时分的港口。那天天气十分恶劣,寒风夹带着雨点从低矮的港口建筑中间呼啸而出,冲击着灰色的起重塔,让悬挂的钢缆吱吱作响。码头上已有大片的积水,一位老人正在独自把沉重的纤绳系在船柱上。他的皮夹克下面是一件圆领衫,嘴里则叼着一支已经熄灭的雪茄。在弄完之后,他信步朝海关的小楼走去,丝毫没有把风雨放在眼里。两人逃离了寒冷的室外又回到了闷热潮湿的底舱,再次在那狭窄的空间里做爱。平静之后他们静静地躺着,广播里传来底舱乘客立即下船的通知。她再一次流下了眼泪,因为近来她已经无法再清楚地听到母亲那独特的声音了。当然她需要更长的时间去和母亲慢慢地告别,毕竟这般幸福的获得岂能毫无代价。即使是在激情燃烧的时刻,伴随着外面过道里旅客穿梭的嘈杂,贝罗安也依然清醒地意识到了未来情况的严肃性。若要让罗莎琳脱离她魅影一般的母亲,他就必须从此担负起照顾她的重任。这是一份无声的契约。说得直白一些,和罗莎琳做爱就等同于承诺了婚约。任何理智的男人如果处在他的位置上可能都会在一定程度上产生恐慌,然而如此简单的因果关系反倒让贝罗安感到轻松和愉快。

从那一刻起到现在,四分之一个世纪已经过去了,她还依然躺在他的臂弯里,此时正在慢慢苏醒,即便是尚在梦中,她似乎也预感到了闹钟即将响起。此时距离日出——这原本是田间耕种的号角,对于都市人来说却只是一个抽象的概念——尚有一个半小时的时间。这个城市对周六劳动力的需求是旺盛的。刚刚六点钟而已,但尤斯顿大街上却已经是车水马龙。偶尔有摩托车的噪音盖过了其他声响,听起来好像忙碌的木锯。通常也是在这个时候会传来清晨第一波的警笛声:如今连坏人都爱起早。终于她翻过身来和他对视,她温暖的呼吸之中透着深意。当他们亲吻彼此的时候,他幻想着她绿色的双眸正在寻找他的。人就是这样,每天入睡,醒来,再入睡,再醒来,周而复始地躺在黑暗之中,隐藏在被单下面,和另一个同类,一个肤色白皙肢体柔软的哺乳动物,以唇齿相碰的方式表达着爱意,短暂地沉浸在温暖、体贴和安全这样的永恒需求之中,用纠缠的四肢让彼此更加贴近——每日看似平凡的抚慰,让人太容易将其视为理所当然。不知可曾有过诗人咏叹过此种平淡? 诸般幸福不是春宵一刻,而在朝朝暮暮。为此他要请教黛西。

罗莎琳说道:"你好像整夜没睡,不停地进进出出。"

"我四点钟的时候下楼去和西奥坐了一会儿。"

"他没事吧?"

"没事。"

现在不适合告诉她飞机的事情,尤其是当它的重要性已经不复存在的时候。他更没有心情向她充分地描绘他今早的异常亢奋。等等吧,稍后再和她说。罗莎琳正在苏醒,而贝罗安却开始睡意加重。然而他的勃起还在持续,而且似乎还有膨胀的趋势,绷得越来越紧。看来想要用呼吸米缓解欲望是不可能了。或许恰恰是疲惫挑起了他的情欲,也可能是身体在发泄自己五天以来对它缺少关注的不满。结果都是一样的。罗莎琳把身体向他挨近的动作散发着一种熟悉的诱惑,连同她的体温一起烘烤着贝罗安。但此刻他实在没有精力去索求什么,只能寄希望于自己的好运和她的欲望。倘若没有她进一步的行动,那就顺其自然好了。他照样能够安然入睡。

罗莎琳吻了吻他的鼻子,"我尽量下班直接去接爸爸。黛西七点钟会从巴黎回来,你能在家等她吗?"

"好的。"

女儿黛西天生敏感聪慧，外表小巧玲珑、白皙端庄。颇为难得的是身为一名胸怀远志的研究生诗人，她却能做到每天身穿职业套裙和整洁的白色衬衣，远离酒精，并且在上午九点之前就进入最佳的工作状态。他可爱的小公主，就这样跳出了家庭的庇护，像成熟的巴黎女人一样生活着，并且即将在五月份出版她的第一本诗集，不但不是经由某个名不见经传的小出版商，而是将由位于女王广场的一家享有盛名的出版公司来发行，他第一次切除动脉瘤的医院就在该出版社的对面。就连她那恃才自傲的外公，也一改对现代诗歌的不屑一顾，从他所隐居的城堡给她发来了一封字迹凌乱的书信，经仔细辨认之后发现其内容居然充满溢美之词。对诗歌知之甚少的贝罗安一方面固然为女儿感到由衷的自豪，但同时又感伤于她诗中的那些爱情诗句，他难以想象女儿何以能对情感理解得如此透彻，还有那些对他所不认识的男人的身体的生动的描绘。那个勃起得像一把正在靠近"神秘玫瑰"的"兴奋的喷壶"的家伙究竟是谁？还有那个在洗澡的时候一边往"两腮的胡子"上涂香波一边"像卡罗素[①]"一样高唱的男人又是谁？他不得不抑制住内心的反感，因为这可不是对文学的正确态度。他努力想让自己抛弃作为父亲对女儿的保护欲，单纯用文学的眼光去鉴赏这些诗歌。贝罗安已经对其中

---

① Enrico Caruso(1873—1921)，意大利歌唱家，生于那不勒斯一个贫苦的工人家庭，少年时期曾在教堂唱歌，由此展露出在声乐方面的才华，但终其一生都未曾受过正式的声乐教育。

一首不那么刺激他神经但依然十分尖锐的诗歌产生了好感,其中一句写道:"凶恶如鲨的根茎竟会孕育出温柔似水的玫瑰?"这个手捧玫瑰的纤弱女儿已经很长时间不曾回家了,她的到来就如同是久旱过后的甘霖。

"我爱你!"罗莎琳对丈夫说。

这不是个单纯的爱的告白,因为罗莎琳同时也把手绕到了背后,紧紧地握住了他的下体,就连用另一只手去关掉闹钟时都没有放开,在被牵制的一刻,他肉体的战栗让整张床都为之一颤。

"我很高兴听到你这样说。"

亲吻之后罗莎琳说:"我这么半睡半醒已经有好一会了,感到你在我背后越来越硬。"

"那你有什么感觉呢?"

她轻声地说:"我很想要你,但我没有太多的时间,我怕会迟到。"

如此不落痕迹的诱惑!贝罗安没动一个手指就让美梦成真,叫神灵和暴君嫉妒去吧,贝罗安精神为之一振,翻身将她揽入怀中,深深吻她。没错,她已经准备好了。他的夜晚就此结束,他的一天将从清晨六点开始,他暗想是不是所有已婚性爱的特征都集中体现在了这一瞬间:黑暗之中,传统体位,匆匆忙忙,缺乏前戏。但那些只不过是表面现象,此时此刻,他的脑海中没有思考、没有回忆,既不理睬时光流逝也不去感叹时局动荡。性是一种不同寻常的途径,能够扭曲时空和感官,是生理学上的异度空间,就像水与空气的分割,就像梦与现实的距离。性同样也属于母亲常常谈论的另类体验,她曾说过:"贝罗安,游泳可以让一天不同凡响。"这个星期六注定将是不同凡响的一天。

第二章

生命的伟大。有人在反复呢喃着这句话，连同罗莎琳吹风机的声音一同将贝罗安从睡梦中唤醒，至少他自以为清醒的，不过很快就又坠入了梦乡。再度醒来的时候，他听到了罗莎琳开关衣橱的沉闷声响，那是一对大型的嵌入式壁橱，里面装有声控灯，还镶嵌了光滑的胶合木板，并且散发出淡淡的幽香；又过了一会儿，罗莎琳赤着脚走了进来然后又出去，她的丝绸衬裙发出簌簌的摩擦声——没错，一定是那件他在米兰买给她的印有凸起郁金香花纹的黑色衬裙；最后从洗手间里传来的是罗莎琳上班穿的靴子的鞋跟走过大理石地砖所发出的响声。她应该正站在梳妆镜前做着出门前的最后准备：喷洒香水，梳理头发；与此同时，用吸盘固定在浴室墙壁上的那台飞跃的蓝色海豚形象的塑料收音机一直在反复地播放着那句话，其寓意在不断地加深直到他开始体会到了一抹宗教的意味——"生命的伟大"。收音机里的声音在一遍又一遍地重复着。

生命的伟大。他又睡了足足两个小时才彻底清醒，此时罗莎琳已经出门，房间里一片寂静。从微开的百叶窗的缝隙中射入一道狭窄的光束，外面的阳光亮得有些炫目。他掀开被子，仰

面躺在属于罗莎琳的那一边,赤身享受着中央空调的温暖,回忆着那句话的出处。那是达尔文书中的句子没错,来自昨晚他坐在浴缸里阅读的一段,就在那本贝罗安之前未曾拜读过的巨著的末尾。慈悲、坚定却身体虚弱的达尔文出于谦卑地借用了昆虫和宇宙的名义,向这世界做最后的告别。为了安抚那些反对人士的情绪,他甚至还提到了造物主,但是他显然对祂缺乏虔诚,因此在后来再版时删掉了相关内容。这本洋洋五百多页的巨著真正得出的结论其实只有一个:那就是小到一丛灌木之中都蕴藏着无比丰富且无限美丽的物种。你我有幸贵为人类,是自然规律的高级产物,是饥荒、死亡和自然灾害的幸存者,生命之伟大就在于此。人类历史纵使短暂,但足以令我们引以为傲。

曾经有一次他和女儿在埃斯克代尔河边散步,那是一个雪后初晴的傍晚,天空披着淡红色的落日余晖,女儿引用了她所挚爱的一位诗人的诗句。显然没有多少同龄人像她那样欣赏菲利普·拉金①的才华。诗中是这样说的:"倘若我获召唤/来开创一种信仰/我会让人们去膜拜水。"黛西说她喜欢"召唤"这个简洁的用词,仿佛这事真的会发生,仿佛宗教就是这样产生的。然后两人停下来分享保温杯里的咖啡,贝罗安用手指追溯着一溜青苔,表示如果他被授予这项使命的话,他会选择崇拜进化。还有什么比进化的过程更加神秘莫测的呢?在无边无际的时间长河中,一代又一代的人类缓慢地演变,原本简单的物质,在历经了

---

① Philip Larkin(1822—1985),英国当代著名的诗人兼小说家。

偶然的变异、自然的选择和环境的变化之后,衍生出了美妙而又复杂的生命,人类虽然回避不了生老病死的自然悲剧,但与此同时也孕育出了智慧的奇迹,随之诞生的还有道德、爱情、艺术和城邦,这种信仰的硕果就摆在我们眼前。

他们站在两条小溪汇合的石桥上,在听完贝罗安近乎背诵的诠释之后,黛西不由得大笑,甚至放下手中的杯子为他鼓掌。她品评说:"这的确称得上是一个古老而又纯真的信仰,证据确凿。"

在过去的几个月里贝罗安很是想念女儿,终于她就快要回来了。难得的是在星期六这样的时候,西奥居然也答应今晚待在家里,至少留到十一点。贝罗安打算做一道海鲜烩,为此去一趟海鲜卖场是今天日程单上相对简单的任务:他打算买些鲅鱇鱼、蛤蜊、蛤贝和对虾。为了摆在面前的现实任务,为了这些带着咸味的海鲜,他终于从床上爬了起来,进了洗手间。有人认为男人坐着小便是可耻的行为,因为只有女人才会那样。不过那又怎样?他就选择坐着,因为它让他无比放松,当下面的水流倾泻进马桶的时候,最后一丝睡意也被彻底驱散了。他试图在自己的感觉里搜寻某种莫名的羞愧、内疚甚至更微妙的感觉,例如刚刚是否做了什么尴尬或者愚蠢的事情。然而才几分钟的光景,他已经忘记了自己曾做过什么事情,行为本身已经被遗忘,但感觉仍在萦绕。似乎是一件可笑的举动或者是话语,让自己成了傻瓜。既然记不起前因后果,他也就无法说服自己不去想它,但谁又在乎呢?只是这种复杂的情境让他的思维变得有些迟缓——让他联想起蛛网膜,就是那层覆盖在大脑外面的薄膜,每次手术他都不可避免地要将它们切开。那一句生命的伟大,多半是吹风机的嗡嗡声所造成的幻觉,让他把收音机里播放的新闻搞混了。不过,能够在半醒半睡之间让思维天马行空倒是种难得的享受。至少他昨晚站在窗前的时候是完全清醒的,即使现在,对这一点他也是确定无疑的。

他站起身来冲刷了坐便器。他有次在手术区的咖啡间里随手翻起了一本杂志,上面有篇荒谬的文章提到说你冲走的废水中至少有一个分子有一天会转化成雨滴再落回到你的身上。至少从概率的角度说有这个可能,但是推论并不等于现实。"我们定会再相遇,不知何时,不知何地。"哼着这首战时的流行歌曲,贝罗安穿过白绿相间的宽阔的大理石地板走向洗漱池去刮胡子。倘若少了这道程序他总会觉得这一天缺失了什么,即使是在休息日也不会例外。他应该学学西奥,随它去,不理睬。不过贝罗安喜欢那木质的盛放剃须液的小碗和獾毛刷,还有那过于精致的一次性的三层刀片,及其设计合理的带横纹的曲线形绿色刀柄——当这个工业进步的宝贝划过他的面颊的时候,感觉精神都为之一振。威廉·詹姆斯[1]曾对当人们遗忘了某个词语或者是名字时的感觉做过以下描述:"曾经所代表的含义已经模糊不清,只剩下让人欲罢不能的空壳。你费力地想要唤醒麻木

---

[1]　William James(1842—1910),美国实用主义哲学家及机能主义心理学先驱,也是接下来提到的作家亨利的兄弟。

的记忆,但你能想到的都不是你想要找的。"詹姆斯的长处在于从平常之事中发掘意外——这至少是贝罗安的拙见,而且詹姆斯的文笔要远胜于他的兄弟,后者情愿绕一百个弯子来叙述一件事情也不肯直言不讳。黛西——他文学水平的仲裁者,是永远都不会赞同这一观点的。她早在大学时代就曾经就亨利·詹姆斯[①]的几部后期作品撰写过一篇长篇论文,她甚至能够背诵《金碗》中的个别篇章。黛西十岁左右就能背诵数十首诗歌,这是她从外公那里赢取零用钱的一种途径。她所获得的培养和她的父亲所得到的是如此的迥异,难怪他们总爱争辩不休。她怎么会知道那么多事情?在黛西的鼓励下,他试着阅读了一个有关一个小女孩遭遇父母不负责任的离婚的悲惨故事。这听起来似乎有点儿意思,但可怜的小女主人公梅琪的形象很快就被淹没在了一堆文字当中,只看了四十八页,贝罗安却已经感到筋疲力尽了。他可以忍受一连七个小时站着做手术,也具备足够的体力去参加伦敦马拉松赛跑,却忍耐不了读书的辛苦。有一本书的女主角甚至和他的女儿同名,这本书也同样令他迷惑不解。从一个成年人的角度,看待黛西·米勒[②]那意料之中的堕落,除了感慨人生残酷之外,还能得出什么其他的结论吗?但这显然不够深刻。贝罗安弯下腰来,凑近水龙头,开始洗脸。也许至少

[①] Henry James(1843—1916),19 世纪美国三大现实主义倡导者之一,著有《贵夫人画像》、《金碗》等。
[②] 根据美国著名小说家亨利·詹姆斯的中篇小说改编的电影《黛西·米勒》(Daisy Miller)的女主角。

在这一点上,他开始如同晚年的达尔文一样,对莎士比亚这类作家厌烦到了忍无可忍的地步。贝罗安指望着黛西能够让他恢复对文学的品鉴能力。

现在贝罗安终于彻底清醒了,他回到卧室,突然急切地想要穿戴完毕,好摆脱这房间的禁锢,抛开一切的梦境、失眠和头脑发热的胡思乱想,甚至包括性。凌乱的床单还保留着激情的痕迹,让人联想起之前发生的一切。没有欲望的心境是如此的澄澈。依旧赤身裸体的贝罗安迅速地抚平了床单,捡起了地板上的几个枕头,把它们堆到床头,然后走进更衣室,来到他置放体育用品的角落。星期六的早晨通常有两样东西让他感到兴奋——一是刚刚煮好的咖啡,二是那套已经褪色了的壁球装备。讲究穿戴整洁的黛西总是戏谑地说他的这身旧行头如果套在稻草人身上足以吓跑乌鸦。蓝色的短裤已经被无法洗掉的汗液浸渍得深浅不一。灰色 T 恤衫外面是一件胸部有好几个蛀洞的开司米套头衫。蓝色短裤外面又罩了一条运动短裤,用一条穿在裤腰上的棉绳腰带系紧。白色高弹的运动长袜的顶端那黄粉相间的松紧带让人联想起幼儿园时代的装束。翻开袜子便能闻到一股温馨的洗衣液的芳香,但壁球鞋却散发出一股刺鼻的气味,混合了人造皮革和动物汗液的味道,让他联想到壁球场,那里有着白色的墙壁和红色的边线,上演的是毋庸置疑的决斗和胜者为王的情节。

假装对胜负毫不在乎是徒劳的行为。就在上个星期,在和施特劳斯的较量中贝罗安不幸失手,而今天当他迈着矫健而又轻松的步伐穿过房间的时候,他自信自己今天一定能够凯旋而归。当他再度穿过卧室去打开还是刚才那扇百叶窗的时候,已经渐渐模糊的迷惑几乎又死灰复燃。但那也只是刹那间的感觉,转瞬就被冬日里冉冉升起的阳光驱逐得无影无踪了,更主要的是广场上正在发生的事情转移了贝罗安的注意力。

乍一看,她们就像两个二十不到的女孩子,身材窈窕,面庞苍白,穿着在二月里略显单薄的衣衫。也许她们是亲姐妹,一同站在中心花园的栏杆旁,无视路过的行人,完全沉浸在自己的家务事里。过了一会儿,贝罗安开始推断其中正对着自己的那一个应该是个男性,不过实在很难辨认,因为他始终戴着自行车头盔,头盔下面则是浓密的棕色鬈发。尽管如此,贝罗安还是从他的动作中猜测出了他的性别,因为他站立的姿势是两脚外分,而且当他伸手揽过女孩的肩膀时,贝罗安看到了他粗壮的手臂。不过女孩挣脱了他的拥抱,显得很是气愤,而且一直在哭泣,不知所措的模样。女孩双手捂着脸,当男孩靠近想要拥抱她的时候,她在他的胸前象征性地捶了几下,就像经典的好莱坞电影中的女主角那样。然后她转身背对着男孩,但并没有跑开。贝罗安从她的面庞联想起了自己女儿那鹅蛋形的小脸、娇俏的鼻子和淘气的下巴,这种相似促使贝罗安对她更加关注。女孩显然对这个男孩又爱又气。渴望使得男孩看上去更加狂躁,都是为了她吗?男孩拒绝放开女孩,一直在讲话,耐心地哄着她、劝诱着她,可能是想要说服或者安抚她。女孩的左手不停地伸向身后,在 T 恤衫下面用力地抓挠。她的动作是下意识的行为,甚至在她哭着对男孩子半推半就的时候也没有停止过。这是安非他明所导致的紊乱——女孩此刻的感觉一定有如蚂蚁在她的血管中蠕动,只不过这种瘙痒是无法用抓挠来缓解的。也可能是外用吗啡的组织胺反应,初次使用者往往都有这种症状,女孩的苍白和激动的情绪也证实了这种判断。显然,两人都是瘾君子,也许在女孩的不满和男孩的安抚背后并非是家庭的是非而是毒品的纠纷。

在这个广场上常常可见各种戏剧性的镜头,显然人们认为拥挤的街头不适合上演惊天动地的情节,激情需要更宽阔的舞台。早晨的阳光和崭新的开始让贝罗安再度陷入了习惯性的沉思。凡人的这种心理如果放大到国家的层面上,可能就是导致伊拉克沙漠战争的根源——一马平川的地形正好可以让一个战略家纵横驰骋,难怪有人说在沙漠作战是一个军事家的梦想。城市的广场就等于是沙漠的缩影。上个星期天就曾有一个男孩在广场上来来回回地徘徊了两个多小时,边走边对着电话大喊大叫,每次当他背对着走远的时候声音便会逐渐减弱,但每次面朝着返回的时候音量又会逐渐增强。在紧接着来临的周一早上,贝罗安在上班的路上,又看到一个女人一把夺过她丈夫的手机狠狠地砸在了人行道上。也是在同一个月,他目睹了一个身穿黑色西装的小伙子跪在地上,身边放着一把雨伞,把头夹在花园的栏杆之间。后来他才明白原来他正在抱着栏杆抽泣。那个威士忌不离手的老女人的叫喊和咆哮在狭小的街道上如雷贯耳,每次喊不到三个小时绝不罢休。广场的公开为个人的隐私提供了展现的舞台,情侣们可以坐在长椅上静静地倾诉或者哭泣。无论是居住在政府救济的住房里的抑或是住在连排公寓里的人都喜欢迈出他们狭窄的小巷走到这片宽阔的广场上来,在广袤无垠的天空下,尽情享受开阔的视野、挺拔的悬铃树林和青草茵茵的绿地。这里的自由与生机让他们重新记起这些本都是人类基本需求,却竟然无法得到满足。

不过这里也不乏快乐的场面。就在此刻,贝罗安看到在广场的远处有一家印度青年公寓。他又打开了另一扇百叶窗,卧室里顿时被填满了阳光。广场另一边发生的事情真是令人兴奋。两个穿着运动服的印巴裔年轻人——贝罗安认得他们平日是在沃伦大街上报亭工作的——此时正在从卡车上往停靠在人行道上的一辆手推车上卸货。海报已经堆得很高,还有折叠的横幅、胸牌、口哨、足球迷用的拍板和喇叭、滑稽的帽子,以及堆得摇摇晃晃的政治家面孔的橡胶面具——都是布什和布莱尔的。放在最上面的脸谱空洞地仰视着天空,在阳光下犹如死人的脸一样苍白。广场向东几个路口的高尔大街是游行的起点之一,一些闲散的游行者已经聚集到了这里。卖主还没有开张,就已经有人围着手推车想要购买。四处弥漫的兴奋情绪让贝罗安觉得难以理解。不少家庭更是全家出动,年纪各异的四个孩子都穿着清一色的鲜红上衣,听从父母的吩咐手挽着手;还有学生,甚至还来了一车头发花白的老太太,穿着棉衣,踩着厚实的棉鞋,她们可能是妇女联合会的会员。穿着运动服的一个印度小伙举起双手假装投降的样子,他的同伴则站在卡车上开始做起了买卖。平日里的宁静被突如其来的骚乱破坏,广场上的和平鸽被纷纷惊起,成群结队地在空中盘旋起落。一个颤颤巍巍的脸膛红润的男人坐在垃圾箱旁边的长凳上,身上裹着一条灰色的毯子,膝头放着一条切片面包,正在等待着鸽子的光临。在贝罗安儿女的眼中——"喂鸽子的人"是弱智者的代名词。在卡车周围聚集的人群背后,站着几个身穿皮夹克、梳着朋克头的年轻人,正微笑着注视着面前的情景。他们已经展开了手中的标语,上面简洁地写了几个大字:"和平不是幌子!"

此情此景带有一种单纯的英式疯狂。一身壁球装扮的贝罗安,想象自己就是萨达姆,正站在巴格达政府大楼的某个阳台上,心满意足地检阅着下面的群众:西方民主制度下善良选民断不可能允许他们的政府入侵别人的国家。然而萨达姆判断错了,至少有一件事贝罗安是确信无疑的,那就是这场战争已经在所难免,无论联合国同不同意。军队已经是箭在弦上,不得不发。自从贝罗安为一位伊拉克古代史的教授治疗过动脉瘤之后,尤其是亲眼目睹了酷刑在他身上所留下的疤痕,并了解了他的凄惨遭遇之后,他对于这场即将爆发的入侵的看法就发生了变化,开始感到迷茫和不确定。米瑞·特勒伯是一位年逾六旬的老人,身材矮小到几乎像个女孩子,脸上总挂着紧张不安的笑,这种咯咯傻笑的习惯或许是牢狱之灾留下的后遗症。他是伦敦大学的哲学博士,所以能讲一口流利的英语。他的研究领域是闪族人文化,在巴格达的大学里教授这门学科长达二十多年,曾参与过幼发拉底河地区的多项考古研究。他是在一九九四年一个冬日的下午被捕的,就在他要进去授课的教室门外。他的学生们全都在教室里等候着他的到来,因此没有人看到外面发生的一幕。三个男人向他出示了安全部门的委派证明,然后请他跟他们到车上去。在车上他们给他铐上了手铐,也就是从那一刻起他的酷刑便开始了。手铐铐得那么紧,长达十六个小时,以至于当手铐打开的时候,除了疼痛,他已经没有了任何感觉,他的两条胳膊都遭受了永久性的损伤。在接下来的十个月里,他反复辗转于伊拉克中部的多个监狱之间。他根本不明白这种转移背后的意义,也没有任何途径能让他的妻子知道他还活着。甚至直到他被释放的那一天,他仍然不知道指控他的是什么罪名。

贝罗安在他的办公室里聆听了教授的讲述,后来又曾在手术之后去他的病房里和他聊天。很幸运,那是个相当成功的手术。作为一个将要度过七十岁生日的老人,特勒伯有一副不同常人的外表:孩子般光滑的皮肤,长长的睫毛,仔细修剪过的黑色胡子——当然是染过的。在伊拉克他从来没有参与过政治,甚至可以说毫无兴趣,所以拒绝加入社会复兴党,这可能正是他被捕的原因;同样也有可能是因为他妻子的一个表亲,尽管已经去世很久了,但曾经是一名共产党员;要不就是因为另一个表亲收到过一封从伊朗寄过来的信件,这封信是一个因被怀疑有伊朗血统而被驱逐出境的朋友寄来的;也有可能是因为一个侄女的丈夫为了在加拿大的教师工作而拒绝回国;再有一种可能就是教授本人的原因,他曾经为了协助考古挖掘而去过一次土耳其。教授对自己的被捕并没有表示出特别的惊讶,他的妻子应该也不会。他们两个人都曾有朋友,甚至每个人都有认识的人曾经被抓进去过,关上一段时间,也许会吃点苦头,然后再被放出来。这些人会突然之间又冒出来重新上班,对自己的遭遇只字不提,也没人敢多问一句——周围实在有太多的告密者,不当的好奇心会把自己也送进监狱。有些人躺在棺材里被送回来——任何人不许打开棺材。时常会听说朋友或者熟人走访医院、警察局和政府部门这类地方,希望能打探到他们亲人的消息。

特勒伯被关押的监狱臭气熏天,因为不能通风——六十平方英尺的空间里塞进了二十五个人。当被问到那些都是什么人的时候,教授忧郁地笑了笑。他们并不是如人们所推测的那样是普通的罪犯外加几个知识分子,而主要是极其普通的平民百姓,之所以被关到那里,往往只是因为汽车没有牌照;或者不巧和一个当官的人吵了一架,还有的是因为他们的孩子在学校里被哄骗而说出了他们的父母曾在餐桌上说过关于萨达姆的不当言论;或者在被网罗的时候拒绝加入社会复兴党;另外一种常见的罪名就是有某个家庭成员在部队里当了逃兵。

被关押的人里也有安全局的官员和警察。伊拉克国内各种保密机构林立,之间存在着激烈的竞争,所有特工都不得不卖力地工作以示忠诚,否则这个机构都可能会受到怀疑。刑讯是家常便饭——特勒伯和他的同伴们在监狱里时常听到痛苦的尖叫,而且早晚会轮到自己。鞭打、电击、鸡奸、溺水、抽打脚底板,无所不用。每一个人,上自政府要员,下到清洁工人,都无时无刻不生活在一片紧张和恐怖之中。贝罗安看过教授臀部和大腿上的疤痕,看来像是用类似于荆棘条的东西抽打的结果。把教授打成这样的人和教授并无冤仇,他之所以这样卖力只不过是在履行职责——因为他们也惧怕他们的上司。那个人也在同样为自己的处境而恐慌不安,或者说在为他未来的自由担心,因为去年曾经逃跑过一个犯人。

　　"人人都憎恨这样的生活,"特勒伯告诉贝罗安,"要知道,是恐惧将这个国家维系在一起,整个体制都是在依靠恐惧而运转,没有人知道该如何制止这种局面。现在美国人要来了,也许他们动机不纯,但至少可以赶走萨达姆和他的社会复兴主义者们。如果能实现的话,我的医生朋友,我将在伦敦最好的伊拉克饭店里请你大吃一顿。"

　　刚才贝罗安观察的那对少年情侣此时正穿过广场,也许是已经放弃,也许是乐意顺从,总之不管他想要带她去哪里,她显然已经允许了男孩搂着自己,她的头正懒洋洋地靠在他的肩上。女孩的一只手,还在背后抓来抓去。她真应该穿件外套,甚至远从这里,贝罗安也能看到女孩身上粉红的抓痕。暴虐的时尚迫使她将自己的肚脐和腰部都裸露在二月的寒风当中。瘙痒症显示她吸食海洛因的时间并不算长,还是新手,她只要服用比如烯丙羟吗啡酮类的药物就可以抵消毒品的作用。贝罗安走出卧室,来到了楼梯边上,一边注视着高高悬挂在天花板上的十九世纪的法式吊灯,一边考虑是不是应该出去追上那个女孩,给她开个戒毒的处方,毕竟他现在的装束完全适合奔跑。不过那个女孩更需要的是先戒掉这个引她吸毒的男朋友,然后再开始重新开始。贝罗安走下楼梯,正在地下深处穿梭的地铁的振动使得吊灯的饰坠发出丁丁当当的悦耳声音。想到人生的无常让贝罗安感到心情沉重,无论是大风大浪还是微小的变化都有可能会改变人一生的轨迹,这种影响偶尔立竿见影偶尔潜移默化,不同的性格和境遇导致他在巴黎的女儿今天将背起周末的行囊,带着她的处女诗集的草稿登上火车奔向正在期待着她归来的家。而与此同时,也让和她同龄的另一个女孩被不良少年引诱去体验化学物质带来的刹那快感,但从此以后,痛苦将会像毒瘾一样如影随形。

贝罗安情不自禁地猜测,是不是西奥的熟睡让房子里的寂静变得更加浓重。此刻儿子应当正在位于三楼的卧室里酣睡,面朝下地趴在他那张双人床上,盖着被子。他将睡上好几个小时。醒来之后他会听音乐,把互联网上的歌曲通过音响播放出来,然后他会去洗澡,再去煲电话粥。不到饿的时候他是不会下楼的,怎么也要到下午以后他才会进厨房,然后把那里也变成他的地盘,接着打更多的电话,继续放音乐,喝点啤酒或者果汁,邋遢地拌个沙拉,或者用酸奶混合上蜜枣、蜂蜜、水果和碾碎的坚果做一碗早餐。这种吃法在贝罗安看来好像和蓝调音乐不大协调。

贝罗安下到二楼,在书房门前停住了,这是整幢房子里最华丽的一间。阳光从巨大而又轻薄的麦色窗帘里渗透进来,给室内笼罩上了一层庄重和博学的棕色光辉。所有的藏书都是由岳母玛丽安搜集的,贝罗安从未料想到自己有一天会住在一幢有书房的房子里。他一直以来的心愿就是希望有一天能够在这间书房里消磨整个周末,舒服地躺在诺勒式的沙发上,旁边放上一壶触手可及的咖啡,然后阅读一本世界名著,就算只是译著也好。他倒没想过具体要读哪一本,只是觉得自己有必要见识一下何谓惊世之作,尤其是黛西口中的那些文学天才,这总没有害处。几番尝试之后,他仍然无法确定自己是否已经体会出了什么叫惊世的才华,他甚至对它的存在半信半疑。然而他的空闲时间总是被切割得支离破碎,不单单是因为各种杂事、家庭的责任和体育锻炼,还有每个周末为了充分地放松反而导致的劳顿。他可不想把宝贵的休息日用来躺着,甚至坐着也觉得浪费。他更不想成为故事角色生活的旁观者,尤其是那些虚构的情节,尽管在刚刚过去的几个小时里,他一直站在卧室的窗前观察着别人的一举一动。他只是对文学再创作的世界形态不感兴趣而已,他想要得到的是对现实世界的解释。眼前的时代就已经够让人费解了,还有必要再编造一个吗? 他似乎缺乏从头到尾读完一整本书的耐心,唯有工作才能让他专心致志,除此之外的事情都让他不胜其烦。他很诧异竟然有人会把在业余时间里的一些活动当作成就去炫耀,比如能在电视机前一坐就是四五个小时,而这不过就是对全国收视率作出了一点儿贡献而已。记得上个星期在某次手术的间歇,多普勒超声探测仪突然坏了,他们

77

不得不等待从另一间手术室调一台机器过来，就在这时，施特劳斯从麻醉器械的监视器和控制台后面站了起来，一边伸懒腰一边打哈欠，说他几乎整夜都没睡，就为了想看完一本由某位美国天才新秀所写的长达八百页的小说。贝罗安很受触动，也备受困扰——难道真的是自己太浅薄了？

事实上，在黛西的指挥下，贝罗安已经完整地读完了两本公认的世界名著——《安娜·卡列尼娜》和《包法利夫人》。他为了消化那些错综复杂的童话故事所付出的代价就是放慢了自己思考的速度，同时还浪费了无数个小时的宝贵时间。而他又从中学到了什么道理呢？无非是通奸也是可以理解的，却是错误的，显然十九世纪的女性觉得很难接受这类行为，再不就是了解了当时莫斯科和俄国乡村以及法国城镇的一些风土人情。如果，果真如黛西所说的，天才蕴含于细节之中，那他就更不能认同了。书里的细节确实繁多而且严密，但只要你不感情用事，而且有足够的耐心将它们都记录下来，那么要理清整个事件的来龙去脉绝不是什么困难的任务，这些作品不过是一个辛勤的作者仔细堆积素材的产物。

不过这些作品也不是完全没有优点的，至少它们诚实地再现了当时的社会现实，总好过那些所谓的神奇派的现实主义作家，后者恰恰是黛西在大四那年选择研究的对象。他们这类备受推崇的作家写的东西又有什么意义呢？明明是成长于二十一世纪环境下的一代作者——却竟然编排他们的主人公拥有超自然的力量？他从未耐心读完过任何一本这类让人厌烦的瞎话。

尤其是考虑到这些书居然还是写给成年人的,而不是儿童。在不止一部作品里,男女主人公与生俱来或者是于后天长出了一对翅膀——据黛西解释,这是一种挣脱束缚的象征——因此,学会飞翔便成了勇于追求的代名词。还有些作品中的主人公被赋予了不可思议的嗅觉特异功能,或者能够从高空飞行的飞机上坠落下来却毫发无伤,甚至还有一个灵异之士透过酒吧的窗户,看到他的父母从窗前走过,后者正在讨论是否要把怀上几个星期的他流产掉。

像贝罗安这样试图通过修复大脑来拯救思维功能障碍的人,必然对现实存在抱有一种敬重,因为他深知自然之道之不可违背,也了解认知是人类思维的基础。在他这不是一个信仰的问题,而是已经被科学证明的事实,思维是大脑这一现实存在的首要功能。如果说这一点值得我们心存敬畏的话,那么它也同样值得我们为之好奇;不过幻想并非难事,探寻真相才是最大的挑战。纵观黛西所推荐的种种科幻作品使贝罗安相信超自然的故事其实恰恰是想象力贫乏的结果,是对写作的不负责任,是对他们无法理解的奇妙现实的孩子气的逃避,是对本已完美的世界的粗劣的再创造。

"不要再让我读什么会魔法的侏儒鼓手的故事了,"贝罗安在给黛西的信中发出这样的请求,当然这是在他详尽地阐述了自己的观点之后,"拜托,我不想再看什么鬼魂、天使、魔鬼或者变形人的故事了,如果什么事情都可能发生的话,什么也都没有意义了。我实在觉得这种作品很低俗。"

"你真是麻木，"黛西回了一张明信片责备他，"你就像葛擂硬①一样顽固不灵，要知道你读的是文学著作，不是物理教材。"

这是他们第一次通过书信来争论问题。贝罗安回信写道："这话应该说给你的福楼拜和托尔斯泰听听，他们笔下可没人是长了翅膀的。"

黛西回信说："再看一遍你的《包法利夫人》。"接着附了几个供查考的页数，"福楼拜特别警告世人要提防'像你这样的人'。"最后的六个字下面画了重重的横线。

到目前为止，黛西推荐的阅读书目只是让贝罗安得出了这样一个结论，那就是小说里充斥了人类的瑕疵，太多的杂乱无章和牵强附会，既没能彰显人类伟大的想象力，也没有激起读者对自然无与伦比的创造力的感叹。也许唯有音乐才算得上是纯粹的。在众多音乐家中，他最崇拜巴赫，尤其是他的钢琴曲；昨天在手术室里给安德莉亚切除星形细胞瘤的时候，贝罗安听了两首巴赫的无伴奏小提琴协奏曲。他通常听的音乐家还包括：莫扎特、贝多芬和舒伯特。他也有一些喜欢的爵士乐手：例如埃文斯②和戴维斯③，还有考崔恩④。在画家中，他最崇拜塞尚⑤，贝罗

_____

① 19世纪英国著名作家狄更斯小说《艰难时世》里的人物。

② Gil Evans(1912—1988)，是爵士音乐史上开宗立派的不朽人物，身为钢琴家、键盘手、作曲家、编曲家和乐团指挥家的他，在20世纪60年代和戴维斯一起开创了Cool Jazz和Fusion Jazz两大乐派。

③ Miles Davis(1926—1991)，萨克斯演奏家、作曲家和乐队领导者，他对20世纪60至80年代的爵士乐产生了深远的影响。

④ John Coltrane(1926—1967)，美国萨克斯演奏家和作曲家。

⑤ Paul Cézanne(1839—1906)，法国后印象派画家，现代绘画之父。

安还曾在度假的时候特意去参观了塞尚设计的大教堂。除了艺术,他尊崇的成就还有爱因斯坦的概论,贝罗安在二十几岁的时候曾简短地了解过他的数学理论。他觉得应该给这些自己仰慕的成就列一张清单,他一面沿着宽敞的石头楼梯往一楼走一面决定要这样做,虽然他知道自己并不会真的去做。这种伟大完全超乎你想象的极限,标志着近乎超人类的完美境界——这才是贝罗安对天才的定义。在黛西眼里,人们脱离小说便无法"生存",这绝非事实,贝罗安自己就是一个活生生的证据。

贝罗安从门口的地板上拾起信件和报纸,一边浏览新闻标题,一边往厨房走。布里克斯向联合国宣称伊拉克人已经开始合作,针对他的这一言论,首相将于今天在格拉斯哥的讲话中重申战争的人道主义动机。在贝罗安看来,这才是这场战争唯一的正当理由。首相最近的转变好像有点讽刺的味道。贝罗安原本期望他在清晨四点半目击的事件能赶上今天报纸的头条,但是没找到任何相关的消息。

显然自从贝罗安早前离开厨房以后就再也没人来过,桌子上还留着他的杯子,还有西奥喝完的矿泉水瓶子,旁边是电视机的遥控器。这种情景有时真有点不可思议,人去楼空,再回来,一切还是从前的样子。这种僵硬的没有生命的忠诚,有时让人宽慰,但有时则让人不安。贝罗安拿起遥控器,打开了电视机,却将声音关掉——九点钟的新闻还有几分钟才开始——贝罗安开始烧水。一个简单的水壶历经了多少次的技术改进才有了今天的近乎完美:浑圆的壶身增大了容积,塑料的外壳确保了安全,宽大的壶嘴使注水更加方便,小巧扁平的底座提供了电力的来源。贝罗安从来不曾觉得老式水壶难用——包括那很难卸下的锡质壶盖,壶身上巨大的黑洞似的电插口,等着电击任何没有擦干手的人。不过有人对水壶的设计仔细地进行了研究,因此如今那种古老的设备已不再为人所用了。这些仿佛都是为了要提醒世人:并非所有事物都在每况愈下。

就在贝罗安研磨咖啡豆的时候九点新闻开始了。这一次的新闻主持人是位很有点韵味的肤色较深的女性,一对修过的弯弯的眉毛,对今早发生的一切表示惊讶。首先是来自高速公路桥的镜头,长途客车一辆接一辆地运来了众多的游行者,本次反战示威游行将可能是近年来最大规模的一次。接着一名记者来到河畔区采访较早抵达的一群示威游行者,这些人所表现出来的兴奋和热情让人不由得产生怀疑。聚集的群众无不兴高采烈——他们不但互相拥抱,更恨不能拥抱自己。不排除他们的想法有可能是正确的,但是倘若他们情愿让无休止的刑讯、大批量的处决、种族清洗和不时发生的大屠杀继续下去也不同意让西方入侵的话,那他们现在至少不应该如此情绪高涨,而应该是心怀忧虑。至于贝罗安今早看到的飞机,现在已经屈居新闻的第二位了。相关的照片还只有那几张,只是多了几个细节的报道:电线故障被怀疑是造成起火的原因。机组人员和警察站在一起——两名俄罗斯人——驾驶员是个干瘦的家伙,头发黏在头上,而副驾驶正相反是个胖子,高兴得有点莫名其妙。两人都被太阳晒得黝黑,也许是因为他们来自南部的某个共和国。一个原本就令人失望的新闻素材,几乎就要被人遗弃了——因为这其中缺少亡命之徒,没有死亡,更没有悬念跌宕的结局——但突然间被一场人为制造的争论激活了,因为据一位飞行专家说,在有其他选择的情况下却允许一架正在燃烧的飞机飞过人口集中的都市上空是不顾后果的决定。机场方面的代表声称伦敦市民的生命财产没有受到威胁,政府部门尚未就此做出评论。

贝罗安关上电视,选择了一只高脚凳坐下,一手端着咖啡一手拿起电话。在开始享受周六之前,他得先给医院打个电话。他拨叫了重症监护室,并要求值班的护士接电话。当有人去叫值班护士的时候,贝罗安透过电话又听到医院里那熟悉的低声细语,他辨认出其中一个是运送工的声音,听筒里还传来一本书或是文件夹被人"啪"的一声放在桌上的声响。

接着电话里传来一个繁忙的女人的平淡的声音,"重症监护室。"

"是迪尔德丽吗? 我以为今天是查尔斯当班。"

"他感冒了没来,贝罗安先生。"

"安德莉亚的情况怎么样?"

"格拉斯哥昏迷指数是十五,氧气吸收良好,没有并发症。"

"脑室外引流情况怎么样?"

"引流量仍在五厘米左右,我正在考虑送她回普通病房。"

"那就好。"贝罗安说,"你能不能转告麻醉师,她可以下班了。"刚准备挂电话,贝罗安又想起一件事,"安德莉亚没给你添麻烦吧?"

"她还没完全清醒，贝罗安先生，我们更喜欢这个时候的她。"

贝罗安从一只银质的盘子里拿起了他的钥匙、手机和车库门的遥控器。他的钱包在他外套的口袋里，就挂在厨房后面的那个房间里，挨着葡萄酒窖。壁球拍在上面一楼的洗衣间的橱柜里。贝罗安穿上那件旧的远足用的羊毛大衣，正准备打开防盗警铃，突然想起西奥还在家里。贝罗安返身将门带上，一面向外走，一面听到进城觅食的海鸥的尖叫声。太阳才刚刚升起，广场只有一半沐浴在阳光下——贝罗安所处的那一半。贝罗安沿着湿漉漉的小径朝着与广场相反的方向走去，惊讶于天气的清爽。空气几乎有种洁净的味道。他感觉就像阔步行进在大自然的表面上，正在沿着一望无际的海滩前行，让他隐约回想起童年度假时走过的平坦而敦厚的玄武岩堤岸。一定是海鸥的叫声唤起了他的记忆，他甚至还记起了那狂怒的蓝绿色大海所溅起的飞沫的味道。当他走过沃伦大街时，贝罗安提醒自己一定不要忘了去买海鲜。借着咖啡的提神，又经过了一段路程的舒展，并带着对球赛的渴望，就连裹了鞘皮的球拍攥在手里的感觉也那么舒服，这一切都让他不由自主地加快了步伐。

往常在周末的时候，这附近的街道都是空荡荡的，但是今天前方的尤斯顿大街的人行道上，却有一大群人正朝东向高尔大街走去，而机动车道上则蠕动着同方向的巴士队伍，和贝罗安在九点新闻上看到的情景一样。车上的乘客都脸贴着车窗玻璃朝外张望,恨不得下车加入下面的人群。他们已经把标语、足球俱乐部的围巾以及家乡的名字都挂在了窗外——他们来自像斯特拉特福德、格洛斯特和伊维塞姆这样中部的城市。人行道上骚动不安的人群中,不时传出一些喧闹的声音——长号、汽车喇叭、兰姆博格鼓,甚至还夹杂了一些口号。起初贝罗安还没听懂他们在喊什么,过了一会儿才发现原来说的是:"咚通咚通,咚咚通,不要攻击伊拉克。"还没有上阵的小标牌轻快地搭在人群的肩膀上,上面写着"不要以我的名义发动战争"的条幅从贝罗安眼前经过了好几次。这种过度的自我意识标志着抗议活动已经进化到了一个全新的境界,现代的消费者空前地挑剔,从洗发水到软饮料样样都要让他们自我感觉更加良好。贝罗安更喜欢从前那种愤懑的抗议风格,那时的人们总是用类似于"让某某某见鬼去吧!"这样的口号。一个扛着条幅的组织从贝罗安面前走过——卜面写着英国穆斯林协会。贝罗安对他们统一的着装印象深刻。接着经过的是斯伍弗汉妇女唱诗班,后面跟着犹太反战团体。

贝罗安从沃伦大街向右拐,现在他正向东走向托特纳姆法院大道。这里则更加拥挤,从地铁站口蜂拥而出的人群更令队伍不断膨胀。太阳从他们后面照射过来,只能看清众人的轮廓分别融入黑压压的人海中去,隐约还可以辨认出角落里一个临时搭建的书报摊和热狗摊,不太道德地坐落在拐角的麦当劳门前。这里的孩子多得出奇,竟然还有躺在手推车里的婴儿。尽管贝罗安对反战活动持有疑义,但此时穿着白色球鞋,手握着球拍的他还是不禁被他们所感染，只是觉得这种兴奋和活动的宗旨似乎不太相称；群众的海洋淹没了街道，成千上万的陌生人为了一个共同的目的聚集在一起，彰显了革命的可怕威力。

如果不是因为结识了特勒伯教授并为他切除过大脑动脉瘤的话，贝罗安可能已经加入到游行中去了，至少在精神上他会赞同他们，但现在无论任何情况都不可能改变他去打球的计划。在和特勒伯教授谈过之后的几个月里，贝罗安忍不住查阅了有关伊拉克政权的资料。他还了解了发人深省的斯大林的故事，以及萨达姆如何依靠家族纽带和民族忠诚来维系政权，并把宫殿像礼物一样的作为奖励。贝罗安也熟知了发生在伊拉克南部和北部的那些令人发指的种族灭绝、人种大清洗、庞大的告密组织、匪夷所思的酷刑，还有萨达姆喜欢事事亲为的嗜好，以及被载入法律的各种奇怪的惩罚方式——例如在人身上打下烙印和切断肢体。不难理解，贝罗安更关注那些拒绝施行这种断肢惩罚的外科医生所遭受到的待遇。贝罗安得出一个结论，在那个国家罪恶得以前所未有地嚣张，而且变得更加系统化，更加富有创造性。特勒伯教授说的没错，那真的是一个恐怖之地。贝罗安也读了马克亚①的著名作品，不难得出结论，萨达姆政策的核心就是恐怖主义。

贝罗安知道任何一个强大的政权——无论是亚述、罗马还

① Kanan Makiya(1949—　)，伊拉克异议作家，现在美国波士顿布兰代斯大学担任教授，著有几本有关伊拉克的书。

是美国——即使是打着正义的旗号来发动战争,也不会永留青史。贝罗安同时也很担心对伊拉克的入侵或者说占领会演变成一场惨剧。也许反战游行者是正确的。贝罗安相信观点形成的偶然性,如果他不曾结识特勒伯教授,也没有对他产生景仰,那么他对这场即将到来的战争可能就会持有完全相反的看法,至少不会像现在这样矛盾。观点的形成就像是掷骰子,严格地讲,现在蜂拥在沃伦大街地铁站周围的那些人当中,没有几个曾经亲历过伊拉克政府的折磨,他们的朋友和亲人中也没有人有过这种遭遇,甚至他们对政府将要进军的那个地方一点也不了解。他们当中绝大多数可能只是知道关于伊拉克的库尔德人或者南部什叶派的一些状况,却突然间觉得自己应当深切地关注伊拉克人民的境遇。他们现在这样做是有充分理由的,包括为了自身的安全。据说基地组织虽然既憎恨无神论者萨达姆,也反感什叶派穆斯林的对立,但如果看到伊拉克遭到入侵的话同样会被激怒,从而对西方国家脆弱的城市发起攻击作为报复。捍卫自己的利益这无可厚非,可能那些反战示威者自信只有西方的民众才具备道德的识别力,但贝罗安并不这么认为。

街道两边的三明治吧为了这个周末而关门歇业,只有酒铺和报刊亭开了门。在一个名为左岸的法国熟食店的门前,店主正拿一只镀锌的桶往人行道上泼水,典型的巴黎人的作法。背对着人群迎面朝贝罗安走来的是一个和他年纪相仿的清洁工,脸色红红的,戴着一顶棒球帽,身上穿了一件荧光外套,推着手推车,正在清扫下水道。他好像很想把工作干得出色,用扫帚的一端使劲地捅着马路的缝隙,想要把里面的残余清扫干净。他的用心和专注让人看着很不舒服,仿佛是在对周六发出无声的抗议。还有什么比看着一个工资微薄的清洁工如此卖力地工作,而与此同时就在不远的街道的尽头,游行的人群正肆意地将纸壳箱子和喝水的纸杯丢在脚下更让人难受的呢? 不只是他们,每天城市各处都有人制造着无数的垃圾。在贝罗安和他擦肩而过的瞬间,他们的目光快速地接触了一下。清洁工人眼白有些昏黄,还带着几缕血丝。有那么令人眩晕的一瞬间,贝罗安突然觉得自己和他的生命是相连的,就像坐在跷跷板两端的两个人,以同一根轴为支点,你升我降,生命的位置仿佛可能随时互换。

贝罗安将视线移开,慢下脚步,拐进一个马棚改造的车库,他的车就停在那里。古人的生活是多么的简单,在他们的年代,如果有人过得富足,别人会认为这都是上天的安排,而不会去想为什么这种超自然的力量没有同样赐予自己富裕——一种不可知论的信仰,帮助那些不了解自己权益的人们克服了愤愤不平的心态。现在我们以为我们看透宗教的本质,可结果又怎么样了呢? 在刚刚过去的一个世纪里,人类历经了多少次毁灭性的打击,目睹过多少种卑鄙的行径,牺牲了多少人的性命,最终还是不得不用一个脆弱的不可知论来解释正义的扭曲和贫富的不均。世界不会再因为某个伟人的创举而发生巨变,纵使还有进步的可能也只能是一点一滴、按部就班地发生。人们大多对现实抱有一种存在主义的心态——一个人如果迫不得已要靠扫大街维持生计的话，那只能说他运气太坏。这不是一个梦想者的时代。街道总得有人清扫，那就让运气不好的人去干吧。

　　贝罗安沿着下坡的光滑的鹅卵石小道走向原本是马棚的车库。旧时像他住的这种房子都有这样一个放马的地方，今天有钱人则将其改造成了他们爱车的蜗居。贝罗安钥匙环上挂着一个红外的遥控装置，轻轻一按，钢质的车库闸门就会随即升起。一辆有着长长车头和大大头灯的座驾就摆在了面前，等待着有人来解放它。银色的奔驰 S500 外加车内乳白色的装潢——他已经慢慢习惯了人们对此赞叹的眼神了。他其实并不喜欢它——但他既然有幸作为这世界上少数能享受到荣华富贵的人群中的一员，开一辆好车是很自然的事情。他告诉自己说，即使他不买那辆车，也会有别人去买。贝罗安已经一个星期没开车了，而即使是被遗忘在这昏暗但一尘不染的车库里，车子也像动物一样保持着温暖的体温。贝罗安打开车门，坐进去。他喜欢穿着他这套破旧的运动服开车。副驾驶座位上放了一本旧的《神经外科期刊》，上面刊登了他在罗马一次大会上作的报告。他随手把壁球球拍扔在杂志上。西奥最不赞成他买这辆车，说一看就知道是有钱的医生的车子，好像这是件罪大恶极的事情似的。然而，黛西观点却恰恰相反，她说哈罗德·品特[1]也有这样一部车子，所以她也喜欢。罗莎琳则鼓励他买下，她说他的生

---

[1]　Harold Pinter(1930—2008)，英国当代剧作家、诗人、政治活动家，2005 年诺贝尔文学奖获得者。

活太过简朴了，从来不买名牌服装、名酒，也从不收藏名画，未免让人觉得他节俭得虚伪。他不能再像一个刚毕业的大学生那样生活了，该是他享受一下的时候了。

可是车已经买了几个月了，贝罗安还是有种罪恶感，极少用第四档，不但不好意思超车，还总是主动给别的车让路，尤其是遇到便宜的车子时，他总是小心翼翼地不和他们抢道。他的这个心病最终在一次去苏格兰西北钓鱼的旅行中被施特劳斯治好了。在一望无际的公路的诱惑和施特劳斯的过度的兴奋的感染下，贝罗安终于接受了他是这部车子的拥有者，是它的主人这一事实。事实上私下里他一直都认为自己车开得不错：就像在手术室里，一样的沉稳、一样的细心、一样的游刃有余。他和施特劳斯在托里登附近的溪流里钓棕色的鲑鱼。那是一个多雨的下午，贝罗安一面向水里抛撒鱼钩，一面回头眺望一百码外的车子，它正伫立在一个斜坡之上，背景是白桦林、石南花丛和风雨欲来的阴沉天空——简直就是浑然天成的广告镜头——贝罗安心头第一次涌起温柔的拥有的幸福感。人有可能也有权利去爱恋一个没有生命的东西，那时那刻正是这种喜爱的巅峰，因为从那之后，他的感觉渐渐平静成为一种温和的、偶尔的欣赏。有时候，驾驶会给他带来一种朦胧的满足感，但其余的时间里他几乎很少留意它的存在。就像它的设计者所预期和承诺的那样，人车已成一体。

但是一些细枝末节仍会在贝罗安心底激起特别的悸动，例如发动机的声音静得几乎细不可闻，转速计算器是引擎正在工

90

作的唯一证明。贝罗安打开收音机,里面传出经久不息而又富有节奏的热烈掌声。他小心地将车开出,车库的闸门在他的身后应声关闭,他慢慢地倒出院子,先左转,然后开上沃伦大街。他的壁球俱乐部就坐落在亨特利大街,是由一个旧的养老院改建的——一点也不远,但他之所以开车来,是因为等一会儿他还有其他事情要办。说来有些惭愧,但贝罗安更喜欢坐在车里观赏这座城市,呼吸着经过过滤的洁净空气,聆听着高保真的车内音响将音乐的震撼诠释得淋漓尽致——《舒伯特三重奏》使得他正在穿越的这条狭窄的街道也显得高贵起来。他向南穿过了两个路口,想要再向东穿越托特纳姆法院大道。克利夫兰大街过去曾以服装血汗工厂和妓女云集而闻名,如今则充斥着希腊、土耳其和意大利的餐馆——那种旅游指南上不会提及的本地餐馆——夏天的时候,人们可以在外面延伸的遮阳棚下用餐。在这里你还可以找到电脑修理部、布料店、修鞋铺,如果你肯再走远一点的话,还可以发现假发商店,主要是易装癖者光顾。这里是内城小巷的典型写照——百变、自信但又默默无闻。就在这一瞬间,贝罗安突然再次记起了他之前那种模糊的羞耻和尴尬的缘由:他居然如此武断地断定世界已经变得面目全非,也就意味像眼前这么安详的街道和相互包容的生活方式将会被新的敌人毁掉——这群敌人组织严密,无所不在,是充满仇恨的偏执狂。他的这种末世般的悲观在朗朗晴空之下看起来是多么的荒谬!眼前的车水马龙、人来人往就是不言自明的证据,他的世界并没有从根本上被颠覆。谈什么百年危机实在是夸大其词了。

世上永远都有危机存在,伊斯兰恐怖主义总有一天也会得到解决,就像近年来的其他战争、气候变迁、国际贸易所牵出的政治纠葛,以及土地和淡水资源匮乏、饥饿、贫穷等等其他问题和危机一样,早晚都会成为历史。

舒伯特的音乐优雅地在他的耳边起伏跌宕。街道井然有序,从古至今多少代人的辛勤耕耘才成就了今天这座生机勃勃的伟大城市。谁能允许它就那么被轻易地摧毁?如此美妙的一方乐土怎能轻言抛弃?几个世纪以来,绝大多数人的生活水平都在稳步提高,尽管现在社会也不乏吸毒者和乞讨者。但空气更加清新了,鲑鱼也又重新跳跃在泰晤士河里,连水獭都搬回来了。大多数人的生活在物质、医疗、文化和享乐等方方面面都在逐渐改善。黛西大学时代的老师曾认为人类进步的信仰已经落伍了,甚至可称得上是荒谬。想到这,贝罗安的不满传递到了把着方向盘的右手,握得更紧了。他想起梅达沃①说过的几句话,梅达沃是他非常崇拜的一个人:"嘲笑进步的希望是愚蠢的极致,是思想贫乏的顶点,是见识浅薄的终极。"是的,他就是那个相信百年危机的傻瓜。黛西大学的最后一个学期,贝罗安曾经在一个学校开放日参观过她的学校。年轻的教授喜欢把现代生活戏剧化地描述为一连串的悲剧。这是他们的风格,是他们自以为是的表现。把治愈天花或者民主制度的普及,作为人类进步的一部分,会让他们看起来不够潇洒也不够专业。当晚他们

---

① Peter Medawar(1915—1987),英国科学家。

当中的一个还作了一场讲座,谈的是用户至上主义和科技文明的前景,结论当然是一片黯淡。倘若我们能够彻底消除贫富差异的话,我们的后代必将视我们如上帝一般伟大,至少在这座城市里,少数幸运的群体可以享有超级市场的丰盛、潮水般唾手可得的资讯、薄如蝉翼的服装、不断延长的寿命、妙不可言的机器——这是一个神奇的机器时代,便携电话能做得比你的耳朵还小,巴掌大的物体居然可以容纳整个音乐图书馆,还有可以窥视全世界每个角落的摄像头。贝罗安不费吹灰之力就能通过他办公桌上的设备和互联网相连,然后订购了他正在开着的这辆奇妙的车。就在昨天,他利用计算机引导的三维立体排列革新了他做活组织切片检查的手段。此刻街上那对手拉手散步的中国夫妇正在分享着数字化的娱乐,一个 Y 字形的耳机接口让他们欣赏着同一台播放器的音乐。身穿披风、体态修长的妻子推着一辆三轮的高级婴儿车,脚步轻快得几乎要跳起来了。事实上,在这条平凡得不能再平凡的街道上,每个经过贝罗安身边的人都是一派喜气,至少是像他一样心满意足。然而在那些高等院校的教授眼里,从整个人类的角度来看,苦难是更容易谈论的话题,幸福对他们来说太过深奥。

抱着为这个时代的兴盛而庆祝的高昂兴致,贝罗安开着奔驰向东驶进枫树街。他的快乐似乎源自自我争论,总是得先给自己制造点烦恼,再从解决问题中获得满足。有时在体育比赛之前,他喜欢经历这么一种心理过程。他并不怎么喜欢自己的这种习惯,但是每分每秒的思绪翻涌并非是他可以完全控制的——那时那地的心境会让他陷入一种孤独的沉思，并随之漂流沉沦。也许他其实并不快乐，只不过是在自我安慰。此刻贝罗安正开过邮政大楼——铝质的大门使得它看起来不再那么难看了，蓝色边框的对称的窗户和通风口看起来有点蒙德里安①的绘画风格。再往前走一点，在菲茨罗伊街和夏洛特街交汇处，是拥挤不堪的狭小办公区和学生宿舍——蹩脚的窗户，庸俗的风格，注定不会长久存在。换作是在某个飘雨日子里，恰逢你的心绪合适，你甚至会以为自己身在共产主义统治下的波兰华沙。只有当这类建筑被拆得近乎消失的时候，才有可能让人们开始喜欢上它们。

贝罗安现在正沿着两个街区以外的和沃伦大街平行的街道行驶着。他的心绪仍然被之前那种奇怪的感觉搅得很乱，这份快乐也因为过度强烈而打了折扣。当贝罗安快要开到托特纳姆法院大道时，他又再次陷入了一贯的思维模式，梳理着最近左右他心境的事情。他和罗莎琳刚做过爱，又到了星期六的早晨，他正坐在自己的车子里，飞机事故中所幸无人伤亡，一会儿还有一场比赛等着他，那个非洲来的问题女孩和他昨天治疗过的其他病人的情况都很稳定，黛西就要回来了——所有这一切都很顺利。但是另一个方面呢？刚想到这里他突然踩下了刹车。一个穿着黄色马甲的巡警正站在托特纳姆法院大道的中央，旁边停着他的摩托车，伸出一只胳膊示意他停下。当然，这条道路因为

---

① Piet Mondrian(1872—1944)，荷兰画家。

游行而被封锁,他早该想到。但是贝罗安还是继续往前开,并且慢慢地减速,假装不知道有这回事,也许他能被允许破例——毕竟,他只是要穿过这条街,而不是要一直在这条路上行驶;或者至少他可以行使他的权利,上演一场在坚定而又抱歉的警察和庄严而又宽容的市民之间发生的小插曲。

贝罗安在两条路的交叉路口停了下来。没错,警察的确是朝他走来,并回头瞥了一眼游行示威者,脸上露出包容的微笑,暗示换作他是决策者,早就下令轰炸包括伊拉克在内的某些国家了。坐在方向盘后面的贝罗安本打算回报给他一个他自认儒雅的笑不露齿的微笑,但这时发生了两件事,几乎是同时发生的。在这名巡警的身后,在街道的尽头,三个男子,其中两个身材魁梧,另外一个短小粗壮,身穿黑衣,急急忙忙地从一家名叫留兰香犀牛的艳舞俱乐部里跑出来,踉踉跄跄地想跑又假装只是在走。当他们跑到街道的拐角处,就是贝罗安想要开上的那条街时,他们再无顾忌,一起冲向停在旁边的一辆汽车,那个矮胖的家伙跑在最后。

同时发生的第二件事情是那位巡逻警察一开始并没有意识到那三个男人的存在,径直走向贝罗安,但突然间他停了下来,举起一只手到左耳边,一边点头,一边对着嘴边的麦克风说话,紧接着转身走回他的摩托车。正走着猛然想起自己刚才过来的目的,便回头朝贝罗安这边看。贝罗安用顺服并带着询问的眼神看着他,并用手指了指大学路。警察耸了耸肩,然后点点头,用手势示意贝罗安快速穿过那条街。没什么大不了的,游行者还在街道的另一头没过来呢,而他自己又刚接到新的执行任务。

　　贝罗安要去参加比赛还完全来得及,他也并不急于要穿过这条马路。他虽然喜欢自己这辆车,但他对它的具体性能从来不感兴趣,例如从发动到最高时速需要多长时间,他从未考虑过。他猜想数据应该是惊人的,但他从没想过要尝试一下,他早就过了那种爱在路口急刹车好在路面上留下胎痕的年纪了。他换到一挡,谨慎地左右察看,尽管这是一条由南向北的单行道,但他知道那些步行者不一定从哪个方向走过来。如果贝罗安足够迅速地穿越这条四车道的交叉路口,就不会让正打算骑车离开的警察有任何担忧,贝罗安不愿这位巡警为了给他放行而受到上司的批评,巡警刚才的手势也示意他动作要快。贝罗安驶过六七十英尺的距离进入了大学街,接着将速度调到二挡,时速只有二十英里,或者二十五英里,但最多不超过三十英里。即使在他换到更高挡的时候,他也小心地看着外面,想在高尔街之前找一个街口右转,因为那里也被禁行了。

　　车子的移动又再次勾起了他的思绪,他顷刻间又回到了之前没有想完的理由,也就是造成他这种精神状态的最根本、最直接的原因。当人在自省的时候,一秒钟可以感觉像一世纪那么漫长,足以让贝罗安找出令他不安的因素,至少足以让他发现,或者说感觉到,暂且不去考虑如何用语言来表述这种感受,而先承认真正让他感到烦闷的是当今世界的现状,那些游行示威者不过是提醒了他而已。也许今天的世界已经从根本上发生了改

96

变,面对这种变革人们手足无措,尤其是美国人无法很好地接受。在世界的某个角落,有些人在有意识、有秩序地组织起来,企图杀掉像贝罗安这样的人,以及他的家人和朋友,来证明自己的某种信念。预期的死亡率早已是确定无疑的事实;可能在这座城市里,在相同的人口基数下,死亡率却要更高一点。是不是他过于恐惧以至于无法面对这样的事实? 他无法清楚地思考。对这类情况贝罗安起初的反应往往是不甚在意,但接着又不由自主地多想。这是一种语言成型之前的状态,语言学家称之为心灵语言。几乎不具备语言的特征,它更像是令人迷惑的图形组成的矩阵,将所要表达的思想凝固、压缩在一秒之内,把它和独特的精神样式牢牢地结合熔铸在一起,这本身更像一种色彩,惨淡的黄色。即使是天才的诗人,想要把这浓缩的感觉表达出来,也要动用上百个词语,花去好几分钟的时间才能描述。因此当贝罗安用左眼的余光看到一道红色的影子一掠而过的时候,就像失眠时印在他视网膜上的形状一样, 种思想便形成了,一个全新的思想,但又是完全自我的,独立于公共的世界之外。

憑着潜意识的轻车熟路贝罗安把车开进了一段狭窄的街道,右边是用边石规划出来的自行车道,左边停放着一排汽车。也就是在这一瞬间,他的思想走了神,随之而来的是后视镜断裂以及车子的侧翼外壳被挤压的声音。显然两辆车子挤上了只够一辆车通行的道路。贝罗安下意识地加速然后猛地右转,同时他还听到了另外一种噪音——从他左边经过的那辆红色汽车从排列在道边的几辆汽车侧面刮过,发出断断续续的咔嚓声,而与此同时贝罗安的奔驰的轮胎在水泥路面上剧烈摩擦,吱的一声开上了自行车道,车子的后轮也相继上来。他在相撞的车前方停了下来。两辆惨遭毁坏的车彼此相距三十码,引擎同时停了下来,静默了一会儿,双方司机都没有马上下车。参比现代的交通事故的严重程度——贝罗安在事故急救中心工作过整整五年——像这种事故简直是微不足道。不可能有人受伤,他也无需充当临时医生。在过去的五年时间里,贝罗安做过两次临时医生,两次都是有人心脏病发作,一次是在飞往纽约的航班上,另一次是六月的酷暑期在一家闷热的伦敦剧院里,两次结果都不尽如人意,而且病情复杂。此刻他并没有感到震惊,却也没有异常地平静,既非激动不已,也非麻木不仁,他的视觉并没有比平时更锐利,他也没有在发抖。贝罗安听到热金属冷缩的喀嚓声,越来越重的烦躁和饱经世故的理智在他的内心交战着。他不用看也知道——自己车子的一边已经损坏了。他已经预见到在未来的几个星期,乃至几个月里他将要办理无数的手续、应付保险赔偿和反赔偿,然后再打无数的电话,并把车送去修理等等一系列的麻烦。但无论如何,汽车原有的那种别致和风华都永远地消逝了,无论经过多么努力的维修都再也无法恢复。还有前面的轮轴,轴承和其他复杂的零件受到的冲击更是永久的——甚至会影响到齿轮齿条转向器。他的车子再也不是从前的那一辆了,它被破坏性地改变了,同时被毁掉的还有他的星期六——他计划中的比赛泡汤了。

最主要的是,此时在他的心里有一种奇怪的现代情绪正在膨胀——想要捍卫车主的权益,这种感情有如电焊一般,把对公正的要求和对另一方的愤怒糅合在一起,以至于几句被人用烂了的咒骂在他的脑海中翻滚,陈旧中竟也衍生出新意来,而且那么容易就脱口而出,没有任何先兆:"愚蠢的混蛋,会不会看后视镜?他的后视镜是干什么吃的?真他妈的混蛋!"现在这个世界上他唯一憎恨的人正坐在后面的车上,贝罗安准备要和他谈谈,面对面地,和他就保险细节交换一下信息——他本该去打壁球,可现在却不得不做这些事。他感觉自己好像被人遗弃了似的。仿佛自己一分为二变成了两个人,两个自我彼此观察着,然后其中一个消失在路的尽头,他更符合贝罗安平时的模样,像个有钱的大叔,深沉而又快乐,无忧无虑地开着车穿越星期六的街道,而另一个自我却被困在这儿,独自受罪,不得不接受他这陌生的、意外的却又是无法逃避的命运。后者才是真实的。因为他直到现在都无法相信会发生这种变故,只能一再地提醒自己这已成事实。贝罗安把跌落的球拍从座位下拾起来,丢回到那本《神经外科期刊》上。他的右手已经放到车门把手上了,但是他突然停住了动作,从后视镜里观望着,还是谨慎一点好。

正如他所料想的,后面的车里有三个人影在晃动。他知道自己容易贸然下结论,于是他先仔细地观察了一下。据他所知,光顾艳舞俱乐部并不违法。但是倘若这三个人是从维康基金会①或者大英图书馆这样的地方跑出来的,哪怕是一副鬼鬼祟祟

---

① 英国一家慈善机构。

的模样,贝罗安也一定早就从车里走出来了。看他们之前行色匆匆的样子,此刻极有可能感觉比贝罗安更急躁。他们所开的那辆车是德国宝马五种系列车型之一,像这种车,贝罗安想不出有什么理由来把它和犯罪或毒品交易联系在一起。但是他们不是一个人,而是三个。最矮的一个坐在副驾驶的位置上,贝罗安看到他正打开车门,司机紧接着也钻了出来,然后后面的车门才打开。贝罗安可不想一会儿坐在车里和他们对话,于是也下了车。但这短短半分钟的迟疑,已经让局面蒙上了一层斗智斗勇的气氛,贝罗安已经权衡了眼前的局势。那三个人也同样为了他们自己的理由而经过了一番踌躇和讨论才从车里走出来。有一点很重要的,贝罗安提醒自己要牢记,那就是他没有做错什么,他有充分的理由可以向对方发火,但他同时也必须克制。这样想着,他绕到了车子的前面。这两种自相矛盾的情绪让他感到更加不知所措,于是贝罗安决定最好还是走一步看一步,没有必要一开始就陷入制定原则的麻烦中去。他服从自己的直觉,暂时忽略这三个人,背对着他们,绕过车头,去察看碰坏的那一边。但是即使是当他站在那里,手掐着腰,摆出一副理直气壮的愤怒的姿势的时候,他也没有停止用眼角的余光去观察这三个人一起慢慢地向自己逼近。

乍一看,他的车子好像毫发无伤。后视镜完好无缺,侧面也没有碰撞的凹陷痕迹;更令人吃惊的是,银色的车漆竟然也是光洁如新。贝罗安又弯下腰换个角度看看,也是一样。他又伸开五指,用手掌轻轻地抚过车体,很像是知道自己在干什么似的,但还是什么也没有发现——简直是完璧无瑕 。贝罗安立刻敏感地意识到，这好像让他陷入了一种不利的位置，他失去了可以发怒的理由。即使确实有损坏的话，也是隐形的，应该在前面的两个车轮之间。

那三个人已经停了下来，在看着路上的什么东西。那个穿黑衣的矮个子用脚尖踢了踢宝马车折断下来的后视镜，仿佛在拨弄一只死了的动物。另一个拉着一张马脸的高个子，把镜子捡了起来，捧在手里反复抚摸着。他们三个一起低头看着，然后，那个矮个子说一句什么，他们便同时把脸转向贝罗安，脸上带着突发的好奇，就像森林里受了惊的梅花鹿。第一次，贝罗安感到被一种可能的危险包围。街道的两端均被游行的人群堵住了，导致这条街上空空荡荡。在这三人身后，托特纳姆法院大道上，零零散散的抗议者正向南行进要加入大部队。贝罗安又回头看了看，身后的高尔街上的示威活动已经正式开始了。成千上万的人组成一支密密麻麻的队伍，正浩浩荡荡地向皮卡迪利大街进发，手中高举的旗帜英武地向前倾斜着，犹如革命的标语似的。他们的面庞，手臂和衣服汇成了一个五彩缤纷的海洋，看上去几乎给人一种温暖的感觉，这种场面只有当人类团结一心的时候才能见到。为了渲染气氛，他们居然选择在送葬般的鼓声中默默前行。

那三个人继续靠近，和刚才一样，还是那个矮个子——大约五英尺五，或者五英尺六高——一马当先。他的步法很特别，有点像跳爵士舞那样扭动着身体，好像他在跨越一条小河一样，一

101

个刚刚光顾过留兰香犀牛艳舞俱乐部的人,也许他正听着随身听。有些人无论做什么都一边听着音乐,甚至包括在吵架的时候。另外两个人摆出一副言听计从和为朋友两肋插刀的架势。他们都穿着旅游鞋、运动裤和带帽子的外套——全都是时下的潮流,太泛滥以至于毫无个人风格可言。西奥有时也这样穿,他给出的理由是为了回避为自己的着装品位负责。长着马脸的那个家伙手里仍然拿着后视镜,大概是想用作证据。无休无止的鼓声丝毫没有缓解这边的紧张气氛,枉自周围布满了人,却没有一个人意识到这边的情况,这让贝罗安觉得更加孤立无援。看来最好的办法就是继续假装很忙的样子。他贴近汽车蹲了下来,在前轮下面发现一个压扁的可乐易拉罐。接着在车后门上贝罗安看到了一小块让他既生气又宽慰的不规则的擦痕,上面的油漆已经失去了光泽,好像被用细砂纸磨过似的。这里显然是两辆车相交的地方,造成了两英尺长的划痕。他是多么的明智啊,想到在刹车之前先猛地转弯。现在,贝罗安感到安心多了,他直起腰来去面对来到他面前的那三个人。

和他的某些同事不同的是——那些神经外科狂人——贝罗安总是尽量回避和人正面冲突。他不是那种咄咄逼人的类型,但是在经历了人生的风风雨雨之后,尤其是多年临床行医的磨砺,让他渐渐失去了起初的多愁善感,变得愈发刚硬。每天面对着患者、见习医生,新近又被剥夺了管理的权限,在过去的二十年里他曾无数次面对艰难的局面,迫使他不得不奋起捍卫自己的领地,为自己辩解,用自己的冷静来化解对方的冲动。几乎每

102

件事都是利益攸关的大事——对同事来说,自己要考虑上下级关系、他们的面子,或者是否浪费医院的资源;对患者来说,他要考虑他们的身体是否会受到影响;对患者的亲属来说,他要考虑他们是否会因此而丧失亲密的爱人或者子女——这些都远比一辆被刮碰的汽车重要得多。尤其凡是涉及患者的事情,都具有一种纯洁和无辜的成分;每一件事情都回归到了人类存在的根本——记忆、视力、辨认面孔的能力、慢性的疼痛、活动的能力,甚至是自我的意识。这一切事情发生的背景正是鲜为人知的医药科学的进步、医学创造的奇迹、由此激发的信仰,但同时也暴露了人类知识的不足,例如虽然日渐减少、但依然普遍存在的对大脑和意识的极其有限的了解,尤其是二者之间的关系。在多数情况下取得了成功的开颅手术其实还处在一个崭新的探索阶段,失败是在所难免的,每当这样的时刻降临,他都不得不在办公室里和患者的家属摊牌,这种时候没有人再会刻意地考虑该怎样表现、该如何表达,也再没有人会在乎旁人的眼光,有的只是一味地对痛苦的宣泄。

贝罗安的朋友当中有些是心理医师,他们医治的不是大脑,而是思想,是精神的疾病;他的这些同事信奉一种传统,固执于一种偏见,尽管如今这种偏见已经很少被公开表露,但是心理医生普遍认为神经外科医生是一群盲目自大的傻子靠着拙劣的设备就妄图医治宇宙中最复杂的器官。每当手术失败,患者或者他们的家属就会倾向于赞同这种观点,但一切都已经太晚了,剩下的只有悲剧的结局和真诚的歉意。无论贝罗安如何表达他发

103

自内心的难过,也无论他多么清楚地知道患者是在故意否认曾经被详尽地警告过的手术的风险,更无论他如何自信自己已经在当前的知识水平和现有的技术允许范围之内,尽了自己最大的努力,贝罗安还是躲不过被指责——他无力降低人们对他的期许——但同时他也觉得自己仿佛得到了灵魂上的净化,他历经了一次最基本的情感洗礼,深切得和爱一样。

但是此时此刻,就在这大学街上,贝罗安忍不住感到一出戏剧即将上演。他穿得像个衣衫褴褛的稻草人,破旧的外套,满是虫蛀的羊毛衫,沾了油漆的裤子,用一根线绳系在腰上,身旁是性能卓越的跑车。他已经被角色禁锢,无处可逃。这就像是人们常说的,是一场城市闹剧。一个世纪的电影和半个世纪的电视让原本真实的场景变得虚假。本片纯属虚构,这句话已经被重复了太多次。今天的剧情包括两辆汽车,双方车主,主人公是几个男人,素不相识,针锋相对。先有人挑起事端,双方再一分高下,胜者为王,败者为寇,这样的情节已经被恶俗的流行文化磨平了。传统的骨子里的好斗成性成就了多少五花八门的故事角色,每一幕或许着装各有不同,但游戏规则就像凡尔赛宫廷的礼仪一样不容更改。以此次为例,他们双方都绝不可以承认事情实属偶然,而且暗含着浓厚的讽刺意味:就在不远处,和平鼓吹者的踏步声和部落仪式般的鼓声不绝于耳。总而言之,即将发生的事情虽然是无法预料的,但是无论出现任何情况,又好像都在情理之中。

"抽支烟吗?"

就这样,序幕拉开了。

对方的司机一歪手腕,用一种老式的手法,从烟盒里倒出几支烟,排列得像教堂里的排管乐器似的。握着烟的那只手很大,配上他矮小的身材和白纸般的面色,指背上还长着黑色卷曲的汗毛,一直延伸到他指骨的末端。他一直在抖动的双手也引起了贝罗安职业性的关注,这种不平稳或许可以让贝罗安放心一点。

"不用,谢谢!"贝罗安回答说。

矮个子为自己点燃了一支烟,把烟雾吐吹向贝罗安——这让他感到在气势上矮了一截,不抽烟等于是缺少了男性的特征。一定不能陷入被动,他必须左右局势,于是他伸出自己的手。

"我叫亨利·贝罗安。"

"巴克斯特。"

"巴克斯特先生?"

"叫我巴克斯特。"

巴克斯特的手很大,贝罗安的手好像还要大一点,但是两个人都没有要展示手劲的意思。他们只是轻轻地、礼节性地握了握手。巴克斯特是那种毛孔中都散发出烟味的人,分泌着一种来自烟草的油脂。大蒜在某些人身上也有类似的效果,也许和他们的肾脏有关。他是个毛躁的年轻人,长着一张小脸,眉毛浓密,棕黑色的头发理得很短,紧贴头皮。嘴巴宽宽大大的,下巴上刮得绿青的胡子痕迹,看上去更像动物的嘴。向下耷拉的肩膀,让他长得更像猿猴。T字形的上半身显示他曾经认真锻炼过,也许是为了弥补身高上的不足。身上穿的是一件六十年代风格的西服——紧身、大翻领、不带裤线的裤子挂在胯骨上——外套上只有一个纽扣,绷得有点紧。双头肌附近的衣服也很紧绷。他半转身,扭过去一会儿,然后又转回来,表现得极度没有耐心,好像身体内有巨大的能量等待发泄出来一样,他可能马上就要出击了。贝罗安阅读过一些有关现代社会暴力的文字。并非总是如病理学认为的那样:只有利己主义者才会相信使用暴力是合理的行为。持有像托马斯·霍布斯①这样观点的策略家和激进的犯罪学家层出不穷。用著名的"群众力量"去辖制那些蛮横之徒和恶棍,同时也让普通的大众保持对统治者的敬畏——这其实是一种统治武器,赋予了独裁者合法动用暴力的权力。但是像毒贩子和拉皮条的这类恶人往往逍遥于法律之外,他们不太可能在碰到麻烦的时候求助于警方,他们会用自己的方式解决纠纷。

贝罗安,差不多比巴克斯特高了一英尺,可此刻却在想万一打起架来,他觉得首先得保护好他胯下的要害。但这是一个荒谬的想法,他自从八岁开始就没有和别人徒手打过架,更何况现在是三对一,他决不能让这种情况发生。

他们握过手后,巴克斯特就说:"我想你已经准备好了要告诉我你对此是多么的抱歉。"他回头看着奔驰后面的他自己的宝马车,此刻正斜着停在路的中央。后面是一排停靠的汽车,有六

---

① Thomas Hobbes(1588—1679),英国资产阶级革命时期的著名唯物主义哲学家。

七辆都被宝马的门把手在离地三尺高的位置刮出了一道痕迹。如果现在有任何一个车主冲出来,那么一系列的索赔就将揭开序幕。贝罗安熟知书面手续的繁琐,已经预感到将要面对的漫长过程。在这种事故中做众多受害者中的一个要远远好过做罪魁祸首。

贝罗安说:"我着实对你没有先检查过往车辆就开出来感到很遗憾。"

他对自己说出的话很是吃惊,这矫饰而又过时的"着实"两个字不是他常用的措辞。之所以用了这个字眼为的是要表明一种坚定——他绝不屈从于街头语言,他要义正词严地表达自己的看法。

巴克斯特把他的左手放在右手上,好像是为了停止抖动。然后耐着性子说:"我没有必要先查看再挑头,不是吗? 托特纳姆法院大街已经被封锁了,你本不该开到这里来的。"

贝罗安说:"路是封了,但交通规则什么时候都得遵守。况且,是一个警察挥手让我通行的。"

"警察?"巴克斯特一字一字地重复,这让他的声音听起来很幼稚。他转向他的朋友,"你们谁看到警察了吗?"然后再转向贝罗安,模仿贝罗安礼貌的语气说,"这位是纳克,这位是奈杰尔。"

在这以前,那两个人一直都是站在一边,在巴克斯特的背后,面无表情地听着。奈杰尔是马脸的那个,另一个看上去很像警方的线人,要不就是染上了毒瘾,因为他一副睡不醒的样子,仿佛有嗜睡症似的。

"这周围没有警察，"奈杰尔解释说，"他们都在忙着管游行的那些混蛋的事。"

贝罗安装作那两个人不存在，这是他和巴克斯特之间的事情。"现在我们该交换保险的细节了。"三个人听了全都吃吃地笑了起来，但贝罗安还是继续说，"如果我们不能在事情的前因后果上达成共识的话，那只好打电话叫警察来。"他看了下表，施特劳斯应该已经到了球场，现在没准儿正在热身，解决完这里的事再赶过去也许还来得及。巴克斯特对他提到打电话的事并无反应，而是从奈杰尔手里拿过后视镜，给贝罗安看。玻璃上蜘蛛网一样的裂痕映照出蓝白相间的斑驳天空，在巴克斯特抖动的手里闪着星星点点的光芒，但他的语气还算和气。

"你很幸运，我的一个哥们儿就是干这个的，很便宜，但活儿干得可不赖，我算了一下，大概七百五十块，他就可以帮我搞定。"

纳克兴奋地附和说："那边有个自动提款机！"

奈杰尔好像对这个发现也有意外的惊喜，也说道："是的，我们可以跟你一起过去。"

这两个家伙挪了挪位置，几乎想对贝罗安形成两面夹击之势，巴克斯特同时则向后撤了一步。整个行动太过明显又有点笨拙，像孩子们跳的拙劣的芭蕾舞表演。贝罗安的注意力，出于职业的关注，再一次落在了巴克斯特的右手上。那不是一种简单的颤抖，这种无休无止显示每一寸肌肉都有同样的症状。诊断这只手的过程让贝罗安感到放松，即使现在他已经感觉到那两个人的肩膀轻轻地抵触着他的羊毛外套。贝罗安甚至异常地坚信自己不会再有太大的危险,想怕这三个家伙都难,想要勒索钱财的想法真有点孩子气的幼稚。他们所说过的话句句都好像是从哪里借来的,虽然烂熟于心,到真要用到的时候却发现已经忘得差不多了。

这时街道那边传来了专业的喇叭吹奏,四个人的目光一起朝着游行队伍的方向看去。那是一连串复杂的乐曲片段,但每段都是以一种高亢尖细的曲调结束。有可能是巴赫清唱剧中的一段,因为它让贝罗安马上联想到了女高音和一种甜美的忧郁氛围,背景音乐是大提琴伴奏。高尔街上那令人不快的葬礼似的游行队伍已经改头换面了。想要成千上万的人挤在一起蜿蜒几百码同时还要保持严肃是很难做到的一件事,现在那里正传来此起彼伏的掌声和欢呼声,大部队里形成了好几个小的方阵,慢慢经过大学街的交叉路口。当他们经过的时候,巴克斯特目不转睛地盯着看,肢体轻微地转过去,脸上写满了叹息。像之前联想起巴赫的音乐一样,巴克斯特的行为让贝罗安突然想起一个学过的医学术语——贝罗安体内的肾上激素的增多大大引发了他不同寻常的联想力。也可能是上个星期的压力迫使他一时无法摆脱职业本能,不由自主地去诊断一切。那个术语叫做“虚幻的优势意识”——是的,这是性格的略微改变造成的,往往出现在肌肉抖动之前,比精神病学上的妄想症或者严重的幻觉等病症要轻微一些。但也有可能是他记错了,精神病学毕竟不是他的专业。巴克斯特在注视队伍的时候,他的头一直在动,时而点头,时而摇头。在大体观察了他几秒钟之后,贝罗安突然间恍然大悟——巴克斯特不能转动眼珠或者说不能扫视——就是说他的眼睛无法从一个固定物转移到另一个上面。要扫视人群,他就不得不转动头部。

好像是为了让贝罗安更确定他的判断,巴克斯特把整个身子都转向贝罗安,温和地说:"一群可恶的乌合之众,居然还要为他们憎恨的国家说好话。"

贝罗安认为他已经对巴克斯特有了一定的了解,从而清楚地知道自己还是马上离开的好。他摆脱了奈杰尔和纳克的夹击,转身走向他的车子,"我是不会给你们现金的,"贝罗安表示拒绝,"我只会给你们我详细的保险条款,如果你们不想也给我你们的,没关系,我只要记下你们的车牌号就够了,我要走了。"然后他又加上一句,尽管不是真的,"我要去参加一个重要的会议,马上要迟到了。"

但是这些话都湮没在了一个声音里,是愤怒的大喊声。

正当他惊讶地返身面对巴克斯特的一瞬间,他看到有东西正飞速地扑向自己,贝罗安的意识中还残留着一个医生的诊断,仍然以为面前的这个人只是缺乏自控能力,精神不稳定,脾气暴躁,就像伽马氨基丁酸水平过低,神经元细胞出现裂纹一样。这种症状是由于多巴胺和侧面的梅毒螺旋体当中的两种酶缺失——谷氨酸脱羧酶和胆碱乙酰转移酶。人类的很多行为都可以在分子的复杂状态下得到解释。有谁会想到如果人体里有过度或者不足的神经传导素就可能会损害到一个人的爱情、友谊和所有对快乐的希望？当人们从自身的感觉上寻找出路的时候，又有谁会想到要从生化酶和氨基酸上寻找道德和伦理的根源？人们还普遍以为这些都是外来因素造成的。黛西在牛津大学读二年级的时候，因为受了一位教师的英俊外表的迷惑，而企图说服父亲疯狂是社会造成的恶果，是富人压迫穷人的方式——对于这一点可能贝罗安的理解是错误的。父女之间为此进行了激烈的争论，结果以贝罗安设的一个圈套告终，那就是他承诺要带她去封闭的精神病院亲身经历一下。黛西毫不犹豫地答应前往，结果果然这件事情很快就被她忘到脑后去了。

尽管巴克斯特视力有缺陷，再加上他的舞蹈症让他不停地肢体抽动，他直指贝罗安心脏的拳头还是那么迅速和凶猛，贝罗安尽管闪躲了一下，但拳头还是打中了他的前胸。他觉得有一股尖锐的刺激，一波强烈的震荡，使他的血压骤然上升，震荡带来的疼痛并不比电击造成麻木的疼痛和冷颤更强烈，贝罗安眼前一片空白。

"好了。"贝罗安听到巴克斯特说，像是在给他的同伴下命令。

他们拽着贝罗安的胳膊肘和前臂，待贝罗安的视力恢复到他能看清的时候，他发现自己被他们推到了停着的两辆车之间的夹缝里。他们一起穿过人行道，将贝罗安挤在一扇用铁链锁着的双重门的门厅处。贝罗安贴在墙上看到左边磨得光光的铜牌上写着：安全出口，留兰香犀牛，街道的北面是一家名叫杰里米·本瑟姆的酒店。但是如果酒店这么早就开门，那就意味着有饮酒者躲在里面取暖。随着他的意识慢慢恢复,贝罗安想到有两条原则得提醒自己遵守,这样才能保证安全:第一就是保证自己不还手,刚刚挨过一击已经让他明白自己远远缺乏打架的本领;第二就是无论如何得稳稳地站住,千万别趴下。那些不幸在攻击者面前倒在地上,而被打成脑损伤的倒霉蛋,贝罗安见得多了。脚,就好像那些粗鲁的乡下人居住的地区,是大脑控制之下最偏僻的省份,山高皇帝远,最不受控制。用脚踢远不如用拳头打来得过瘾,所以总感觉踢一下不够劲。当贝罗安还是一名普通医师的时候,有组织的足球暴力正处在巅峰时期,钢鞋尖的马廷斯医生牌皮鞋所造成的伤害让他对硬脑膜血肿有了深刻的了解。

贝罗安站在那里,面对着他们,这里是一个由白色的砖墙围成的角落,从这里看不到游行的队伍。封闭的空间放大了他们粗重的呼吸声。奈杰尔一把揪住贝罗安的羊毛外套,另一只手伸到里面摸出他鼓鼓的钱包,钱包就放在里面拉上拉链的口袋里。

“住手,”巴克斯特说,“我们不要他的钱。”

这下贝罗安明白了,只有一顿痛打才能挽回他们的面子。这和保险索赔一样,他将面对灰暗冗长的手续。他要痛上好几个星期才能康复,也许这还是比较乐观的想法。巴克斯特盯着贝罗安,想要把目光移开,他就得转动他整个笨重的头。巴克斯特的脸因为轻微的抽动而生动了很多,但这种抖动并没有形成任何表情。这种肌肉不停的抖动总有一天——这是贝罗安思考后得出的结论——会恶化成手足徐动症，患这种病症的人将遭受不自觉的、不受控制的抖动的折磨。

三人帮看来打算先喘口气，为下面的行动做好准备。纳克已经攥紧了他的右拳。贝罗安注意到纳克的食指、中指和无名指三个指头上都戴着戒指，戒指很粗，就像截断的疏导管一样。贝罗安想容他思考的时间不多了。巴克斯特大约二十五六的样子，现在不是询问他家庭历史的时候。如果父母一方有这种病症，子女就有百分之五十被遗传的可能。病症的根源在于一个单基因过度复制了一个序列——三核启酸。这是个纯粹的生物学决定，当这个小小的密码被复制了四十次的时候，人将注定会患上这种疾病。你的未来已经不可更改，而且不难预测。复制的次数越多，病症发作的时间越早，症状越严重。这个过程会在十到二十年的时间内完成，从一开始性格上的微小改变，到手和脸的抖动，到情绪的变异，包括——最明显的症状——不可控制的突发脾气，到不自觉的痉挛似的手舞足蹈、智力下降、记忆力衰退、认识不能症、运用不能症、痴呆、完全失去肌肉的控制力，有时会出现僵化，做噩梦的幻觉，最终是在毫无理智中死亡。这就是无比精妙的生命体，竟然只因为一个小得不能再小的瑕疵，一个暗中潜伏的隐患，一个遍布每个细胞的变异，而被彻底终结了。

纳克已经拉开了右臂准备出拳，奈杰尔好像很愿意让纳克先来。贝罗安曾经听说过较早出现症状意味着可能是遗传自父亲，但是也可能不对。反正猜测也不会损失什么，贝罗安直视着巴克斯特问道:"你父亲有过这个病,现在你也染上了。"

贝罗安感觉自己好像一个巫师那样传递着诅咒。巴克斯特的表情很难判断,他用一个模糊的手势,制止了他的同伴。巴克斯特吞咽了一下,伸了伸脖子,皱着眉头,好像要咳出喉咙里的异物,有好一会儿寂静无声。贝罗安故意用了一个含糊不清的发音,他的"有过"很容易会被听成"有"。巴克斯特的父亲,是活着还是已经去世,可能他的儿子也不知道,但贝罗安指望的是巴克斯特知道自己的病症。但即使他知道,他也决不会告诉奈杰尔、纳克或者他的任何一个朋友。这是他的隐私,令他感到耻辱的秘密。他可能会否认,已经意识到但又不完全明白;或者知道但情愿不去考虑。

当巴克斯特终于开口说话的时候,他的声音是异样的,也许是谨慎,"你认识我父亲?"

"我是医生。"

"去你妈的,瞧你穿的什么德行!"

"我是医生,有没有人告诉过你你的病最后会发展到什么地步? 你愿不愿意听我的诊断?"

这个办法奏效了,无耻的威胁起了作用。巴克斯特突然问道:"什么病症?"

在贝罗安回答之前,他又凶恶地加上一句:"你他妈的给我闭嘴!"接着,他迅速退到一边,扭过头去。他们二人,巴克斯特和贝罗安,同处在一个魔幻的世界里,而并非一个医学的领域。当你得病的时候,得罪巫师是个很不明智的做法。

奈杰尔问道:"发生什么事了? 你爸爸得了什么?"

"闭上你的臭嘴!"

挨打的危机已经过去了,贝罗安感到自己的勇气又回来了。这个小小的火灾出口成了他的诊疗室。他又恢复了日常的身份,重拾自信的专家语调,他问道:"你看过病了吗?"

"他在说什么,巴克斯特?"

巴克斯特把那个损坏的后视镜塞到纳克手里,"回车里等着去。"

"你在开玩笑吗?"

"我是说真的,你们两个一起,回那辆该死的车里去等我!"

这是令人同情的表现,巴克斯特迫不及待地要阻止他的朋友看穿他的秘密。两个家伙对视了一下,耸了耸肩,然后头也不回地转身回到刚才的大路上。他们多半已经觉得巴克斯特有些异常,但是现在能看到的还只是早期的症状,而且恶化得很慢。没准儿他们认识他也没有多久,在他们眼中,巴克斯特走路时喜欢迈着爵士乐样的步态,经常有趣地颤抖,偶尔像霸王一样失控的脾气和情绪,也许在他们的世界里被认为是男人个性的体现。两人走到宝马车边,纳克打开车后门,把后视镜扔了进去。两个人肩并肩靠在车前面抱着胳膊,像电影里的强盗一般看着巴克斯特和贝罗安。

贝罗安以尽量柔和一些的声调问道:"你父亲是什么时候过世的?"

"别提这个。"

巴克斯特不看贝罗安。他扭着肩膀焦虑地站在那里，就像一个赌气的孩子等着人来哄，不肯采取主动。这是很多神经退化性疾病的共同症状——即突然从一种情绪转变为另一种情绪，而自己却意识不到，或者不记得有这回事，也不理会别人会怎么想。

"你母亲还在世吗？"

"对于我来说，她已经死了。"

"你结婚了吗？"

"没有。"

"你的真名就叫巴克斯特吗？"

"这不关你的事。"

"好吧，你的家乡是哪里？"

"我在福克斯通长大。"

"那你现在住哪里？"

"住在我爸爸那座老房子里，肯特师镇。"

"你的职业是什么？有没有参加过什么培训？上过大学吗？"

"学校不适合我，但这和你有什么关系？"

"那么对你的病症你的医生怎么说？"

巴克斯特耸耸肩，但他默许了贝罗安可以询问的权利。他们已经适应了自己的角色，贝罗安继续询问。

"没有人跟你提起过亨廷顿舞蹈症？"

微弱的噼啪声从游行队伍那里传来，好像石子在瓶子里摇

晃发出的声音。巴克斯特的眼睛盯着地面,贝罗安把他的沉默
当作默认。

"你愿意告诉我你的医生是谁吗?"

"我为什么要那么做?"

"我可以把你转诊给我的一个同事,他是这方面的专家,可
以更好地帮助你。"

这句话让巴克斯特转过身来,他努力地调动着头的角度,好
让这个更高大的人的形象落在自己的视线之内,本该是敏锐的
目光,现在却显露出一丝沮丧。其实任何人都没办法挽救一个
已经被破坏了的扫视系统,一般来说,对这种病根本没有有效的
治疗办法,除了遏制后代遗传之外。但是这一刻,贝罗安从巴克
斯特激动的表情中看出他急切地想了解更多的信息,想要看到
希望,甚至能和人谈谈的机会也好。

"他能为我做什么?"

"进行 些锻炼,外加药物治疗。"

"锻炼……"巴克斯特哼着鼻子重复了一遍,他有权对如此
简单和平常的治疗方案嗤之以鼻,但贝罗安没有放弃。

"你的医生告诉你该怎么办?"

"他说无法治愈。"

他这么说仿佛在向贝罗安发出挑战,又像在要求贝罗安回
报他之前的宽恕;他让贝罗安免于挨打,作为答谢他必须给他一
个乐观的理由,能治愈更好。巴克斯特想要证明他的医生搞
错了。

但是贝罗安说:"我想他是对的。九十年代后期进行过一些干细胞培植的工作,但是……"

"那都是扯淡!"

"是的,结果是很令人失望。现在最好的希望当然就是核糖核酸的干扰疗法。"

"是的,基因的抑制,也许有一天可以,但那时我早死了!"

"看来你熟知医学方面的进展。"

"谢谢你的夸奖,医生。你刚才说的药物是怎么回事?"

贝罗安很熟悉病人的这种冲动,即使只有一线微弱的希望,他们也要追问到底。倘若真有药物可以治疗,那巴克斯特和他的医生不可能不知道。但是巴克斯特还是想问个明白,不放过任何一丝希望,他寄希望于有人有可能知道一些他尚不知晓的讯息,没准儿在过去的一个星期有了新进展也说不定。当科学的方法已经山穷水尽的时候,总会有坑蒙拐骗的人守候在一旁等着兜售什么包治百病的灵丹妙药。在巴克斯特身后,贝罗安看到奈杰尔和纳克已经不再倚在车子上了,而是在车子的前面来回溜达,指着街的尽头,眉飞色舞地谈论着什么。

贝罗安说:"我指的是用药减轻你的疼痛,阻止你身体失去平衡,减少颤抖,缓解抑郁的情绪。"

巴克斯特把他的头转来转去,他脸颊上的肌肉不受控制地自顾自地活跃着。贝罗安感到巴克斯特的情绪可能又快要变了。"他妈的!"巴克斯特继续自言自语地嘟囔着,"他妈的!"当他的情绪从困惑转变为悲伤时,他那有点类似猿猴般的外表看起来几乎是温柔的,甚至是可爱的。巴克斯特是个天资聪颖的孩子,给人印象是疾病让他错失了大好的机遇,犯了一些重大的错误,才导致如今和这些人混在一起。也许他在很久以前辍学,现在觉得很是后悔。又没有父母在身边。现在,还有比他所处的环境更加糟糕的吗?他已经无路可走。没有人帮得了他。但贝罗安知道自己已经不会再为患者的遭遇而感到同情。多年的临床经验早就让他麻木了。更何况贝罗安内心深处一刻都没有停止过计算还有多久自己才能脱离眼前的危机,更何况这也不是单纯的同情就能解决的问题。人的大脑可以有无数种方法让你遭殃,就像一部昂贵的车,纵然看起来精雕细琢,但也还是大批量生产出来的,全球八成有六十亿辆类似的车。

与此同时,巴克斯特进一步确信自己是被人愚弄了,贝罗安想用这种伎俩来躲过一顿胖揍,并削弱自己的威严。想得越多,巴克斯特越是怒不可遏。他的心情再一次风云变幻,一种新的情绪正在酝酿,这次是怒气沸腾。巴克斯特停止小声的嘟囔,逼近贝罗安,贝罗安甚至能闻到他呼吸中金属的味道。

"你这堆狗屎!"巴克斯特一边大骂,一边推搡贝罗安的前胸,"你想耍我,让我在那两个家伙面前出丑,你以为我怕你?去你妈的吧,我要把他们叫回来!"

从倚在紧急出口上的贝罗安的角度看,还有一个更糟糕的消息在等着巴克斯特。巴克斯特转身背对着贝罗安,走到人行道的中间,正好看到奈杰尔和纳克正从宝马车那里走开,朝托特纳姆法院街走去。

119

巴克斯特朝着他们走的方向小跑了几步,大声地叫他们:"哎!"

他们回头看了一眼,纳克异常兴奋地冲他做了一个污辱的手势。他们两个一边继续往前走,奈杰尔又蔑视地冲他做了一个全身无力的姿势。当头儿的优柔寡断,手下人就当逃兵了,真是羞辱到家了。贝罗安也看到了自己逃离的机会,他穿过人行道,走到大路上,绕到他的汽车旁,钥匙还插着。当他发动引擎的时候,在后视镜里看到巴克斯特正因为两边的离去而气得发抖,冲两边大叫着。贝罗安佯装不急不忙地向前开——为了尊严和骄傲——他不想显出急于逃命的样子。保险的事情已经不存在了,他现在很吃惊自己刚刚把它想得那么重要。他看到球拍还在旁边的座位上,该是远离的时候了,也许他还有可能赶上他的球赛。

贝罗安泊了车,在从车里出来之前,他给正在上班的罗莎琳打了个电话——他的手指还在发抖,在狭小的键盘上点击着。今天对她来说是个重要的日子,贝罗安不想拿刚刚遭遇的惊险去打搅她。况且他也不需要同情,他想要的是更基本的东西——只要能和她说两件家里的日常琐事,他就会感觉一切又恢复了正常。还有什么比夫妻之间讨论今天晚上吃什么更平凡的话题呢?一个临时雇员接了他的电话,他得知她今天和编辑的会面延误了,所以现在仍在进行当中。他没有留言,只说他等一会儿再打过来。

通常壁球室在星期六的时候都是人满为患，但今天例外。贝罗安沿着一条污迹斑斑的蓝色地毯走过一间间一面透明的壁球室，又经过了巨大的可口可乐和巧克力自动售货机，终于在尽头的五号球场看到了他的顾问麻醉师，他正对着墙进行快速的反手低球练习，仿佛在借机发泄胸中的怒气。不过贝罗安很快发现，他只不过晚了十分钟而已。施特劳斯住在河对面的旺兹沃思，游行的队伍迫使他把车停在了节日大厦。他为自己可能要迟到而大发雷霆，于是一路小跑穿过滑铁卢大桥，看到下面成千上万的人正蜂拥穿过堤坝，涌向议会广场。当年反对越战的抗议示威时，他还太小，所以他这一辈子还从来没看到过这么多人聚集在一个地方。尽管他不赞成他们的主张，但他还是有点被他感动。他告诉自己，无论这给他的生活造成了多少不便，但是人民有权行使他们的民主权利。他在那里观看了五分钟，然后跑向国王路，和巨大的人流逆向而行。贝罗安一边坐在长凳上脱下他的外套和外裤，一边听他描述这一切。他又把鼓囊囊的钱包、钥匙和手机堆在前墙的一个边角里——他和施特劳斯还没对比赛认真到一定非得把球场清理得一干二净不可。

　　"他们不太喜欢你的首相，但是，天啊，他们简直是他妈的痛恨我的总统！"

　　施特劳斯是贝罗安认识的唯一的一位牺牲了丰厚的工资和舒适的工作条件而来到英国工作的美国医生。他说他更喜欢这里的医疗体制，他还爱上了一个英国女人，并和她一起生了三个孩子，然后又离了婚，娶了另外一个和前一个女人长得差不多只是年轻十二岁的英国女人，又和她生下两个孩子——都还在蹒跚学步，第三个孩子又即将诞生。但他对公费医疗制度的尊重和对孩子的喜爱没能让他成为推进和平事业联盟中的一员。贝罗安发现可能发动的战争并没有像预期的那样让人们产生分歧，简单地把存在的观点分为几类并不合理。据施特劳斯看来，整个事情一目了然：一个开放的社会以怎样的姿态来处理新的世界格局将决定着它在未来是否还能够保持开放。施特劳斯本人是一个直来直去的个性，没有耐心听人大谈什么外交政策、大规模杀伤性武器、核查小组和是否与基地组织有瓜葛这类话题。伊拉克是个混乱的国家，是恐怖分子的天然盟友，注定有一天会给人类带来灾难，不如借着美国军队在阿富汗取得胜利的东风，趁早铲除。但施特劳斯强调，他所谓的铲除指的是给予伊拉克人民自由和民主。美国必须弥补他们先前的灾难性的政策带给伊拉克的破坏——退一万步讲，美国欠伊拉克人民的。每次听过施特劳斯的言论之后，贝罗安都感觉自己要改旗易帜主张反战了。

施特劳斯是一个强壮结实而又讲求实际的人，身材迷人、精力充沛、直率爽朗——虽然在他的一些英国同事看来，有点过于直言不讳。他三十岁的时候就已经完全谢顶了。每天锻炼至少一个小时，看起来活像一个摔跤手。每当他在麻醉室里围着病人忙个不停，为他们进入麻醉状态做准备的时候，病人一看到他前臂上鼓起的肌肉、粗壮的脖子和宽厚的肩膀，听到他简洁明了而又毫不矫揉造作的话语，便会完全安下心来。紧张的病人会相信这个敦实的美国人一定将尽一切努力来为他们免除痛楚。

他们在一起工作已经六年了。在贝罗安看来,医院的成功要归功于施特劳斯。当手术遇到麻烦时,施特劳斯就会表现得尤其平静。比如说,如果贝罗安不得不暂时阻断一根主要血管的血液流通以便进行手术的时候,施特劳斯总是用他那令人安定的声音提醒他控制好时间:"你还有一分钟的时间,头儿,然后就必须恢复循环。"在极少数特别糟糕的情况下,当局面已经不可挽回的时候,施特劳斯便会在事后找到一个人静静地愣在走廊里的贝罗安,把手放在他的肩膀上,轻轻地一捏然后说:"好吧,贝罗安,在你把自己钉死在十字架上之前,先让我们好好谈谈。"这不是一个麻醉师,尤其是一个顾问医师,该对一名外科医生讲话的口气。因此,施特劳斯难免树立了超出常规的仇敌队伍。有时开会的时候,贝罗安不得不为他的这位朋友的无比宽阔的后背充当挡箭牌,抵住来自多位同僚的对施特劳斯的抨击。时不时地贝罗安会发现自己对施特劳斯说出诸如此类的话:"我不管你怎么想,但对这个人一定要客气,别忘了我们明年的投资还要靠他呢。"

在贝罗安做准备活动的时候,施特劳斯又返回球场继续热身,对着右墙击球。今天他的低球好像格外有力,快速的截击看来是用来威慑对手的。这对贝罗安来说很有效,如枪声一般响彻球场的击球声让他觉得倍感压力。像往常一样,贝罗安用左手抵住右臂,但感到他的脖子出奇地僵硬。透过开着的玻璃门,贝罗安提高声音解释他为什么迟到,但只是一个经过删节的叙述,重点集中在刮碰事件本身,说了红色汽车如何从停车位上开出,他是如何急转弯的,以及车身的损坏是多么令人惊奇的轻微。贝罗安跳过了余下的细节,只说他花了一点时间才处理完。他不想听到自己描述巴克斯特和他的同伴,他们会引起施特劳斯过度的兴趣,然后他就会追问那些贝罗安不想回答的问题。他已经对这次遭遇愈发感到不安,虽然他还不能确定这份不安包含了什么,但很明确的是,内疚是其中的一个因素。

贝罗安伸展腿部筋骨的时候,他听到自己左腿膝盖骨吱吱作响。什么时候他才能停止参加这种运动?难道要等到过五十岁生日的时候吗?也许他挺不到那时候了。至少得赶在他撕裂前面的十字韧带之前,或者在他因为冠状动脉血栓突发而一头栽在地上之前停止。贝罗安接着伸展他的另一条腿的肌腱,这边施特劳斯还在表演着他的凌空抽射。贝罗安突然感到他的生命是如此的脆弱和宝贵。自己的肢体好像一个被长久遗忘的老朋友,异常的修长而又易断。他是否依然沉浸在轻微的震惊中?在遭遇了那一拳的冲击之后,他的心脏格外脆弱。胸部还在隐隐作痛。他不能为了一个单调地往墙上击球的无聊运动而冒着失去生命的危险,他有责任为某些人而好好活着。但是这世上不存在舒缓的壁球比赛,尤其是和施特劳斯较量,就算是他自己也不容许自己不尽全力。他们俩都痛恨失败,一旦比赛开始,他们就会像狂人一样拼命想要得分。他现在应该找个借口取消比赛,虽然可能要冒着激怒朋友的危险,但那相比之下是一个可以忽略的代价。当贝罗安直起身来的时候,他有一种强烈的愿望,真的想回家躺在床上,把大学街上的那番争吵细细地梳理一遍,找出哪些地方是他做错了,然后决定他该怎么办。

但是即使贝罗安这样想着,他还是戴上了护目镜,走进球场,顺手关上身后的门。他跪下来把他的贵重物品放在前墙的一个边角里。每个星期六的上午和好朋友兼同事一起打壁球,这已经成了他每周生活的固定安排,他没有勇气去中断它。他站在球场反手的位置,施特劳斯从中央发过来一个轻快而友好的球,贝罗安机械地打回去,让球沿着同一路线返回。他们按照熟悉的热身套路发射起来。他错过了第三个球,球打中了响板发出一声巨响。几个回合下来,他停下来系鞋带。他无法静下心来,他感觉自己动作迟缓,束手束脚,握在手里的球拍把手总是感觉别扭,是握得太松了,还是太紧了,他也分不清楚。打球的间隙里他不停地拨弄着手中的球拍。四分钟过去了,他们还没打出来一个像样的回合。通常存在于他们之间的那种挥洒自如的配合几乎荡然无存。他注意到施特劳斯的步伐慢了下来,改从更容易的角度击球好让球不至于射失。最后贝罗安不得不说,他已经准备好了正式开始比赛。既然他上个星期输了那场比赛——这是他们之间的规定——谁输谁先发球。

他站在右边的发球区,听到身后球场另一端的施特劳斯叫道:"开球。"室内是彻头彻尾的寂静,这在喧嚣的大都市中是不可多得的——没有其他打球的人,没有街上的喧嚣,甚至游行的声音也听不到。有那么两三秒钟,贝罗安盯着自己左边厚重的黑色墙壁,尽量缩小自己联想的空间。贝罗安发了一个吊高球,

125

但发得太高了,球从边墙反弹到后场。早在他出手的一刹那,他就知道自己力气使大了。球借着残留的速度弹离后墙,留给了施特劳斯足够的空间将球直直地打回理想的远处。球在贝罗安够到之前就落在了后墙边的角落里。

没有任何间隔,施特劳斯立刻拾起球从右边发球。贝罗安揣测对手的想法,应该是想来一个漂亮的举手过肩球,所以决定向前蹲伏,准备在球到达边墙之前来一个凌空抽射。但是施特劳斯并不是这么想的,他照着贝罗安的右肩发了一个软球,这在对手犹豫不决时是绝妙的一招。贝罗安向后撤,但是太迟了,而且撤得不够远,甚至在他疑惑的一瞬间,根本没看清球在哪里。当他急忙奔向球场前边的时候,施特劳斯又用力地将球打向他右手的边角里。他们打了还不到一分钟,贝罗安就丢掉了他的发球局,先失一分,他知道自己已经失去了主动权。在接下来的比赛中,贝罗安又丢了五分,施特劳斯占据了球场的中央地带,贝罗安眼花缭乱,疲于防守,根本没有反攻的余地。

在六比零的时候,施特劳斯终于犯了一个非受迫性失误。贝罗安还是发了一个吊高球,但这次,球稳稳地从后墙反弹回来。施特劳斯做好准备本想来个截击,但球稳走在两点之间的最短距离,贝罗安惊讶于自己竟然打出了这么一个起死回生的妙球。这个小小的惊喜让贝罗安马上集中精力进入状态,他轻而易举地夺得了接下来的三分,其中最后一分,他是以一个漂亮的吊球截击扳倒对手的,他听到施特劳斯走回球场后部的时候恼怒地咒骂自己。现在,神奇的权柄和主动权都掌握在贝罗安手中。他占据了场地中央,他的对手则要前后左右地满场跑。很快他就以七比六领先,而且很有把握夺得接下来的两分。但就在他想这些的时候,贝罗安犯了一个疏忽,施特劳斯猛然扑上,一个优雅的回球,让球落在了边角。贝罗安极力克制住自己的懊恼,跑向左边去救球。但是当球划过前墙向他飞来的时候,那些不必要的遐想又来动摇他的专心,脑海中浮现起他在后视镜中看到的巴克斯特的可怜模样。这一刻本该是他向前一步反手截击凌空球的时候,他本来一纵身就能够到的——但是他犹豫了一下便错失了机会。球击中了接缝——墙和地面的连接处——然后挑衅似的滚到他的脚边。这是个倒霉球!他一边倍感郁闷一边这样安慰自己。七比七平,但比赛还没有结束。贝罗安感到自己像在精神的迷雾里穿行,施特劳斯迅速地赢得了最后两分。

他们俩谁也没有对比赛抱有不现实的幻想。他俩都只不过是不赖的业余选手,而且都已经年近五十了。他们说好在比赛中间——他们从来都是打满五局——停下来让他们的脉搏恢复正常的频率,有时他们甚至坐在地上休息。今天,第一场打得一点也不费力,所以他们只在场地里慢慢地走动放松。麻醉师想知道那个姓查普曼的小女孩情况怎么样了,他有意和她成为朋友。这个女孩市井的举止丝毫没有妨碍施特劳斯对她的鼓励,贝罗安经过走廊的时候,无意间听到了他们之间的对话。这位麻醉师先是走进病房做了自我介绍。屋里一个菲律宾裔的护士因为受了女孩的谩骂,正在那里暗自垂泪。施特劳斯坐到床沿上,把自己的脸凑近女孩的脸。

"听着,亲爱的。如果你想让我们把你可怜的小脑袋治好的话,你就得帮帮忙。你听到没? 如果你不想让我们给你治,就带着你的脾气回家去。我们还有很多病人等着用你占着的床位呢! 喏,这是你储物柜里的东西,要不要我替你装进你的包里? 好吧,让我帮你收拾行装吧! 牙刷、随身听、木梳……什么? 你改主意了? 那你想要我怎么做? 好,好,瞧,我把它们又从包里拿出来了。不相信? 看我真的把它们都放回原位了。你好好表现,我们也好好医治你。一言为定? 那让我们握握手。"

贝罗安把她今天早上的恢复状况告诉了施特劳斯。

"我喜欢那个孩子,"施特劳斯说,"她让我想到自己在她这个年龄的样子,处处惹人嫌。她能言善辩,没准儿有一天会很有出息。"

"是的,她很快会熬过这一段的。"贝罗安一边说着,一边回到他自己的位置上准备继续,"除非她非要选择撞墙,让我们开始吧。"

他其实还没有准备好,施特劳斯发出的球却已经向他袭来。但他刚刚脱口而出的"撞墙"两个字,让他联想起今天清晨和上午发生的两起事故,两者又勾起他无数的思绪。最近发生在他身上的事情一股脑地涌进他的脑海,他已经心不在球场了,而是飞到了早上冰冷的广场,又再次看到飞机及其起火的情景,还有厨房里的儿子、床上的妻子,以及从法国归来的女儿、街上的那三个人——不过它们发生的时间顺序全被打乱了,好像同时都在发生。看到迎面而来的球让他吓了一跳——好像他刚刚离开了球场一会儿。他接球晚了一步,但还是赶在它落地之前打了回去,施特劳斯马上从 T 形区一跃而起打出了一记杀球。第二场比赛由此揭开序幕,但这次贝罗安不得不拼命地奔跑才不至于输得太惨。施特劳斯已经做好了重整旗鼓的准备,一会儿跳到中央,一会儿跑到后面,一会儿冲到前面,寻找着最佳的击球角度。贝罗安就像马戏团的小马一样围着他的对手跑个不停,他一会儿转身从后面的边角里挑起球来,一会儿又向前纵身救球。不断变换的方向让他疲于奔命,与不断增加的懊恼一起涌上心头。为什么他要自取其辱,自愿忍受这份折磨,甚者还抱着期待的心情? 每当在比赛中遇到这样的时刻,他性格当中的本质就会暴露出来: 狭隘、无能、愚蠢。这场比赛演变成了他性格缺陷的象征,他犯的每一个错误都是那么典型、那么熟悉,就像印有自己的签名,或者自己隐秘之处的一个疤痕、一处畸形。那种隐私和显见就像舌头在嘴里的感觉。只有他才能犯下这样的错误,也只有他才活该遭受这样的失败。当比分越差越远的时候,心中积累的黑色愤怒成了他仅有的动力。

　　他什么也没说,对自己、对他的对手都保持沉默,他不想让施特劳斯听到自己骂人,但沉默是另一种痛苦。他们现在的比分是八比三。施特劳斯打了一个横过球场的击球——这也许是个错误,因为球势缓慢,很容易中途拦截。贝罗安看到了自己的机会,如果他能够把握好这次机会,那施特劳斯就会被调离。同样意识到了这一点,施特劳斯便从他的一边移到了中心区域,挡住了贝罗安的路。贝罗安立即叫犯规，他们停下来，施特劳斯惊讶地看着他。

"你在开玩笑吗？"

"你他妈的才开玩笑呢！"贝罗安喘着粗气，愤怒地大叫，用他的球拍指着自己的前方，"你闯进了我的范围。"

那句粗话让他俩都大吃一惊，施特劳斯立即妥协，"好，好，算我犯规。"

贝罗安再次走向发球区，尽量让自己平静下来。他情不自禁地想到在八比三的悬殊差距下，而且在已经先赢了一局的前提下，施特劳斯居然还质疑这个明显的犯规，未免太不大方了一点，实在有失风度。这种不满无助于他发挥应有的水平，况且这是他扳回比赛的最后机会。然而他的球打得太让对手有机可乘了，施特劳斯轻而易举地就跨到了左边，来个出色的正手反击。施特劳斯又收回了发球权，半分钟之后本局比赛彻底结束。

通常在一局比赛结束后他们会休息几分钟闲聊几句，但今天这种想法让贝罗安觉得不能忍受。贝罗安放下球拍，摘下护目镜，嘟囔着说要去喝点水。他离开球场，来到更衣室，喝着饮水机里的水。这里除了淋浴间里一个模模糊糊的人影之外没有别人，墙上的电视正在播放新闻。他从洗手池里捧水泼在脸上，把头靠在前臂上。他听到脉搏声冲击着他的耳膜，汗水顺着脊柱直流而下，他的脸和脚都感觉灸热。现在他只想做一件事，其他的一切都不重要——那就是他要打败施特劳斯！他必须连续赢三场才能扳过来，那将是多么难以想象的困难，但这是他此刻唯一的愿望,不想考虑其他任何事情。在这独处的一两分钟时间里,他必须认真考虑一下这场比赛,找出病根来,搞清楚他究竟是什么地方做得不对,该怎样改正过来。他以前打败过施特劳斯好几次,他必须停止自责,好好谋划一下这场比赛。

当他抬起头来,透过洗漱间里的镜子,看到他那张红通通的脸,还有他身后静音的电视屏幕。正在播放的还是他之前看过的货机在跑道上的录像,但是紧接着一个简短却引人注目的镜头出现了——两名飞行员——头上蒙着衣服戴着手铐被带向一辆警车,他们被捕了。一定发生了什么事。一名记者站在警察局外正在对着摄像机作报道,然后是主持人向记者了解情况。贝罗安移了移身子,让电视屏幕脱离自己的视线。想要安安心心地打一个小时的球怎么就这么困难,还要受到这些新闻的打扰? 他开始用一种简单的眼光去看待要解决的问题:赢得比赛等同于捍卫个人空间的宣言。他有权利——任何人都有——偶尔不被世界上的大事或者街道上的事所侵扰。在更衣室里他慢慢冷静下来,对贝罗安来说好像忘记,或者忽略纷乱的社会百态来集中精力,是一种最基本的自由,应该叫做思维的自由。他要通过打败施特劳斯来释放自己,想到这他激动地在更衣室的长凳间走来走去,看到一个肥胖得浑身一圈一圈的少年光着身子就从淋浴室里走了出来,看上去不太像人类,倒像只海狮。时间不多了,他必须采取简单的作战策略,照准着对手的弱点进攻。施特劳斯的身高只有五英尺八,没法大范围地拦截,也不善于奔跑。贝罗安决定挑高球,打远角——就那么简单,保持向后场

131

进攻。

他一回到球场,麻醉师就走过来说:"你没事吧,贝罗安?不乐意了?"

"是的,但不是因为你,只不过你的抵赖成了导火索。"

"你是对的,错在我。我很抱歉,你准备好了吗?"

贝罗安站在接球的位置,调整好自己的呼吸,准备实施简单的策略:其实没有什么神秘之处,他只要在球打到边墙之前击中它,然后再闯进中央的 T 形区来个高球——就这么简单!该是折腾折腾施特劳斯的时候了。

"准备好了。"

施特劳斯打出一个快速发球,又是冲着贝罗安肩膀来的。贝罗安设法将球挡开,球走的路线或多或少符合他的预期,现在他来到了适当的位置,T 形区域。施特劳斯将球从边角救起,球沿着同一侧的墙飞回来。贝罗安向前一步,又打了一个漂亮的抽球。球在左手边的墙上来来回回地弹了六七次,直到贝罗安瞅准机会,用一个反手将球高高地打向右手边的墙角。他们狠狠地对着那块墙击球,两人都在彼此的半场中来回穿梭,然后又满场地追着球跑,局势此消彼长。

以前他们也有过这种激烈的角逐——拼死地、疯狂地,但同时又是滑稽地,就像真正的比赛在于谁先憋不住笑出声来。但这次不同,这次一点也不好笑,而是漫长的、极度消耗体力的。他们这个年龄的心脏无法长时间地承受每分钟跳动一百八十次,要不了多久便会有人疲惫或者瘫倒。在这场没有观众、业余的、友谊性质的比赛中,两个人都抱有一种强烈的得分意识。尽管其中一人已经为刚才的争执道了歉,但是不和谐的气氛依然没有散去。施特劳斯一定猜测贝罗安在更衣室里给自己打了气,如果他能挫败贝罗安的反攻,就可以立刻击垮他的士气,自己一举拿下最后的三局比赛。而对于贝罗安来说,比赛的规则是最主要的障碍,他必须先赢得发球权才能够得分。

在长时间的激烈角逐中,人完全有可能变成无意识的机器人,生存在眼前的时空中最狭窄的夹缝里,下意识地作出反应,来一个球打一个球,只是苟延残喘。贝罗安此时已经陷入了这种状态,他站位靠前,但突然想起自己刚才筹划好的作战计划。正在这时,机会来了,一个短球飞过来,贝罗安趁机把球击向左面的边角。施特劳斯本想举起球拍准备抽射,但突然改变了主意,转身跑回去。他刚把球打出来,贝罗安又将球击向另一边。当你疲惫不堪的时候,从一个边角跑向另一个边角是很艰难的事情。每次击球的时候,施特劳斯都发出一声低吼,这让贝罗安备受鼓舞。他没有打出任何刁钻的球路,因为他认为自己没准儿会失误。于是,他不停地大角度拉球,一连五次,损耗对手的体力。终于到第五个球的时候,施特劳斯那个无力的回球虚弱地落在响板上,贝罗安结束了这一局。

他俩打成了平手。他们都扔下球拍,弯下腰站着,上气不接下气,双手撑着膝盖,双目呆滞地注视着地面,接着用手掌按着墙壁,把脸贴在冷冷的白色墙壁上,时而毫无目的地在球场中游走,一边用 T 恤衫的边角擦拭着眉毛上的汗水,一边呻吟着。有时他们会在赛间休息的时候对刚才的一局加以点评,但今天两个人都默默无语。想早点结束比赛的贝罗安先准备好了,等在发球区那里,在地上拍着球。他发的第一个球从施特劳斯的头部上方飞过,这一次比之前更冷静更温和,停在了角落里。一比零,不费吹灰之力。这一分,照比之前的得分,应该更有分量。贝罗安现在击球既有高度又有广度。下面的一分又顺利地被他纳入囊中,接着又得一分。施特劳斯被一系列雷同的球路激怒了,因为他们之间的对决每次都是如此短暂,甚至转眼就结束了,所以球始终没有被磨热还是硬邦邦的,就像油灰泥一样很难从狭小的空间里摆脱出来。但施特劳斯越是烦躁,水准就越是下滑。高球他够不着,低球他又来不及接。有几次他甚至直接放弃,径直走回到原位等着下一次发球。正是这同样的套路、同样的角度、同样的高度、同样的结局,令他怒火中烧。不一会儿的工夫,他就丢了六分。

贝罗安差点放声大笑——他赶紧用咳嗽来掩饰这种冲动。他不是幸灾乐祸或是洋洋自得——现在还为时太早,这不过是一种被尊重的愉悦、一种同情的欢乐。他觉得想笑是因为他十分清楚施特劳斯现在的感觉:贝罗安太熟悉那种由愤怒和无奈所带来的情绪低落的恶性循环,以及无法控制的自我厌弃。在另一个人身上认出不完美的自己的翻版是一件饶有趣味的事情。他知道自己的球路是多么让人讨厌,换了他自己也一样无法抵挡。但是施特劳斯占上风的时候从不手软,而贝罗安现在确实需要得分,所以他再接再厉,继续让球从他对手的头上掠过,声东击西,不费吹灰之力,九比零。

"我要去方便一下。"施特劳斯简洁地撂下一句话,连护目镜都没摘掉,拿着球拍就走出了球场。

贝罗安才不相信他要方便呢!但他明白这是个明智的举动,也是唯一可以阻止这种一泻千里的败局的方法,而且在不到十分钟之前,他本人也做了相同的事情,但他还是感觉受到了欺骗。他本可以一举拿下最后一局的,现在施特劳斯可能正把头浸在水龙头下重新思索他的比赛策略。

贝罗安强忍着坐下来休息的欲望,走出来看其他人比赛——他一直希望能有机会可以跟高手学习学习,但是整个俱乐部还是空荡荡的。其他成员如果不是去参加反战游行了,就是无法进到市中心来。他一边走回自己的球场,一边撩起 T 恤衫,察看胸部的伤势。左边的胸骨附近有一大块浓黑的瘀青,他抬起左臂的时候会感到疼痛。盯着变色的皮肤让他把纷乱的思想集中到巴克斯特身上——他,亨利·贝罗安,是否有损医德地利用了自己的专业知识戏弄了一个正在遭受神经退化的病人?是的。受到挨打的威胁可以作为他为自己开脱的理由和借口吗?可以,但不完全正确。但是身上这个肿块,茄子般的颜色,李子大小的瘀伤——预示着他可能会遭遇到的毒打——答案是肯定的,他应该被原谅。只有傻子才会在有路可逃的时候还站在那里挨踢。那么是什么让他仍旧感到内疚呢?很奇怪,尽管

135

巴克斯特充满暴力倾向，但贝罗安几乎可以说是喜欢巴克斯特的。说喜欢可能过分了点儿，更应该说他是被他勾起了兴趣，对他无助的境遇，对他的拒绝妥协充满关心。本是个聪明的孩子，却步入歧途。而他自己，贝罗安，被迫滥用了他的权力——但那是他自己甘愿落入那样的境地的。从一开始他的态度就是错误的，不该那么心存戒备；他目空一切的态度，几乎可以说是可耻的。尽管是迫不得已，他也本可以更友好一些，甚至应该接受那支烟；他应该放松一点，不应该那样盛气凌人、怒气冲冲、充满挑衅。但是另一方面，他们是三个人，他们只想运用暴力抢些钱花花，这是在他们从车里出来之前就已经商量好了的，赔偿损坏了的后视镜只是行凶抢劫的一个幌子而已。

他回到自己的球场外面，直到施特劳斯出来，贝罗安心中的那份忐忑不安还是丝毫没有消散。施特劳斯在脸盆里洗脸的时候把他两个宽厚的肩膀都弄湿了，他又恢复了平日的幽默。

"好了。"当贝罗安走向发球区的时候，施特劳斯说，"以前我认识的那个好人已经不复存在了。"

刚才的独自沉思，让贝罗安感到虚弱；就在发球前的那一刻，他记起了自己要如何赢得比赛。但是第四局比赛却完全没有了套路。他先赢得了两分，但紧接着施特劳斯进入了状态，迎头追上，比分变成是三比二。这是一场冗长而又紧张的对决，双方都犯了非受迫性失误，比分改成了七比七平，贝罗安发球。他轻而易举地得了最后两分，他们每人各赢两局。

他们稍做休整就进入了最后的角逐。贝罗安没感到太

136

累——赢得比赛要比输掉比赛消耗的体力少得多。他真正缺乏的是要打败施特劳斯的欲望，他情愿和他握手言和，好继续今天余下的生活。今天整个早上他都处在各种各样的争斗中，想逃都逃不掉。施特劳斯倒很享受，斗志昂扬，一边走向他自己的位置，一边大叫："奋斗到死！决不退缩！"

于是，伴随着一声压抑的叹息，贝罗安开了球。由于他已经黔驴技穷了，所以又回到高偏球的老伎俩上。事实上，在他击球的那一刻，他就知道这是一个近乎完美的球，在高空划了一条弧线，准备径直落向边角。但是正处在异常亢奋状态中的施特劳斯竟然做出了一个非同寻常的举动，在短暂的助跑之后，然后纵身一跳，跃起两三英尺，高举着球拍，他那健壮、肌肉丰满的后背弯成一个完美的拱形，露出雪白的牙齿，头用力向后仰，左臂举得高高地以保持身体平衡，就在球要到达它抛物线的最高点时正好够到了它，用一个挥鞭子似的反手扣球，将球击落下来，直击前墙，离下面的响板还不到一英寸的距离——多么漂亮、绝妙而又无法抵御的一击啊！贝罗安几乎没有挪动自己的脚步，脱口叫出来："太不可思议了！"一眨眼的工夫，他的对手便将发球权夺了回去，现场再一次陷入剑拔弩张的紧张之中，胜利的欲望又再次在贝罗安心中燃起。

两人的斗志都被激发起来。现在每一分的争夺都有戏剧般的过程，如同一场临时上演的短剧，第三场比赛时那种严肃和白热化的拉力赛又再次重现。双方都不顾自己心脏的抗议，积极地奔跑于场地的各个角落。他们没有再犯非受迫性错误，每一分都是费了九牛二虎之力从对手那里抢过来的。除了在发球时宣布比分之外,谁也不说一句话。随着比分的攀升,双方始终保持一分之差。即使输了比赛其实也没什么大不了的——他们俩谁也没想登上俱乐部的壁球手排行榜,只不过他们都有一种原始的要赢的冲动,和口渴这样的生理冲动没有什么两样。比赛的动机是纯粹的自我满足,因为这里没有一个观众,没有人在乎结果,更没必要考虑朋友、妻子或是孩子的看法,其过程甚至不是享受的。也许将来再回忆起这场比赛会倍感难忘——但快乐的只有胜者。如果此刻一个过路者恰好经过这里,停在玻璃门外观看一会儿的话,他一定会想这两个打球的老家伙肯定曾经辉煌过,直至现在还有那么一点点激情。他也许甚至会以为这是一场决斗性质的比赛,否则怎么会拼得你死我活、水火不容?

感觉像过了半个小时,但其实只用了十二分钟。在七比七平的时候,贝罗安从左边发球,夺得了最后一分。他走到球场的一侧准备发球,他的精神高度集中,他的自信也空前高涨,所以他来了一个威力强大的反手击球,角度刁钻,贴近墙壁。施特劳斯用一个近乎网球的抽球反手回击,把球打向球场的前方。这是个好球,但贝罗安站位恰到好处,抓住机会打出了致命的扣杀。他对正在上升的球发出当头一击,把它扣死在左手边的边角里。大结局,贝罗安胜出——他在完成决定性的动作的同时,向后退了几步——正好撞在施特劳斯身上。巨大的冲击力让两个人同时分开,半天都说不出话来。

过了一会儿,施特劳斯喘着粗气低声地说:"那一分本来是我的,贝罗安。"

贝罗安说:"施特劳斯,比赛结束了。我三胜两负。"

这个明显的分歧又让他们陷入沉默。

贝罗安说:"你跑到前面干什么?"

施特劳斯走开,走到发球区那里,把刚才的一幕重新演示给贝罗安看。他想把结果按照他的愿望改写,他说:"我以为你会打低球到你右边呢。"

贝罗安很想笑一笑,但是嘴巴很干,嘴唇不肯轻易地露出牙齿。"那是我在迷惑你,那样你就会被调离,没法反击我的进攻。"

麻醉师摇摇头,脸上挂着他那令病人感到安心的处乱不惊的平静,但他前胸的起伏暴露了他的情绪,"球本来从后墙上反弹过来,力道足够给我时间反应,亨利,是你挡了我的道。"

直呼彼此的名字本身就像尖端涂了毒药的剑直刺对方的心窝,贝罗安忍不住也反唇相讥。好像是要提醒施特劳斯注意一个忽略了好久的事实,他说:"但是,杰伊,你本来也不可能够到那个球。"

施特劳斯盯着贝罗安的眼睛,平静地说:"我能的,贝罗安。"

贝罗安无论如何不能认同他的这种言论,只能反复地嘟囔着:"你的位置差远了。"

施特劳斯说:"这不违反规则。"然后又加上一句,"听我说,贝罗安,上次我这么做的时候我可给你了道了歉。"

贝罗安感觉像是在被逼还债,本来理智的语气越来越难以维持,他快速地说:"这次情况一清二楚。"

"我不这么认为。"

"你瞧,施特劳斯,这可不是礼尚往来的事情,我欠你一个再还你一个。总得实事求是不是?"

"我同意,但你也没必要给我上课吧?"

贝罗安本已降下来的脉搏听到谴责马上又加速跳动起来——骤然燃起的怒气就像加快的心跳,给已经心律不齐的心脏又添打击。他还有事要做,他需要开车去水产店买鱼,然后回家、洗澡、再出来、再回家——做饭、开瓶酒、迎接他的女儿和岳父,让他们重新和好。更重要的是,他夺回了属于他的东西——他在失利的情况下连扳三局赢得了比赛,足以证明他近来几乎已经遗忘掉了的一种本性。但现在他的对手想要把它偷走,或者企图否认它。他把球拍靠在那个他存放自己贵重物品的边角里,也是在向施特劳斯表示比赛已经结束了。但球场的另一边,施特劳斯仍然固执地站在发球区里。以前他们之间从来没有发生过这种事情,该不会是因为其他什么问题吧? 施特劳斯同情地看着贝罗安,嘴角上翘似笑非笑——完全是一种为了坚持自己的观点而刻意摆出来的表情。贝罗安仿佛看到自己——这样想着的时候,他的脉搏跳动又加快了——向施特劳斯冲过去,照着那张得意洋洋的脸快速地反手一掌。也许他应该耸一耸肩,离开球场,但他的胜利如果没有对手的认可就毫无意义。然而除了幻想将对方说服之外,在没有裁判、没有中间人的情况下,他们怎么能够达成共识呢?

已经有半分钟的时间，他们谁也没有说话，贝罗安摊开手，用和施特劳斯的表情同样矫揉造作的语调说："我不知道怎么办，施特劳斯，我只知道我打出了致胜球。"

　　但是施特劳斯很清楚该怎么办，他进一步挑起事端，"贝罗安，当时你是面向前方，你不可能看到从后墙上反弹过来的球，我能看到是因为我正朝那里走，这就是问题的症结。你能说我是在撒谎吗？"

　　这就是结果。

　　"去你妈的吧！施特劳斯。"贝罗安说着弯腰捡起球拍，走向发球区。

　　于是他们重新再赛一局，贝罗安再次发球，正如他猜测的那样，他丢了这一分，还没等他回过神来，他又丢了三分，一切都结束了，他输了，他回到球场的边角，捡起自己的钱包、手机、钥匙和手表。在球场外面，贝罗安套上外裤，系紧腰带，戴上手表，套上毛衣，又穿上他的外套。现在他依然很在意刚刚的失败，但已经不如两分钟以前那么强烈了。他转向正从球场里出来的施特劳斯。

　　"你小子真不赖，我为刚才的争吵道歉。"

　　"去他妈的！这次比赛胜负纯属偶然，是我们最棒的比赛之一。"

　　他们把球拍放进盒子里，挎在肩上。穿过白墙红线的刺眼的走廊，远离比赛的规则，他们向可口可乐售货机走去。施特劳斯为自己买了一听，贝罗安没要。只有美国人才会已经成年了还这么喜欢喝这么甜的饮料。

当他们离开球场的时候，施特劳斯停下来，痛快地喝了一气，然后说："医院里的人都得了流感，今天晚上我得过去值班。"

贝罗安说："你看过下星期的手术安排了吗？又是很繁重。"

"是的，那个老人和她的星细胞瘤。她不太可能活下来，不是吗？"

他们站在亨特利大街通向人行道的台阶上。现在天上的云彩更多了，空气是阴冷潮湿的。游行的队伍很有可能遭遇下雨。施特劳斯提到的那位女士的名字叫维奥拉，她的肿瘤长在松果腺区域。她今年七十八岁，据说她是个天文学家，六十年代的时候曾是乔德雷尔银行一位颇有影响力的人物。在病房里，当其他病人看电视的时候，她却在读有关数学和线性理论方面的书。在这个阳光渐渐减弱的冬日的早晨，贝罗安不想带着一种沉重的心情离开，更不想做出不祥的预言，只能说："我想我们能够挽救她的生命。"

施特劳斯明白他的意思，冲他扮了个鬼脸，举起手示意再见，两个男人从这里各奔东西。

第三章

贝罗安再次回到了轻微受损的爱车内,良好的性能使得引擎闲置的噪音即使在空旷的亨特利大街上也近于无声。贝罗安再次尝试给罗莎琳打电话,得知她在会议结束之后直接去找编辑会谈了,已经有四十五分钟了,到现在还没出来。临时的秘书请贝罗安别挂断,待她再去探个究竟。一边等,贝罗安一边把头靠在头枕上,闭目养神。脸上刚刚刮过胡子的地方被干了的汗水蜇得有点儿痒。他试着动了动脚趾头,发现鞋内浸透了汗水,很快变得冰凉。比赛的兴奋已经彻底消失,取而代之的是对好好睡上一觉的急切渴望。在经历了一周的工作、间断的睡眠、激烈的比赛之后,哪怕只小憩十分钟也好。他闭着眼睛随手按下了汽车的安全按钮,轻轻的几声锁响,门锁被激活,这犹如音符一般的声音令他睡意更浓。如何能既得到休息又确保安全,这曾是野外生存中的一个古老难题,所幸人类已经想出了解决办法——中央控锁系统。

透过精巧的耳机,贝罗安甚至能够听到电话另一边那开放式的大办公室里的低语声、敲击键盘的啪啪声,还有一个坐在离话筒不远处的男人不知在向何人大声诉苦:"他没有否认……但他也不承认……是的,我知道。不错,问题恰恰就在于他不置可否。"

闭着眼睛的贝罗安想象着编辑部里的情景,那边缘翘起的带有咖啡污迹的地毯、热力十足的供暖系统、暖气管里流淌着滚沸的锈水、密集的荧光灯把凌乱的角落也照得灯火通明,那里有成堆的无人问津的文件,没有人清楚它们为什么会在那里,也没有人关心里面的内容,过度凌乱的办公桌摩肩接踵地挤在一起——这里简直杂乱无章得像学校里的艺术教室。每个人都笼罩在巨大的压力之下而无暇去整理这一摞摞的灰尘满布的纸张。医院的情况也是如此,办公室里同样堆满了杂物和谁也不敢拉开的书柜和文件柜。乳白色的薄锡皮箱子里存放着无数陈旧的器械,太过神秘也太过沉重,以至于没有人想要处理它们。千疮百孔的医院大楼,已经丧失了维修的价值,只能等待推倒重建,就像这整座城市乃至整个国家都是同样的满目疮痍。西奥的卧室就如同世界的缩影。人类需要的是来自外星的成熟人种来恢复社会的正常秩序,强制每个人都早早地上床睡觉。上帝曾一度被认为是合适的领导者,却每每在出现纷争时执意地偏袒一方。最后甚至还给人类降生了一个活生生的孩子——他的亲骨肉,但这恰好是我们最不需要的东西,因为在这个不停旋转的星球上早就挤满了孤儿……

"贝罗安先生您在听吗?"

"什么? 是的,请说。"

"您的夫人一完事就会给您回电话,大约半个小时之后。"

144

贝罗安感到又恢复精神，他系上安全带，调头驶向玛丽莱博恩路。游行队伍依然堵塞着高尔街，但托特汉姆路已经可以通行了，车流正在分批向北蜂拥而去。贝罗安加入其中行驶了一会儿之后转向西开，再向北，很快就到了古智街和夏洛特大街的交汇处——他喜欢这里，各种便利服务和高档享受齐聚在这里，令整条街道看起来既鲜活又亮丽：在这里你不但可以买到镜子、鲜花、肥皂、报纸、插座和涂料等物品，甚至还可以配到钥匙，各式小店中间还城市化地夹杂着高级餐馆、葡萄酒专营店、墨西哥小馆子和旅馆。是哪个美国小说家曾说过幸福就是住在夏洛特大街来着？他得让黛西再提醒他一次。如此狭小的地盘上挤满了这么多家店铺，难怪会有成堆的垃圾袋堆在人行道边。一只流浪狗正在撕扯垃圾袋——终日啃咬污秽居然无损其犬齿的洁白。再次向西转弯之前，贝罗安看到街道的尽头就是家附近的那个广场，而位于广场另一边的，在几棵孤零零的树木掩映之下的建筑就是他的家。三楼的窗帘依然合着——西奥达在睡觉。贝罗安记得自己处于青春期的时候也常常在上午感到昏昏欲睡，所以从来没有对儿子的这种作息时间提出过异议，这不过是暂时的现象。

贝罗安开过了屋顶上布满卫星天线的中国大使馆，来到了位于波特兰大街西边的整洁的医院集中区域——这里有众多装潢廉价的私人诊所，候诊室里摆满了仿古的家具和休闲生活的杂志。来这里就诊的患者大都抱有一种迷信，这种迷信就如同宗教信仰一样根深蒂固。过去几年里，贝罗安所在医院先后收治过——当然是免费的——不少在这里被那些骗子医生耽误了的病人。在等待红灯的时候,贝罗安看见三个穿着黑色伊斯兰教袍的身影在德文郡大街下了一辆出租车。她们簇拥着站在人行道上,其中一个将手里拿着的卡片和一家门牌号对了对。中间的一个好像是个病人,因为她的背有点弯,依靠同行人的搀扶蹒跚地向前挪动着。这穿着清一色黑衣的一行三人,站在乳白色的建筑物前,时而摇头,显然在讨论着地址是否正确,情形很是滑稽,有点像孩子们在万圣节的游戏,也很像西奥曾经就读的学校所上演的话剧《麦克白》中的场景——由孩子们扮演的被掏空的博南树被安排在舞台的两侧等待着丹西林场时再上台。也许她们是一对姐妹带着母亲来找寻治愈的最后一线希望。交通灯依然还是那么固执地红着。贝罗安加大油门——但同时又缓慢地拉动变速杆挂到空挡。他这是在做什么,蜷起他柔弱的四头肌踩下离合器?他忍不住对眼前的情景产生不满,这种感觉源自内心深处。看到有人不得不裹得这么严实地四处走动让旁观者为她们感到遗憾,但至少这些女士还没有被逼着戴上皮质的嘴套,后者才真令他感到恶心。黛西学校里那些乐观的悲观主义相对论者对于这种情况又会怎么说呢?八成会说这是圣洁的仪式,是传统发出的对西方消费主义的抗议?但是同族的男性,也就是这些妇女的丈夫们——贝罗安在工作中结识了不少沙特阿拉伯的男人——他们却穿着西服套装或者是运动装,宽松的短裤,脚上踏着耐克,腕上挂着劳力士,个个风度翩翩、世俗圆滑,尽享东西文化传统的教育。他们为什么不高举传统的旗帜,也在大白天里穿着黑袍四处行走?

绿灯终于亮了,街两边景观也得到了更新——更多的柱廊、更多的诊所——交通对集中精神的简单要求,使他得以暂时抛弃这些压抑的思绪。贝罗安听到自己发出一声低吼:"让伊斯兰人爱穿什么穿什么吧! 管他们谁穿不穿教袍呢?"就连这些妇女们所戴的面纱也让他感到不快,甚至不只是不快那么简单。星期六本是他休养生息的时间,然而今天早晨以来他已经是第二次陷入灰调的情绪了。撼动他神经的是什么? 不是因为输了的那场壁球比赛,也不是和巴克斯特的遭遇,更不是因为今早零散的睡眠,虽然这每一件事情肯定对他都有一些影响。也许是因为他下午还要开车去郊区看望母亲。所幸他刚打完一场壁球比赛,这让贝罗安感到略微放松。眼下的任务就是采购海鲜。母亲已经丧失了期望的本能,也无法当他站在她面前时准确地认出他来,甚至他走了,母亲也不会记得他曾来过。贝罗安去一趟等于白去。母亲不会盼着他去,他不来她也不会失望。这等同于捧着鲜花到墓地去——逝者已逝,拜访不过是形式。至少母亲会端起一杯茶放在嘴边慢慢地啜吸着,虽然她看到贝罗安却不能叫出他的名字来,也想不起来他们之间的关系,但母亲很乐意有人坐在那里,听她无意识地胡言乱语。任何人坐在那里听她说话,她都很高兴。贝罗安不喜欢去母亲那里,但如果他太久不去看她又会鄙视自己的不仁不义。

贝罗安一直开到玛丽莱博恩路,才记起应该打开收音机收听正午新闻。警方声称今天共有二十五万人聚集在伦敦市中心举行游行示威活动,但集会的组织人却坚称截至下午人数将达到两百万人,不过双方都承认人流还在继续涌入。其中一个被采访的兴奋的游行者居然是个知名的女演员,为了压倒身边的歌声和欢呼声,她提高嗓门说在英国的历史上这样规模巨大的集会是史无前例的,那些今天早晨赖在被窝里而没有去参加集会的人会终生后悔的。热心的主持人提醒观众注意女演员刚才的这句话是引用莎士比亚作品中的《圣·克里斯平节演讲》中的对白,原话是亨利五世在阿金库尔战役①之前说的。

后面的话贝罗安没怎么认真听,因为他忙于把车泊在两辆四轮吉普中间的狭小空位上。贝罗安可不认为西奥会为错过游行而感到遗憾。为什么一个呼吁和平的示威者会引用一个崇尚武力的国王的语句?新闻公告还在继续,贝罗安静静地坐在那里,引擎嗡嗡地响着,贝罗安定定地盯着收音机按钮上闪烁的蓝绿色的光芒。"全欧洲,乃至全世界的人们都在集会,表达着他们对和平或者独裁的支持。"米瑞·特勒伯教授对此会怎么说贝罗安不用问也知道——他仿佛听到了教授那高亢的声音。接下来的一条消息是贝罗安自认为和自己有关的那场飞行事故。驾驶师和副驾驶师被带到伦敦西部分别接受审讯。警方对此没有发表任何看法。为什么会这样?通过挡风玻璃,贝罗安看到沿途都是红砖建筑的繁华街道,对称的人行道和凋零的小树,乍一

---

① 公元 415 年爆发于英法之间的一场著名战役。

看,就像倒映在一层薄冰上的景致。一位机场的官员承认其中一人拥有车臣血统,但否认了有关在驾驶员机舱里发现一本伊斯兰教《古兰经》的传言。其实就算这是真的,也无法说明什么问题,毕竟这并不违法。

说的没错,贝罗安边开门边这样想。世俗的欲望,总能战胜各式各样的上帝真主,这才叫信仰自由。让别人信他们的去吧,我现在得去购物了。尽管大腿上的肌肉还在疼痛,贝罗安还是敏捷地跨出车门,用遥控器锁上车子,头也不回地大步流星地离开。突然出现的冬日阳光让他脚下的玛丽莱博恩路看起来很是空旷。英国历史上最大的人道集会,就发生在不足两英里远的地方,所幸没有打扰到玛丽莱博恩路上的那份祥和。贝罗安避让着来往的人流和一辆接一辆的婴儿车,心里觉得颇为安宁。这是怎样的一种繁华啊!气派的店铺琳琅满目,专卖包括奶酪、丝带和夏克尔式家具在内的各式商品,让人感到犹如进了天堂一般的祥和。理智的思考不足以让宗教狂热分子放弃疯狂,但是简单的购物享受以及其他的幸福来源,如一份好的工作与和平的环境,不难实现的快乐,这些今生可以带给人的种种美妙享受,却足以让人把希望寄托于今生今世,而不是如有来生的生活——购物比祈祷更能带来满足。

贝罗安转了一个弯拐进帕丁顿大街,来到一家水产店的外面,弯腰看着摆在白色大理石斜板上的各类海鲜。他大体瞟了一眼,自己要买的这里都有。大海里的生物濒临灭绝,然而这里的海产品却是应有尽有,真是不可思议。店内的瓷砖地面上摆

149

着两个木板条箱,里面是远看上去犹如工业废品一样锈迹斑斑的螃蟹和龙虾,凶恶的肢体仿佛正在蠕动,它们的钳螯上套着送葬一样的黑色条带。鱼贩和他们的顾客应当感到庆幸,海洋生物不具备发声的能力也没有语言,否则它们肯定会从板条箱里发出惊天动地的嚎叫声,但即使是它们那微弱、无声的挣扎也足以使人难受。贝罗安把目光移开,转而去看那些没有血色的鱼肉,这些已经被掏空了内脏的海洋生物瞪着它们那无神的双眼。深海的鱼类被切割成一片一片的鱼肉整齐地叠放着,泛着纯洁的粉红色,就像给小孩看的硬纸画册。毫无疑问,像贝罗安这样喜欢钓鱼的人都知道:鱼的头部和脖颈里生有和人一样的感觉神经。从前人类出于自身的便利,轻易地接受圣经里的说法,认为陆地上和水里的生物生来就是给人吃的。现在科学证明即使是鱼也是会有痛觉的,这让现代人的生活变得越发复杂起来,人道同情的范围在逐步扩大。不仅全世界的人类都是兄弟姐妹,狐狸也是我们的亲戚,还有实验室里的小白鼠,现在又要加上鱼。贝罗安不管这些,照样业余钓鱼、日常吃鱼,但他绝不会把一只活的龙虾放进滚沸的水中,他倒是不反对从饭店里点一份龙虾。人类成功主宰世界的秘诀是,要学会有选择地发善心。即使你知道有众多生命需要你去同情,但只有摆在你眼前的才真正会困扰到你。所谓眼不见则心不烦——这就是为什么站在平静的玛丽莱博恩路上看世界是一片祥和之气。

今晚的菜单上没有螃蟹和龙虾。就算贝罗安买的贝类是鲜活的,至少它们是内敛的,明智地掩盖了生命的迹象。他还买了已经煮熟的对虾和三条鲅鳒鱼尾,价格不亚于他的第一辆汽车。不过他得承认,那辆车的确很垃圾。他还向店主要了两条鳎鱼的骨头和鱼头来煮汤。鱼店老板是个礼貌而又殷勤的商人,把顾客都当成尊贵的地主或者贵族。他用好几张报纸帮贝罗安把每样鱼都打了包。当贝罗安还是个小男孩的时候经常问自己一个问题:这条来自某个特定海域的某个特定鱼群的鱼,被某个特定日期的某份报纸的某个特定版面包裹的几率有多大? 八成是小于等于零吧。其道理类似于沙滩上的沙子为什么会这样排列,以及世界上无数随机状况背后的原因,这类问题至今仍然会勾起他的兴致。即便当他还是个孩子的时候,特别是经历了艾伯凡事件之后,贝罗安就再也不相信命运或者天意,也不相信有上天的神灵在主宰着每个人的未来。相反,他认为每时每刻,每件事情都有无限种发生的可能,昏沉沉的上帝控制不了纯粹巧合和自然法则的安排。

　　白色的塑料袋里装载着全家人的晚餐,拎在手里沉甸甸的,包裹着鱼肉的潮湿的报纸坠得手提袋的把手深深地嵌入他的掌心。贝罗安一直用右手提着袋子走回车里,前胸的疼痛让他没有办法把重量换到左手。一旦脱离了鱼贩那里阴湿的海藻味,贝罗安觉得新鲜空气中仿佛带点甜味,就像八月间田野上温暖的干草味。那种味道——当然只是因为前后的反差而生出的幻觉——并没有被街上的汽车尾气和二月的寒冷而掩盖。贝罗安一家曾数次到他岳父家所在的阿里埃日省避暑,那是法国西南角的一个小省份,比利牛斯山脉从那里开始了它的起伏蜿蜒。圣·费利克斯城堡是用近乎淡粉色的石头建造而成的,两边各有一个尖塔,被残存的护城河围绕着。自从妻子去世之后,约翰·格勒麦蒂克斯就隐居到了那里,写下了他那些著名的甜蜜而又悲伤的爱情诗句,后来都收录在《没有葬礼》这部诗集中。自成年以来就对诗歌毫无兴趣的贝罗安从来没听说过这些诗,就算是娶了诗人的女儿之后也是一样。但是自打他发现自己将成为一位未来诗人的父亲之后,他便开始有所涉猎,为此他付出了超乎寻常的努力。通常刚看了诗的第一行,他的双眼就有种疲倦的冲动。小说和电影,虽然都是现代的产物,却能带着读者回到过去或者探索未来,在时间上跨越短到几天长到几年甚至几代人的生活。但是诗歌就不是这样了,为了体现对现实的触觉和评论,诗人总是驻足在此时此刻的一点上,让读者和时间一起停滞不前,阅读和赏析诗歌就如同学习一门古老的手艺一样复杂。

二十多年前,当岳父从丧妻的悲伤之中重新振作起来之后,陆续展开了一段又一段的恋情,一直延续到今天。故事的模式总是相同的。年轻的情人,多是英国人,偶尔也有法国人,先是做他的秘书或女管家,然后晋升为类似于妻子的职务。两三年之后,她就会忍无可忍地愤而出走,然后她的继任者会在来年的七月迎接贝罗安一家的再次造访。罗莎琳对每一次更换都颇有微词,表示现任还不如前任,不过排斥逐渐会变成接受。毕竟,这并不是新人的错。同父异母的孩子们,甚至在最反叛的年纪对新任的继母也完全没有芥蒂,很快就会和她混熟。贝罗安受法制观念的影响认为一生只应爱一个女人，所以对此感觉很不可思议，尤其是当这位老人年近七十的时候还在不停地更换女人，只不过频率好像没有那么快了，现任的女友特丽萨，那个来自布赖顿的图书管理员，已经和他在一起将近四年了。

通常晚饭就设在悠长的傍晚时分，山坡上干草的芳香萦绕在花园的四周，孩子们的皮肤上散发着游泳池里淡淡的氯气味，众人一起享受着卡奥尔或是卡布雷酿制的暖暖的红酒——此情此景简直就像是在天堂，所以贝罗安一家经常造访。美中不足的是岳父为人有时孩子气十足，爱颐指气使，自认为是艺术家，所以纵容自己极端的喜怒无常。只需一瓶红酒入腹就可以让他从饶有趣味地讲述逸闻趣事变成勃然大怒，然后就会怒气冲冲地返回他的书房去——留下众人目睹着他弓着腰穿过昏暗的草坪，朝亮着灯的书房走去，贝蒂或者简或者弗朗辛，现在是特丽萨就会跟在后面去哄他。他从未领会所谓对话的双向性，但凡听到不同意见，哪怕只是一丝一毫的反对，也会被他视为是对峙和挑衅，岁月和美酒丝毫也没有让他变得更温和。不难想见，当他日渐衰老，作品也越来越少的时候，心情就更加糟糕。旅居法国的他一直郁郁寡欢，几十年来任何来自祖国的微不足道的消息都会让他的心情更加阴郁。曾有过那么四年的时间，他的《诗歌选集》脱印了，不得不再找其他的出版商，这期间他的脾气坏到了极点。让他不满的事情包括史班德①获得了骑士称

---

① Stephen Spender(1909—1995)，英国诗人、批评家。

号、雷恩①得到了费伯出版公司的编辑资格、芬顿②被聘为牛津大学的诗学教授,还有先是休斯③后又是默顿④被推崇为桂冠诗人,甚至连西莫斯·希尼⑤获得了诺贝尔文学奖的事情也让他恼火。这些名字对于贝罗安来说完全是陌生的,不过贝罗安知道著名的诗人,就像资深的顾问医师一样,时时刻刻生活在充满警觉和嫉妒的世界里,对于名誉锱铢必较,为了名誉寝食难安。诗人,至少岳父这位诗人,也不免和他们一样流俗。

在子女们还是幼儿的那几年里,贝罗安一家去过很多别的地方度假,但他们发现在整个欧洲南部再也找不到比岳父的城堡更美丽的地方了。就是在那里,罗莎琳度过了她童年时的暑假。城堡很大,所以想要避开约翰并不困难——他喜欢一个人待上好几个小时。每个星期顶多也就只有那么两三次发火的时候,时间一长,大家也就习以为常了。自从父亲的爱情生活形成了一定模式之后,罗莎琳更有了她微妙的理由想要和父亲加强联系。因为城堡属于她的外祖父母,也是她母亲一生的至爱。是她的母亲重新修葺了这座城堡,并添置了现代化的设施。她担心如果约翰有一天老到或是病到脑筋糊涂而娶了他的最后一任秘书,那么城堡就会落入外人之手。原本法国的继承法能够阻止这样的事情发生,但是根据城堡里所保存的一份文件说明,

① Craig Raine(1944—   ),英国诗人、批评家、编辑。
② James Fenton(1949—   ),英国当代诗人、文学批评家,牛津大学诗学教授。
③ Ted Hughes(1930—1998),1998 年获桂冠诗人称号。
④ Andrew Motion(1952—   ),1999 年获桂冠诗人称号。
⑤ Seamus Heaney(1939—   ),英国诗人,1995 年获诺贝尔文学奖。

古老的唐提联合养老保险制度允许圣·费利克斯城堡被豁免在法国法律之外,将依照英国的法律裁定。约翰用他那令人不悦的方式,向罗莎琳保证他不会再婚,城堡肯定是她的,但他拒绝立下任何字据。

这个令人忧虑的隐患可能会最终得到圆满的解决,但他们还有另外一个要去城堡度假的原因,就是西奥和黛西从前总是嚷嚷着要去——不过那样的日子已经一去不复返了,早在黛西和她的外祖父闹翻之前。孩子们曾经很喜欢这位外祖父,认为他反复无常的脾气恰恰证明了他的伟大和与众不同——这也是约翰引以为傲的个性特征。约翰也很溺爱这两个孩子,从来不高声呵斥他们,在他们面前总是忍着自己的火爆脾气。从一开始,他就把自己当成——事实上也的确是——他们智慧发展的领路人。自从他确认西奥不是一个文学坯子之后,约翰就开始鼓励他弹钢琴,并教给他简单的摇摆舞的 C 大调,还给他买了把木吉他,甚至从地下室里拖上来一箱箱的古老的蓝调唱片,定期把其中一些转录成磁带寄给在伦敦的西奥。在西奥十四岁生日的时候,他的外祖父还特意开车带他到图卢兹观赏了约翰·李·胡克①的告别演出。有一年夏日的傍晚,晚饭过后,约翰和西奥在群星璀璨的夜空下合演了《圣·詹姆斯医院》②,老人摇着头模仿着沙哑的美国口音动情地演唱着,让罗莎琳感动得热泪

---

① John Lee Hooker(1917—2001),美国著名蓝调音乐人。
② 电影《樱桃的滋味》片尾曲,此片曾获得 1997 年戛纳国际电影节金棕榈大奖。

盈眶。当时只有十四岁的西奥,即兴演奏出了一段优美而又忧郁的独奏曲。贝罗安那天端着酒杯坐在游泳池边,双脚浸在水里,同样被深深地打动,颇为后悔自己以前没能足够重视儿子的音乐天分。

就是从那个秋天起,西奥开始到伦敦东部去上课,师从当时英国蓝调音乐界的元老级人物,这是罗莎琳在报社的一个朋友替他联络的。据西奥说,杰克·布鲁斯①是最棒的人物之一,因为他接受过正规的音乐培训,能演奏好几种乐器,对贝司的演奏做出了革命性的贡献,对各种乐理也了如指掌,而且和英国蓝调鼎盛时期的所有名家都合作过,他指的是六十年代的蓝调音乐,远在其变得商业化之前。西奥还说,布鲁斯比其他人对自己更有耐心,而且十分和蔼。贝罗安真搞不懂,像布鲁斯这样一位威名显赫的大人物怎么肯花时间去指导这样一个乳臭未干的毛头小子。好在西奥对此并没觉得有什么好奇怪的。

通过布鲁斯,西奥又结识了其他一些传奇人物。西奥有幸被允许参加了克莱普顿开办的音乐高级讲习班,朗·约翰·巴德利②还特意从加拿大赶来和老朋友会面。西奥喜欢听他们讲述有关西里尔·戴维斯和埃里克斯·科尔纳③的各种轶事,以及葛拉汉·邦德乐队的组建和精华乐队的首场演出。在一次偶然

---

① Jack Bruce(1943—),英国蓝调大师,曾和埃里克·克莱普顿同是精华乐队的成员,贝司手。
② Long John Baldry(1941—2005),英国节奏蓝调歌手。
③ Cyril Davies 和 Alexis Korner 两人是建立起英国蓝调风潮的主要乐手。

的机会,西奥居然还和罗尼·伍德[1]一起演奏了几分钟,并结识了他的哥哥阿特。一年之后,正是这个阿特邀请了西奥去参加鳗鲡馅饼俱乐部在崔克纳姆一家名叫甘蓝菜园的酒店里所举行的演出活动。在短短不到五年的时间里,西奥好像完全掌握了蓝调的传统精华。每次到城堡做客的时候,他都会把最近学到的演奏技巧弹给外祖父听。西奥好像很需要约翰的认可,老人也乐得给他肯定。贝罗安不得不感谢约翰,是约翰发掘了西奥身上的音乐天赋,而这些可能是贝罗安永远不会察觉的。尽管也曾有过那么一次,当他们全家在彭布鲁克郡度假的时候,贝罗安借用别人的吉他给西奥展示了最简单的三个和弦,还告诉他蓝调是如何用 E 调演奏的。但这在贝罗安看来和教西奥玩飞盘投掷、草地滑行、骑自行车、掷彩蛋、跳石头和滑旱冰这些活动没有什么分别。那时的他尤其注重让孩子玩得开心,他甚至为了确保孩子们滑冰时的安全而摔断了胳膊,他万万没有想到那三个简单的和弦竟成了儿子日后职业生涯的启蒙。

约翰在黛西的生命中也扮演了同样重要的角色,至少在他们之间爆发矛盾之前是这样的。在黛西十三岁的时候,大约就在外祖父教她的弟弟摇摆舞音乐 C 调的同时,他问黛西平时喜欢读哪些书。约翰认真地听完了黛西的回答之后,断定黛西还有很多没有被挖掘出来的潜能——他对于她读的那些青少年文学很不以为然。约翰说服黛西改读《简·爱》,并把第一章大声

---

① Ronnie Wood(1947—),著名滚石乐队的成员。

地读给她听,还向黛西预言了她将从这类阅读中得到的快乐。黛西坚持做了,但开始只是为了取悦他。因为这本书的语言很文言,句子又很长,她还一再地告诉外公,她几乎无法在脑海中想象故事中的情节。贝罗安也读了几页,颇有同感。然而约翰坚持让他的外孙女读下去,最后,在读到第一百页的时候,黛西开始被简深深地吸引住了,简直到了废寝忘食的地步。有一天下午全家人要到田野去散步,唯有她不肯同去,因为那本书尚有四十一页没有读完。等到他们回来的时候,发现黛西正在树下的鸽舍旁哭泣,不是为了情节本身,而是因为当故事落幕的时候,她也从一场梦中醒来,才发现所有的一切都只是一个素未谋面的女作家虚构出来的。她的泪水是源于崇拜,感叹竟有人能够创造出如此动人的故事。至于书中的哪一段情节最令她感动,这才是约翰最想知道的。黛西回答说:"外公,当我看到那些孤儿院的孩子们悲惨地死去,而外面的天气偏偏是如此美好的时候,还有当罗彻斯特先生假扮成一个吉卜赛人出现的时候,还有简第一次遇到贝西的时候,她简直就像一头未被驯服的野兽一样……"

约翰接着又推荐了卡夫卡的《变形记》,说这本书最适合一个十三岁的小女孩了。黛西很快就读完了这个童话故事,甚至要求她的父母也去读。那天黛西起得出奇的早,她来到父母在城堡的卧室,坐在床沿上哀叹:"那个可怜的格雷戈尔·萨姆沙,他的家人对他是如此的残忍,但他又是多么的幸运,因为他有一个姐姐给他整理房间,帮他弄来他喜欢吃的东西。"罗莎琳耐心地听完了她的讲述,就像在听一个案件的简报似的。而生来就对幻想类文学不感冒的贝罗安,只能敷衍地说他对这个故事比较感兴趣——他实在无法谎称自己有比这更深的感觉。他觉得书中最后一页所勾勒的那个姐姐的冷酷和残忍还算有点儿意思,关于她和父母乘坐电车到终点,一边舒展着她年轻的躯体,一边准备去迎接感情丰富的生活,这种转变他还能够接受。这是黛西向他推荐的第一本书,也标志着她对他的文学教育从此开始。虽然这些年来贝罗安一直勤奋地接受了黛西布置给他的所有读物,但他知道在女儿的眼里自己还是粗人一个,是个冥顽不灵的物质主义者。黛西认为他太缺乏想象力,也许的确如此,怎奈黛西就是不肯放弃对他的改造。贝罗安的床头摆满了等待阅读的书籍,今晚黛西肯定还会带来更多。他连那本《达尔文传》都还没有读完,更别说开始读康拉德了。

从那个夏天的勃朗特和卡夫卡开始,约翰便开始接管了黛西的阅读教育。他对文学基础的重要性持有一种坚定而又传统的观点,深信并不一定只有能够带来愉悦的阅读才是有益处的。他相信小孩子的学习应该从死记硬背开始,而且不怕为此投资。莎士比亚、弥尔顿、詹姆斯国王版的《圣经》——只要黛西能把他指定的那些段落背诵下来,每二十行他就奖给她五英镑。这三本书是英国散文和诗歌的精华所在,他指导黛西大声诵读这些语句,感受其中的韵味之美。黛西十六岁的那个夏天,单凭吟咏和演唱《失乐园》的片段,以及背诵《圣经》中《创世记》的经文和《哈姆雷特》中感伤的独白,就从外祖父那里赢得了一笔不小的财富。她甚至能够引用勃朗宁、克拉夫、切斯特顿和梅斯菲尔德的诗文,她最多的时候在一个星期里挣了四十五英镑。即便是现在,整整六年过去了,黛西也已经二十三岁了,她依然宣称她能够张口就来,滔滔不绝地背上两个多小时也绝不会卡壳。到她十八岁高中毕业的时候,黛西已经完成了外祖父所罗列的基本文学作品中的绝大部分。除了他的母校牛津大学之外,约翰不能容忍黛西去任何学府修读英国文学。虽然贝罗安和罗莎琳恳请他不要这样做,但他还是替黛西走了后门。事后约翰愤慨地表示,现今的大学体制滴水不漏,即使他想走后门其实也是无能为力。不过根据贝罗安和罗莎琳各自的职业经验判断,事实并非如此。让他们宽慰的是,一位面试教师给黛西的校长手书了一封信函,赞扬了黛西的出色表现,说她不仅见解独到更能够引经据典。

仅仅一年之后,黛西的成就就开始有些超乎了她外祖父的承受能力。那年黛西比全家人晚两天抵达城堡,并带来了为她赢得当年的纽迪盖奖①的一首诗作。贝罗安和罗莎琳都没有听说过纽迪盖奖,但还是由衷地感到高兴。然而对黛西的外祖父来说,它的意义却非比寻常,甚至过于重大,因为他自己曾在五十年代后期赢得过这个奖项。约翰把黛西的诗稿带进自己的书房里去细细欣赏——黛西的父母只能等一会儿再看。诗文细致入微地描写了一位年轻的女士在又一段爱情结束之后所发表的

_____

① 牛津大学奖给入学不满四年的本科生的诗歌奖项,王尔德曾获得这一殊荣。

160

一番慨叹,诗中讲到她依照惯例把她和情人睡过的床单换下来,扔进洗衣店的自动洗衣机里去,隔着洗衣机那"雾蒙蒙的单片眼镜"一般的玻璃门吟咏着:"我们的印记都将归于乌有。"他们的恋情犹如季节一样轮回变幻,"转瞬便由郁郁葱葱变成了黄叶飘零",直到"落叶甜蜜地被风碾化成泥,直至湮灭"。床单的印记并非是罪过的证据,而是"激越的痕迹"和"乳白色的颜料",两者都是无法用水祛除的。暧昧的信仰、激荡的诱惑,诗中的描写让贝罗安忧虑地发现自己女儿刚上大学,生活得就比他预期的要忙碌得多得多。看来女儿不止有一个男朋友,或者说情人,而是经历了一连串的恋情,多到让她有感而发的数量。这可能就是约翰不喜欢那首诗的理由——他一手调教出来的爱徒现在心里有了别的男人。也有可能是因为这也对他的文学地位构成了威胁——他对黛西进行文学修养上的培养并不是为了给自己创造一个诗歌上的竞争对手。毕竟锌基和莫申也获得过这个纽迪盖奖。

　　当天特丽萨用帕尔米斯市场上买来的新鲜的金枪鱼拌了一个色拉,做了一顿简单的晚餐。晚饭就设在厨房外面那片巨大的草坪边上。同样是一个美得不可思议的夜晚,树木和灌木丛在干燥的草坪上投下淡紫色的阴影,下午曾聒噪不停的蝉声已经销声匿迹,欢快的蟋蟀开始继续歌唱。约翰是最后一个出来吃饭的,并在黛西旁边的位置坐了下来,岳父的模样正如贝罗安所猜测的那样,显然他已经给自己灌了一瓶或者更多的酒了。因为他像歹徒一样一把抓住外孙女的手腕,喝多了的人通常把

161

暴力当成是亲昵。接着他告诉黛西这首诗作是拙劣的，根本没有资格赢得纽迪盖奖。他还说，这首诗措辞一点也不好，他说这话的口气就好像黛西早就应该意识到而且肯定也同意他的观点一样。就像一位精神病医师可能会诊断的那样，他已经丧失了理智。

早在高中的最后一年，十八岁的黛西已经是学校的最优生和学业上的明星，那时的她便已养成了沉稳干练而且波澜不惊的气质。她身材窈窕，清秀端庄，面容姣好，留着一头乌黑垂顺的短发，她的平静看上去几乎是牢不可破的。那个难忘的夜晚，只有她的父母和弟弟才知道她是多么努力地在保持着自己的风度。只见黛西从容不迫地将手从外祖父的手里抽回来，然后平静地看着他，等着他说下去。约翰抓起酒杯一口气又喝了不少，就像是在喝一品脱温热的啤酒一样，接着对黛西的沉默不依不饶。他批评她的诗节奏松散而且笨拙，每段诗节还长短不一。贝罗安看看罗莎琳，希望她能阻止约翰说下去。如果罗莎琳不出面的话，那贝罗安就不得不干预了，但是只要他一开口，事情就会变得严重起来。令贝罗安感到羞愧的是，他甚至不能确定诗节是什么东西，直到他晚上回去查了词典才弄明白是怎么回事。罗莎琳暂时忍住不发——过早打断父亲的话有可能会引得他大发雷霆，要左右父亲的言行必须掌握时机，坐在罗莎琳对面的特丽萨早就深受其苦。在她陪伴约翰的这些年里，包括在她之前那些女人在服侍约翰的期间，这样的场景不止一次地出现过，只不过还未曾殃及孩子身上。她已经预感到了糟糕的结局。西奥则用手托着下巴，盯着自己的碟子看。

外孙女的沉默，让约翰更加肆无忌惮，愈发自恃是权威，愚蠢的亲近让人厌烦。他把这个坐在自己面前的小女孩误当成了某个向他求教伊丽莎白时代诗歌的少女。即使他还没醉到那个程度，但他至少忽略了一年的大学生活对黛西的改变。他仍然一厢情愿地认为她会和他的想法一样，所以他不过是在重申她已经意识到的事实：这首诗太长、太故弄玄虚，还有一处他们两人都知道太晦涩的比喻。

接着约翰又表示这首诗并非原创，这次他终于得到回应了。黛西仰起她清秀的面庞，挑起了眉毛。不是原创？贝罗安看到黛西优美的下巴微微颤抖着，心想这下黛西冷静的态度恐怕要维持不住了。罗莎琳终于说话了，但是父亲的声音盖过了她的。是的，有位鲜为人知但颇有天才的诗人，名叫帕特·约旦，是利物浦学校的一位女士，她在六十年代就曾写过一首类似的诗——关于在爱情终结之后，在洗衣房里盯着正在洗衣机里翻转的床单而思潮翻涌。有没有可能约翰明明知道自己的行为有多么愚蠢，但就是无法停下呢？老人疲惫的眼中有种像狗一样讨好的表情，仿佛他正在强迫自己经受恐惧，祈求有人能来解救他。他越是努力地想要表现得慈祥，他的声音就越颤抖，他继续侃侃而谈，言语越来越荒谬。之前在纵容着他的众人的沉默现在变成了对他的惩罚和谴责。西奥讶异地看着外祖父，难以置信地摇着头。当然，约翰强调他并不是想指责黛西的作品是剽窃，不过有可能她曾读过这首诗，后来又忘记了，不知不觉中用

163

自己的话复述了出来。毕竟这的确是一个杰出的、非同寻常的构思，但不管怎么说……

最后他终于停了下来，他一手制造的局面已经不可能更糟了。贝罗安很高兴女儿并没有崩溃，她只是很生气，他能看到女儿颈上的皮肤下面暴起的青筋。她不准备用任何形式的感情冲动来替外祖父摆脱窘境。突然，约翰再也忍受不了这种沉默了，他又开始说起来，这一次语调变得急促，内容并没改变，只是换成了温和一些的措词。但是黛西打断了他的话，示意换个话题，闻听此言约翰嘟囔了一句"他妈的！"然后站起来往屋里走去。众人注视着他的离去——熟悉的背影，一如既往的驼背，只是这次令人尤其不安，因为这是那年夏天他的第一次爆发。

之后黛西又继续在那里住了三天，这三天时间原本足够她的外祖父想出办法来缓和紧张的气氛。但是第二天约翰居然一副兴高采烈、怡然自得的样子，好像完全忘记了那件事情。或者这只是他伪装出来的——像大多数酒鬼那样相信每一天都是全新的，昨天发生的事情可以一笔勾销。当黛西要出发去巴塞罗那的时候——这是很久以前就已经安排好的行程——黛西迫使自己和他辞别，吻了他的两颊，约翰抓住了黛西的胳膊，自以为这就等于是与外孙女和解了。即使后来贝罗安和罗莎琳试图让他知道，仅仅这么做并不足以弥补和黛西之间的裂痕，约翰却指责他们是在挑拨是非。不过约翰自己应该有所察觉，因为黛西接下来的两年都不再来圣·费利克斯城堡度假。她找了很好的理由，说要和朋友一起到中国和巴西去旅行。约翰本该在黛

164

西出版第一本诗集的时候写信祝贺她,但无奈他已经对此事耿耿于怀了,所以罗莎琳把诗集的样本寄给他实在是个冒险的举动。他多半不会喜欢黛西的那些诗,特别是出版这本诗集的出版商正是当初拒绝再印刷约翰的旧诗集的那一个。

如果说约翰对于《我的美丽轻舟》的热爱是矫揉造作的话,那至少他隐瞒得天衣无缝。他在写给黛西的那封长信中一开头就表达了歉意,说自己在面对她获奖的消息时表现得像个丢人的山野草夫。由于那首诗并没有收录在这本诗集里,这让贝罗安怀疑,虽然他从未和任何人提过,黛西其实一直以来都知道她的外祖父说的是正确的。他还在信中告诉黛西,她自创的对话般的风格别有一种内涵,引人浮想联翩。这种自在和随性常常会被感情的暴风骤雨所打断,实现了"精彩的升华"。在她的诗集中他随处可见他最钟爱的诗人拉尔金的风格,但又比他更增添了"年轻女性的敏锐"和黑色的幽默。在那封字迹几乎难以辨认的书信里,他称赞是她的"睿智"和"坚定的、独立思考的勇气"成就了她诗文的风格。他热爱她的"六首短曲"中的那首"自甘堕落的智慧"。他还说当他读到那首"民歌一首——大脑落到我的鞋子上"的时候"像白痴一样大笑不止"——该诗是黛西在参观了贝罗安工作的手术室之后写下的。当然,这也是贝罗安最不喜欢的一首。那天女儿目睹了动脉瘤切除手术的全过程,当场并没有出现所谓灰色或白色的脑浆四溅的场面,因此他认为身为诗人的女儿对事实进行了——据他推断——艺术的加工。黛西为此给她的外祖父回寄了一张热情洋溢的明信片,表达了自己是如何地想念他，以及她是多么感谢他对她的培养。她还说他的评价让她欣喜若狂，她把他的信读了无数遍，还提到他的表扬令她幸福得快要晕倒了。

今晚约翰和黛西将分别从图卢兹和巴黎赶来在伦敦团聚。有家电视台要做一档节目，来介绍约翰的生平，因此安排他下榻豪华的卡莱丽爵酒店。今天贝罗安家的晚餐将成为他们和解的仪式——希望会是这样。贝罗安现在拎着一兜海鲜，顺着人流折回到中心大街上，他已经和他的那个岳父不知共进过多少次晚餐，多到他深知不能太乐观，情况在过去的三年中逐渐恶化。现在约翰又恢复了某些旧习惯，每天下午或者晚上都会在葡萄酒之前先来几杯杜松子酒，之前——六十多岁的时候，他曾短暂戒掉过这个习惯。另一个变化是在临睡前再来几杯威士忌，然后再用啤酒"漱口"。如果他以一种亢奋的状态出现在贝罗安的门口，这位岳父大人一定会产生某种冲动，想要在自己女儿的家里呼风唤雨，这会让他喝得更多更快。醺然大醉的他起初会是神采奕奕的——这时的他还算可爱，见多识广，风趣又不失调侃，面对这样一位著名的诗人，听他滔滔不绝地讲话几乎是一件愉快的事情。但是一旦他过了这个阶段，一旦那阴郁的情绪再次高涨起来，他也醉得失去理智的时候，嫉妒的神灵、暴戾的魔鬼就会让他心底的偏执和自哀自怜再度死灰复燃。如今家里人都已经接受了一个事实，那就是有约翰在场的聚会注定会不欢而散，除非有人不遗余力地用幽默、奉承和僵硬的笑脸从头到尾地奉迎他——遗憾的是没有人能做得到。

贝罗安回到车的旁边,先把手里提着的那包腥气冲天的东西扔到后备厢里,放在全家人的步行靴、背包,还有去年夏天用过的网球旁边。贝罗安常常有一个违反医德的想法,就是为了保存这位老人的脸面,也为了全体家人着想,最好趁着约翰的情绪还在升温的时候,偷偷给他服下一点镇定剂,例如把那种缓慢见效的镇定剂掺在浓烈的红酒里,比如里奥哈葡萄酒,一旦他开始哈欠连天,就引导他上楼休息去,或者把他送上出租车——这样一来,这位著名的老诗人就会在半夜之前上床,并且疲惫而又快乐地睡去,对谁都有好处。

在缓慢的车流中,贝罗安在玛丽莱博恩路上只向前挪动了两百码,透过后视镜他看到身后有两辆车,其中一辆是红色的宝马。他只能看清楚车身侧面的一角,而不能确定那辆车的后视镜是不是还在。一辆白色箱式货车停在了交叉路口,贝罗安几乎看不到那辆红色的宝马了。有可能就是巴克斯特开的那辆车,但贝罗安对再次见到他并没有特别的紧张和不安。事实上,贝罗安不介意和他再交谈一会儿。巴克斯特的病症很有意思,贝罗安提供帮助的心也是真诚的。只是他现在更关心的是目前停滞不前的交通状况根本就走不动——前面又堵车了。等他再回头看时,红色的宝马已经不见了。贝罗安很快就把这件事忘了,他的注意力被他左边的一家电视机商店吸引住了。

商店的橱窗里横七竖八地摆了一溜的电视机,各式各样的屏幕播放着相同的画面:液晶的、等离子的、掌上电视,还有家庭影院。每台电视机里播放的都是首相的电视专访。首相脸部的特写镜头慢慢放大成嘴部的特写镜头,直到他的嘴唇占了半个屏幕。首相曾表示过如果公众了解的情况和他一样多的话,我们也会想要发动战争的。也许导演之所以给这个放大的慢镜头是出于和广大观众一样的想法:这个政治家说的是真话吗?但问题是谁能分辨真假呢?诚实的人该是什么模样?对于这个问题已经有不少人讨论过了。贝罗安曾读过保罗·埃克曼[1]的一篇相关文章。据他说,当一个有意识撒谎的人微笑的时候,他的部分脸部肌肉是僵硬的。这些肌肉只有在人真心发出笑容时才能被调动起来,骗子的微笑是有缺陷的、不完整的。但是人和人的面孔有如此多的差异,比如脂肪的堆叠、奇怪的抖动、不同的面部骨骼结构,普通人如何能分辨他是否在伪装他的思想?尤其是当一个骗子的第一课也是最重要的一课就是要学会让他自己相信自己是真诚的。既然他是真诚的,伪装的问题就不复存在了。

尽管面对种种困难和说谎者本能的对策,我们仍然选择近距离地观察,察看说话人的面部表情,试图辨别出他的真实意图。究竟是敌是友?这是亘古以来人类一直在研究的问题。即便时至今日我们只有一半左右的时候是判断正确的,也仍然值得一试。如今战争在即,这个问题显得尤其重要,因为整个国家

---

① Paul Ekman(1934—),美国心理学家,主要研究情绪的表达及其生理活动、人际欺骗等。1991年获美国心理学会颁发的杰出科学贡献奖。

仍然以为现在叫停还为时未晚。电视里的这个人真的认为发动战争就可以让我们更加安全吗？萨达姆真的拥有威力巨大的恐怖武器吗？简单地说，首相可能既是真诚的但同时又是错误的。即使是最痛恨他的对手也不都怀疑他纯正的动机，他可能正处于一次巨大失误的边缘，但也许真的会奏效也说不定——在他夺去千千万万人生命之前就推翻独裁者，一两年之后，民主被树立起来，非宗教的或者伊斯兰的，和中东疲乏的君主统治比邻而居。挤在拥挤的车水马龙中，一边是令人炫目的电视屏幕，贝罗安也正在经历一种进退维谷的处境。相比之下，还是神经外科医生的职业更为简单而又安全。

贝罗安知道他的有些患者甚至丧失了判断能力，更不用说辨别真伪的官能，他们甚至连最亲密的家人和朋友都不认识了。大多数的时候这是由于大脑中的右中梭状回受到了损伤，通常是中风所导致的，神经外科对此无能为力。贝罗安联想起他和托尼·布莱尔的一次短暂邂逅——首相一定也是缺乏对面容的识别能力。这要追溯到二〇〇〇年的五月，和现今的世道相比，当时真是一个太平的时期。在还没有战争的阴霾笼罩之前，有一项大型公共项目被广泛关注且备受好评。好像没有人否认事情进展得很顺利。泰晤士河南岸一座废弃的发电站，被认为很适合被改造成为一个现代艺术博物馆。改建的成果很有创意，令人赞叹。这间名为泰特的现代艺术博物馆开幕那天来了四千多位嘉宾——名人、政客、德高望重的人士和慈善家——成百上千的年轻绅士和女士举着香槟，品尝着点心，那份兴高采烈丝毫没有被批评家们的反对而冲淡——这一点在这种场合下可不多见。贝罗安作为皇家外科医学院的代表也在被邀请之列，而罗莎琳则是通过她工作的报社而获得了请柬。西奥和黛西也一起来了，但他们一来便消失在了人群之中，他们的父母直到第二天早晨才再见到他们。来宾们聚集在古老而宽敞的涡轮厅里，无数兴致勃勃的喧器声混合在一起，在钢筋的房梁上萦绕，形成了一个巨大的涡团。一小时之后，贝罗安和罗莎琳分别告别了彼此的朋友，端着酒杯来到相对来说人数较少的展览厅，游弋在展品的清静世界中。

他们兴致正浓，即使是一贯风格阴郁的印象派艺术也让他们看得津津有味，就像是在观赏一些学生作品一样。贝罗安喜欢科妮莉亚·帕克的《突出重围》——一个幽默的构思，比喻一个绝妙的主意冲出脑壳灿然诞生。他们接着来到罗森科斯的展厅，在这间铺着暗紫色和橙色地板的展厅里，度过了安静而愉快的几分钟。然后他们穿过一个宽大的通道，来到隔壁的博物馆，进去乍一看好像不是作展厅用的。房间的一角，低低地堆了一堆砖形物，居然也是一件展品。越过它，在房子的尽头，居然站着首相先生和博物馆的馆长。而距他们二十英尺开外，靠近砖形物的这边，按照惯例拉出一条天鹅绒的隔离带，里面都是新闻媒体——足有三十多个摄影师，还有很多记者——还有一些人好像是艺术馆的官员和唐宁街的工作人员。贝罗安夫妇正赶上在一段沉默当中走了进来。布莱尔首相和博物馆馆长正微笑着对着镜头，同在照片里的还有那堆著名的砖形物。镁光灯闪烁不停,但并没有人像平常那样呼叫首相好趁机照个正面照,这里的安静场面好像是隔壁罗森科斯展厅里那份宁静的延伸。

然后,那个馆长,也许是想找个借口结束和那些记者的会面,举起一只手和罗莎琳打招呼——他们是通过某件顺利解决的法律事务而结识的。馆长陪着布莱尔绕过砖形展品向贝罗安夫妇这边走来,随行人员也跟着走了过来,摄影师又举起相机准备拍照,记者们则拿着他们的记录本随时做好准备,企盼着最后会有有趣的事情发生。贝罗安夫妇无助地看着这一群人蜂拥而至。在一阵推搡之后,他们被介绍给首相。首相先和罗莎琳握了手,然后才和贝罗安握手。首相的握手是坚定而有力的,令贝罗安感到惊讶不已的是,布莱尔看着他的目光好像是认识而饶有兴趣的样子,他的眼神充满睿智和不可思议的青春活力。然后,接下来还发生了更多意想不到的事情。

布莱尔说:"我真的很钦佩你做的工作。"

贝罗安下意识地回答说:"谢谢!"他真的很意外。贝罗安在想,也许事情是这样的,都说布莱尔有非凡的记忆力,善于捕捉各种汇报中的细节,他一定是听了贝罗安所在医院的上个月的业绩汇报——他们完成了各项指标——报告中可能还特别提到了神经外科取得的难以置信的佳绩。手术量比去年增加了百分之二十三。后来贝罗安才认识到这是多么荒唐的想法。

首相还握着贝罗安的手,继续说:"事实上,我们已经将您的两幅画作挂在了唐宁街的住所,我和谢丽都很喜欢它们。"

"不,不是的。"贝罗安试图辩解。

171

"是的，当然是的。"首相坚持说，还是握着他的手，他不容贝罗安表示艺术家的谦虚。

"不，我想您——"

"说实话，它们就挂在餐厅里。"

"您弄错了。"贝罗安的话一出口，便有一丝不易觉察的警醒和疑惑从首相的脸上一掠而过，但只是那么一瞬间，首相便恢复了常态。除了贝罗安之外再没有第二个人发现首相脸上那一瞬间的僵硬和微瞪的眼睛，权力赋予他的自信受到了轻微的打击。但首相马上恢复到刚才的状态，显然考虑到周围有无数的人正在不顾一切地想要听清楚他们之间的对话，即使是错误也只能继续下去。他必须尽可能地避免被媒体抓住笑柄。

"不管怎么说，它们真的是很出色的。祝贺你！"

这时首相身后的一位助手，一个穿黑色套装的女士，插进来说："首相，我们只有三分半钟。得离开了。"

布莱尔放开贝罗安的手，没有说再见，只点了点头，嘴唇弯了一下，就转身被带领离开了。全体随从人员、媒体、助手、保镖、画廊的工作人员和他们的馆长全都跟在首相后面出去了，几秒钟的时间里，偌大的展厅里又只剩下贝罗安夫妇和那些砖形展品，静静地待在那里，好像什么都没有发生过一样。

贝罗安从他的车里观看着电视的镜头不断地在首相和主持人之间切换，这让他不由得怀疑，像这种来自公众的赤裸裸的不信任是否已经渐渐成为首相每日生活的一个必不可少的组成部分。很可能不会再有联合国的第二次决议，下一批武器核查人

172

员的报告可能还是没有定论,伊拉克很可能会动用生化武器对付入侵的敌人。或者也可能像以前的一位核查人员一直坚持的那样,根本就不存在大规模杀伤性武器。据估计战争可能会造成饥荒和三百万难民,他们已经在叙利亚和伊朗兴建了难民营。联合国预见伊拉克将会有成千上万的人死亡。伦敦可能会遭遇报复,而美国对他们的战后规划依然态度暧昧。也许美国对此根本就没有什么计划。总而言之,推翻萨达姆的统治可能要付出过于巨大的代价。这是一个谁也无法预言的将来。政府部长们发表讲话以示忠诚,不少报纸也为发动战争推波助澜,国内民众有相当一部分表示热烈支持,但也不乏反对的声音。但至少有一点没有人怀疑,在英国有一个人在矢志不移地推动着战争的车轮。首相是不是会在夜半惊醒而且大汗淋漓,遭受着噩梦的折磨,或者正被疯狂的失眠困扰着?也许只是纯粹的孤独?每当首相出现在荧屏上的时候,贝罗安都会留心观察他神情上的细微变化,想知道他是否有陷入绝境的惊恐、有快要按捺不住的迹象,表情是否有片刻的僵硬,和只有他才能察觉的短暂的支吾。但是贝罗安唯一能找到的只有坚定,至少是疲惫的诚恳。

正在这时,他看到了一个空着的停车位,就在家门对面。他停了车,把买的东西从后备厢里拿出来。他看到广场上,靠近他家这边的长凳上,两张熟悉的年轻面孔。他们常常在傍晚时分到这里来,快到半夜的时候会再来。他们中有两个是西印度群岛人,其他两个,有时候是三个,像是中东人,没准儿是土耳其

173

人。个个看起来都很和气且富足，时常靠在彼此的肩上开怀大笑。挨着人行道边停着一辆奔驰，和贝罗安的车型一样，只不过是黑色的，驾驶员的位置上永远有人。时不时会有人来和这几个人说话，其中一个就会走到车边上去和司机说什么，然后再返回来，有时要往返几次，直到最后陌生人离开。他们完全是自顾自的，对周围的人没有任何干扰，贝罗安很久以来一直以为他们可能是毒贩子，专在马路边兜售可卡因、摇头丸或者大麻，但是他们的顾客看起来却一点也不像吸食海洛因或快克的瘾君子那样躲躲闪闪、瘦骨嶙峋。最终还是西奥为他这个做父亲的解开了谜团，原来这些人倒卖的是市内各处的前卫说唱乐演出的门票。他们还卖盗版唱片，也能帮你搞到便宜的长途机票，其他业务还包括为派对提供价格合理的场所和 DJ、婚礼和其他场合接送用的豪华轿车、承办便宜的健康和旅行保险；他们还通过给申请避难的人和非法居留者找律师而从中抽佣金。他们这些人既不纳税，也无需承担任何员工的工资，所以很有竞争力。每次贝罗安在穿过马路时见到这些人，就会像现在这样生出一种隐隐约约的歉意，总觉得应该为误会他们而道歉。总有一天他要从他们那里买点什么作为补偿。

西奥在楼下的厨房里，也许正在准备他的水果和酸奶拌在一起的早餐。贝罗安把鱼放在通往厨房的楼梯上面，和西奥打了声招呼，便向三楼走去。卧室里有点过热了，又有点憋闷，阳光已经退去。想到一天的任务已经完成，终于可以睡上一觉了，再加上被几盏朦胧的灯光簇拥着，感觉更加的温馨和舒适。刚过中午便处在这种昏昏欲睡的状态中,让贝罗安不由得怀疑自己是不是也染上了流感。贝罗安脱掉运动鞋,褪下湿漉漉的袜子,把它们扔进脏衣服篮里,然后走到窗前,打开了中间的那扇窗。又是那辆车,或者另外一辆一模一样的车,就在贝罗安的正下方,正在缓慢地拐过贝罗安家的拐角,往广场方向开去。他所能看到的主要是车顶,完全看不到车子两边的后视镜,虽然他把窗户开得更大,又极力把身子向外探,也还是没有用。他更看不到车里的司机,也看不到乘客的模样。贝罗安看到它在广场北部转了一圈,然后右转拐进康恩路大街消失了。这一次他感觉没那么平静了,这种感觉究竟是什么?是感兴趣,还是略有不安? 按说这类汽车多得很,两三年以前还很流行,红色是普遍的选择。况且,就算是巴克斯特又怎么样呢? 他的遭遇是不幸的,但同时也是一个很有趣的病例——他的街头硬汉形象只是为了掩盖他对更美好的生活的渴望,这种渴望甚至早在慢慢侵蚀他的病症开始发病之前就已经萌生了。贝罗安离开窗户,朝浴室走去。巴克斯特几乎没必要尾随他,他的奔驰已经够显眼的了,而且就停在他的家门前。是的,贝罗安想和巴克斯特再见一次面,但是是在他的工作时间,到时候再继续听他介绍病情,以便给他介绍更合适的医生。贝罗安只是不想看到他在广场周围转来转去。

贝罗安刚脱掉衣服,手机就响了,他摸索着在堆在脚下的一堆衣物里找到了手机。

"亲爱的,是你吗?"一个女声说。

罗莎琳终于回电话了。时间正合适！贝罗安听着电话回到卧室，仰面躺在有些凌乱的床上，就在几个小时之前两人还在上面做过爱。贝罗安裸露的皮肤能感觉到暖气释放出来的一波波的热浪，像沙漠里的微风一般，他把温度预设得太高了。现在他感觉自己的宝贝翘起了一半，也许实际上只是四分之一。倘若罗莎琳今天不用上班，倘若报社没有重要的事务非得要在周末解决，倘若她的向来温文尔雅的编辑不是一个为了出版自由这样的事情而兴师动众的家伙，她和贝罗安此刻没准儿还在一起。他们通常选择在冬日的星期六下午花一两个小时的时间做爱。四点钟的黄昏别有一种性感的氛围！

浴室的镜子，只有借助灯光的陪衬和合适的角度，才能让贝罗安找回一丝丝青春年少的影子。但是，罗莎琳，凭借着洋溢的气质，在贝罗安充满爱意的眼中，俨然还是当年的好模样，如同初见之时。现在的罗莎琳和当年的她仿佛是姐妹，但还不像她的母亲。这种青春会延续多久？如果细细考究，她和她的母亲有很多共同点：白得近乎透明的肌肤——她的母亲，玛丽安，具有凯尔特人的血统；舒展而细致的眉毛——很淡很轻；绿色的双眸；还像以前一样白的皓齿（贝罗安自己的牙齿已经慢慢变成灰白色），上排的牙齿很完美，下排却有点歪斜——一种少女时期遗留下来的瑕疵，但贝罗安从来没想过要她矫正；罗莎琳笑的时候起先总是有点羞涩，之后慢慢漫延成毫不矫揉造作的大大的笑容；她的双唇带着一抹橘红的光彩，是她独有的娇媚；头发现在剪短了，但还是棕红色的。安静的时候，她浑身散发着聪慧的

176

愉悦,和无法掩饰的活泼与开朗。她魅力依旧。就像每个迈入四十岁的女人一样,在睡前梳妆时会有一刻倍感沮丧。贝罗安很熟悉这种神情,他自己也常常这样,对着镜子怒视,像野兽般残忍地挑剔自己。每个人都逃避不了生老病死的规律。不难理解,当贝罗安告诉罗莎琳她臀部堆积的脂肪正合他的胃口,就像她开始下垂的乳房一样迷人时,她不能完全相信他说的是真话,但这其实是真话。是的,他现在就想和她一起躺下。

贝罗安猜想罗莎琳现在的心境肯定和自己相差千里——此时正穿着她黑色的职业套装,在会议室里繁忙地进进出出——因此,贝罗安从床上坐起来,以便让谈话的内容更符合现实一点。

"事情办得怎么样了?"

"我们的法官因为交通堵塞,正滞留在布莱克福利亚桥上,是因为游行示威,但我想他会给我们想要的结果。"

"撤销禁令?"

"是的,星期一早晨。"她的语速既轻快又开心。

"你真是个天才!"贝罗安说,"你父亲呢?"

"我没法把他从酒店接过来,还是因为游行示威,交通挤得要命。他打算自己坐出租车来。"她停了一下,语速稍微慢了一点,"你怎么样?"她用的是降调,那个你字读得很长,很明显指的是今天早晨的那一段缠绵。贝罗安早先错误地猜测了她的心情,他本想告诉她自己正裸体躺在床上等她,但转而改变了主意。现在不是电话调情的时候,他马上要出去,而她还有自己的

177

事情要处理。他还有更重要的事情要告诉她，但不得不等到今天晚饭过后，或者明天早上。

贝罗安对着手机说："洗完澡我就要赶到派瑞沃勒去。"因为还没有回答她的问题，贝罗安又加上一句，"我没事，但我希望能有时间和你待在一起。"他觉得这些还不够，所以又说道，"我遇到些事情要告诉你。"

"什么样的事情？"

"没有什么糟糕的事情，我还是想见到你再说。"

"好吧，但给我一点提示。"

"昨天晚上我睡不着，一直站在窗前，看到了俄罗斯的那架着火的运输机。"

"亲爱的，你一定受了惊吧，还有什么事？"

贝罗安犹豫了，但他的手凭借自己的意志支配，抚摸着胸前瘀肿的部位。他该给这件意外概括一个怎样的标题，正像罗莎琳平时开玩笑说的那样？该叫做马路大决斗，还是打劫未遂，还是一个神经患者的故事，要不叫后视镜风波，再不就叫后视镜里的神秘人。

"壁球比赛我输了，我太老了，已经不适合这项运动了。"

罗莎琳大笑，"我不信，你要说的不是这件事。"但她的声音听起来放松了些。她又说，"有件事你可能忘了。西奥今天下午有一场大型的排演，几天前我听到你答应去的。"

"该死！几点开始？"他对这个承诺一点没印象。

"五点钟，在莱德布鲁克街的那个地方。"

"我最好现在就出发。"

贝罗安从床上一跃而起,举着电话一边走向浴室,一边说再见。

"我爱你。"

"我爱你。"罗莎琳说完,挂断了电话。

贝罗安站在淋浴下,感受着强有力的水流直泻而下。如果有一天当今人类的文明陷落,现代版的罗马人,无论这次是哪国人,最终离开,新的黑暗时代降临,淋浴将是首先消失的奢侈品之一。文明社会的遗老们围坐在篝火边,向半信半疑的儿孙们描述他们从前如何能在冬季里享受到现成的热水澡,而且还用菱形的散发着香味的香皂和黏稠的琥珀色的液体揉搓在头发上,让它们看起来更有光泽、更加浓密,更有像袍子一样宽大而又厚实的白色浴巾烘在暖气上等着擦拭身体。

贝罗安每周五天都西装领带。但今天套的是牛仔裤和圆领衫,脚下踏的是一双磨损了的靴子,他看上去未尝不像是一个成名的吉他手。但他弯下腰来系鞋带的时候,感到膝盖一阵刺痛。实在没必要硬要支撑到五十岁才停止这些剧烈运动。他决定再允许自己打半年的壁球,再参加一次伦敦马拉松。但是一旦停止了,他真能受得了吗?站在穿衣镜前,他有意多喷了些古龙水,养老院里偶尔会有种古怪的味道,他得防患于未然。

贝罗安走出卧室,这次他没有扶着栏杆保证安全,而是一步跨两级台阶侧身跑了半层的楼梯。这是他少年时学会的一个把戏,现在比以往更炉火纯青。但是考虑到脚下的靴底已经几近磨平,倘若他一步踏空,就会造成尾骨骨折,接下来等着他的就是六个月的卧床生活,再耗费一年的时间来恢复懈怠已久的肌肉的力量——于是跃跃欲试的想法延续了不到半秒钟就流产了,他又乖乖地用正常的方式走完了余下的楼梯。

地下室的厨房里,西奥已经把海鲜放到冰箱里去了。那台小电视机还开着,声音调到了静音,正在播放的镜头是从直升机上俯视的海德公园。聚集的人群看起来像长在地面上的一片棕色的苔藓。一堆油乎乎的棕色的东西出现在屏幕上,有点像岩石上的青苔。西奥已经用一个巨型的沙拉碗给自己做好了早餐,用了将近一千克的燕麦片、麸糠、坚果、越橘、罗甘莓、葡萄干、牛奶、酸乳酪、切碎的椰枣、苹果和香蕉。

西奥指着自己的杰作问:"想来点儿吗?"

"我吃点剩菜就行了。"

贝罗安从冰箱里端出来一碟鸡肉和煮土豆,站着吃起来。他的儿子坐在屋中间的一个高脚凳上,弓着腰趴在他那个大碗上狼吞虎咽。面包屑、包装纸和水果皮的旁边是几张用铅笔写的乐谱。西奥的肩膀很宽广,雄健的肌肉将他那件干净的白色T恤撑得很紧。他的头发、裸露的胳膊上的皮肤依旧那样熟悉,棕黑色的眉毛还是像西奥四岁的时候贝罗安喜爱的那样浓密和柔顺。

贝罗安指了指电视说:"你不想也去?"

"我一直在关注,二百万人呢! 真令人难以置信。"

自然,西奥是不赞成对伊拉克发动战争的。他对此的态度就像他的筋骨一样强硬。他的态度是如此的坚决,让他觉得完全没必要非得走上街头去招摇自己的主张。

"那架飞机有最新消息吗?我听说飞行员都被捕了。"

"没有人站出来发表言论,"西奥把更多的牛奶倒进他的色拉碗里,"但是网上有传闻。"

"是关于《古兰经》的?"

"说他们两个都是激进的伊斯兰教徒,一个是车臣人,一个是阿尔及利亚人。"

贝罗安拉过来一只凳子,但是刚坐下他就感到没了胃口,便把盘子推到一边。

"那又有什么关系,难道说他们以圣战的名义在自己的飞机上点火,然后再安全降落在希思罗机场?"

"他们临阵退缩了。"

"所以他们的想法是要呼应今天的游行?"

"是这样的。他们想要传达一个信息,就是如果有人敢对任何一个阿拉伯国家发动战争,类似的袭击就会发生。"

这听起来让人难以信服,但一般来说,人们倾向于相信。如果稍后被证实错了,再改变立场也不妨。要不就坚定到底,继续相信。也许随着时间的流逝,这种信仰代代相传,没准儿可以省却改来改去的麻烦——宁可信其有。整整一天,贝罗安都在怀疑飞机着火没有那么简单,现在来自西奥的消息,正符合了贝罗安的最坏的猜测。但是换一个角度来看,关于飞机的传闻来自互联网,那它的不准确因素便增加了许多。

贝罗安简单地跟西奥讲了一下他和巴克斯特及其朋友的撞车事件,还有巴克斯特的亨廷顿舞蹈病的症状,还讲了自己侥幸逃脱的经过。

西奥说:"你让他丢了面子,你应该小心一点。"

"你指什么?"

"这些街头小混混是很要面子的。而且,爸爸,我们家住在这里这么久了,而你和妈妈居然从来没被打劫过。"

贝罗安看看表,站了起来,"你妈和我都忙得没时间被抢。五点钟的时候,我会去诺丁山看你的演出。"

"你能来,真的太好了!"

这就是西奥可爱的地方,从来不强迫贝罗安做什么。如果不是贝罗安现在提到这个,西奥是决不会提出让父亲去看他的演出的。

"如果我晚到,别等我,你知道去奶奶那里说不上会发生什么。"

"今天我们要有支新曲子,蔡斯也会去,我们会等你到了再弹它。"

蔡斯是西奥最亲密的好朋友,也是书读得最多的,在利兹读大学三年级的时候,为了参加一个乐队而放弃了他的英语学位。这孩子能是今天这样简直是奇迹——母亲有自杀倾向,父亲离家出走,两个属于浸信会一个极其严厉的分支的教徒兄弟——这些居然都没能泯灭他天性中的美好。可能是他的家乡——圣基茨保佑了他——这名字中蕴含着圣人、孩子、小猫三重含义——孕育出了他这么一个可爱的大男孩。自从认识了蔡斯，贝罗安便产生一种朦胧的愿望想要去看看这个孩子的故乡。

贝罗安从厨房的角落里，搬起那盆用纸包着的名贵的植物，那是几天前他从希尔斯商店隔壁的花店里买来的。贝罗安在门口停住，举起一只手和西奥道别，"晚上我要做饭，你别忘了收拾一下厨房。"

"知道了。"西奥又真诚地加上一句，"代我向奶奶问好，说我爱她。"

沐浴后的清爽，再加上古龙水的芬芳，街上车流通畅，原本疼痛的身体也感觉舒服起来，这些都让贝罗安对去看望母亲的想法不那么排斥了。他对与母亲见面的程序烂熟于心。一旦他和母亲独处，面对面地坐着，各捧着一杯浓浓的茶，母亲如今悲惨的处境就会被其他细节所掩盖，他只顾考虑如何熬过这度日如年的分分秒秒，同时还要心不在焉地听她说话。和她在一起没有什么难的，难的是他要离开的那一刻，在他还没有来得及把此次的拜访连同以前的见面一同尘封进记忆中去之前，当他站在门口弯下身去和她吻别的时候，母亲从前的样子就会萦绕在他脑海里。每当这时，贝罗安便会有一种背叛母亲的感觉，丢下她一个人在萎缩的生命中，而他则偷偷溜回到他自我的天地里去过他的富足生活。尽管有种罪恶感，但不可否认的是，当他转身离开母亲的时候，在从口袋里掏出车钥匙奔向自由的一刻，他的心情是多么的释放，他的脚步是多么的轻快！她已经失去了她的自由，现在她所拥有的一切就只局限于她狭小的房间。但就算是这小小的房间母亲也不能算是完全拥有它,因为没有别人的协助,她根本无法找到自己的房间,甚至不知道自己还有房间。即使她待在自己的房间里,她也不知道身边的东西是属于自己的。把母亲接到广场那边的家里去住,或者带她去远足,已经不可能了,因为即使是一段短短的行程也会使母亲晕头转向,甚至让她惊恐万状。她只能被留在这儿,当然,母亲根本意识不到这种状况。

但是尚未到来的离别时刻暂时还没有困扰到他的心情,一种运动带来的轻微的愉悦在他的体内充盈。身体因此分泌的β-内啡肽是天然的鸦片兴奋剂,缓解了所有的疼痛。收音机里播放着欢快的斯卡拉蒂大提琴曲,绵绵不绝的和音,好像故意要让他感觉离目的地越来越远。透过后视镜,贝罗安看到后面没有红色宝马。尤斯顿大街和玛丽莱博恩路交汇处的十字路口,曼哈顿风格的交通灯正在变幻,贝罗安随着一连串的绿灯通畅前行,就像一个冲浪手遇到了一帆风顺的日子,一路都是同样的信号:走!走!走!在伦敦蜡像馆外排了长长的一队游客——主要是青少年,好像比平常萧条了一点;他们这些在好莱坞电影的特效镜头下成长起来的一代,竟也仍然渴望来观赏蜡像,而且还兴奋得像去赶集的十八世纪的农民一般。贝罗安开上破旧的西线立交桥,迅速将车开上第二层,凌驾于一排凌乱的屋顶之上。只有在这种时刻,贝罗安才能感觉到有车,尤其是有这样一部车的好处。这是数个星期以来,贝罗安第一次开上四挡,也许他还可以加速到五挡。交通路口的指示牌上写着"通向西部"、"通向北部",听起来好像郊区之外还有整个大陆,足够你走上六天的。

游行示威一定阻挡了某些道路的交通,因为贝罗安开了半英里还没有见到一辆车。有一段时间,他觉得自己好像领会到了公路设计者的初衷——就是要建立一个简单的世界,人类必须屈从机械。一个长线的转弯让他经过一排排钢筋水泥的写字楼。现在还不到晚上,可是早春二月的下午已经灯火通明了。贝罗安看到里面工作的人们穿戴如同建筑的模板一样笔挺,个个坐在桌前,面对着电脑,仿佛今天不是星期六。这正符合贝罗安童年时的科幻漫画对未来世界的幻想,每个人穿着连体的紧身无领套头装——没有口袋、没有花边,永远不会再有衬衫掖到裤子里的问题——生活将变得井井有条,简简单单,再也没有日常的纷繁去打扰人们抗击邪恶势力的战斗。

但是借助身处高架桥上的地理优势,贝罗安在开回到普通路面之前就远远望见了前面已经排起长队的车辆,他开始减速。母亲就从不介意遇到红灯或者交通阻塞。一年之前,那时她的状况还说得过去的时候——虽然已经开始有点健忘和糊涂,但还不像现在这样凡事胆战心惊——贝罗安曾带她围着伦敦西部大街小巷地兜风。路灯让她有机会看清别的车里的司机和乘客,母亲会说:"你看他脸上长了多少麻子。"或者只是温和地说上一句,"又是红灯。"

母亲是个把一生都贡献给了家务的女人,整日里擦拭、扫灰、吸尘、清洗,如此的洁癖在当时司空见惯,但换到今天,只有无法控制自己行为的精神病人才会这样没完没了地清扫。每

185

天,贝罗安上学之后,母亲就开始在家里发动大清扫。母亲总是可以在日常生活的烦琐中获得最大的满足,比如一盘烤得喷香的牛肉、擦得光洁照人的桌子、一摞一摞熨得平平整整的条纹床单、储藏室里丰盛充足的备品,或者为远处亲戚家刚得的孩子织上好几件毛衣。任何东西的里里外外、正面反面都擦得一尘不染,烤箱四壁和烤架每次用完之后都擦得干干净净。把家里的一切摆得有条不紊、擦得干干净净就是母亲那默默无语的爱的表达方式。贝罗安读的书只要他一放下,母亲便会送回到楼上门厅的书架上。每天的早报午饭之前便被丢进了垃圾桶里,空牛奶瓶也像餐具一样被洗刷干净再放到门口等着回收。抽屉里、书架上、衣帽钩的每一样东西都各主其位,包括她各种各样的围裙、黄色的橡胶手套都用衣钩挂在她蛋形计时器的旁边。

显然正是因为母亲的整洁,贝罗安才会在手术室里感觉好像在家一样自在。母亲一定会喜欢手术室里打蜡的黑色地板,喜欢消毒过的盘子里并排放着的铮亮的手术器具,以及程序严格的独立分割的洗手区——母亲一定会爱上手术袍、手术帽和剪短了的指甲。他当初真应该在母亲意识还清醒的时候带她来参观一下手术室。他怎么早没想过要这么做呢?长达十五年的临床实习,他居然从没想过自己选择的职业和母亲的生活习惯有什么关系。

母亲也从来都没想过两者之间的联系。那时他并没有意识到,但是从小到大他一直认为母亲智慧有限。他过去一直认为母亲对什么都没有好奇心,但这是不正确的。她喜欢和邻居们

186

天南地北地聊天。八岁的贝罗安总爱躲在家具后面,趴在地板上听她们谈话。谁谁生病了、谁谁动手术了是她们经常的话题,尤其是和生小孩有关的事情。也就是那时贝罗安第一次听说"开刀"、"看病"这些字眼,"医生说的"是一个至高无上的指令。这种偷听可能就是贝罗安后来之所以选择作医生的原因。有时她们就会谈到某些忘恩负义的传闻,谁家的孩子不孝敬父母,谁家的老人不通情达理,谁的父母去世后留下一份什么样的遗嘱,谁家的好姑娘找不到合适的丈夫等等。要从这些故事中筛选出谁是好人、谁是坏人可不是件容易的事情,尤其是刚开始听的时候比较混淆。但是共同的是,好人坏人都会生病。后来,贝罗安在黛西的吩咐下试着旁听黛西的大学课程的时候,他在十九世纪的小说里看到了他母亲和朋友们的所有话题。家长里短绝不是微不足道的小事,简·奥斯丁和乔治·爱略特的作品都是由此而诞生的。莉莲·贝罗安并不是个愚钝、卑微的家庭主妇,她的一生也不是悲惨的,作为一个年轻人,他自己没有资格鄙视或者怜悯她,但现在想要道歉已经太晚了。不像黛西推荐的小说里所描绘的那样,及时的醒悟在现实生活中不常发生,误解经常无法得到化解,也没有人为此感到那么的迫不及待。一切总归会过去。人们会忘记有这么回事,或者当事人已经不在了,恩恩怨怨随风而逝,要不了多久又会有新的问题来取代它。

同时,莉莲的生活还有另外一面,这是出人意料的,认识现在的她的人恐怕永远也不会猜到——她曾是个游泳健将。一九三九年九月三日,一个星期天的早晨,收音机里正播放着张伯伦在唐宁街的讲话,宣布国家对德宣战的时候,十四岁的莉莲在温布莱附近的一个市政游泳池里,开始了她第一堂游泳课,她的老师是一位六十岁的前国家运动员,一九一二年曾在斯德哥尔摩奥林匹克运动会上代表英国参加过游泳比赛——那是奥运会首次设置女子游泳项目。她一眼相中了莉莲,免费给她上课,指导她练习蛙泳,这是一种完全没有妇人风范的姿势。四十年代末期,她参加过当地的游泳比赛。一九五四年,她代表米德尔塞克斯郡参加了全国的游泳锦标赛。得了亚军,那枚小小的银牌就镶在一个橡木架子上,贝罗安从小到大,它都摆在壁炉台上,现在则放在她房间的架子上。虽然银牌是她获得的最高奖项,但她一直游得很好,速度快到足可以在她身前推出一个巨大的波浪。

当然,她教了贝罗安游泳,可惜贝罗安对她的泳技最为宝贵的记忆停留在他十岁那年。有次学校组织去当地的游泳池游泳,贝罗安和他的同学都换好了泳装,做好了准备,洗了澡,又洗了脚,都站在岸上等待成年组的开放时间结束。两个老师在那里维持秩序,大呼小叫地想要压制孩子们过于高涨的兴奋。很快游泳池里就只剩一个人,头戴着一顶印满花瓣的白色泳帽,贝罗安早该认出那就是母亲。当她在泳道尽头露出水面时,贝罗安全班同学都对她的速度佩服极了,欣赏着她身后的水花,以及她可以一边转头呼吸一边继续划水的动作。等到贝罗安认出母亲之后,他确信自己一开始就知道是她。更让他得意的是,他甚至不需要炫耀那是他的母亲,因为已经有人大声地喊了出来:

"是贝罗安夫人!"他们安静下来看着她来到他们脚下的泳道尽头,然后做了一个当时还很新颖的水中转身动作——这绝不是一个业余的选手。贝罗安虽然经常看到母亲游泳,但这次完全不同,这一次他所有的朋友都目睹了母亲非凡的泳技,而他也正好在场。她当然明白贝罗安所想的,所以她为他上演了一场最后半程的速度表演。她的双脚剧烈地搅动着,修长而白皙的手臂举起来劈向水面,她划出的波浪越来越大,水面的沟壑也越来越深,她的身体随着自己划出的波浪形状稍稍曲成 S 形。如果有人在岸上想和她同步的话就必须跑着才能跟上。她在游泳池尽头停下来,用手撑着池壁,爬出水面。那时候她大约已经四十岁了。她坐在那里,脚还在水里,摘掉泳帽,歪着头,含羞地冲着他们这边微笑着。其中一个老师带头,和孩子们一起认真地鼓起掌来。虽然那时已经是一九六六年了——男孩的头发开始留过耳朵,女孩也开始穿牛仔裤去学校——但五十年代的保守思想还是很盛行的。贝罗安跟着其他人一起鼓掌,但是当他的朋友聚到他跟前时,他却自豪得说不出话来了,兴奋得无法回答他们的问题,终于熬到了入水的时候,那里可以容他掩饰自己的感情。

二三十年代,飞速发展的房地产业迅速扩张,将伦敦西部广阔的农业区吞并,直到现在,那些庄重但沉闷的二层小楼看起来仍然还是很突兀。那些几乎一模一样的房子好像知道它们说不定哪一天就要把土地还给庄稼和牧场一样,显得寄人篱下般的

189

心神不宁。莉莲现在住的地方离她原来在老派瑞沃勒街的家只有几分钟的路程。贝罗安喜欢认为即使母亲已经患了老年痴呆症，但熟悉的环境也许偶尔能在她有一丝清醒的时候让她感到温暖。以养老院的标准衡量，萨福克之家的环境可说是弹丸之地——三幢房子打通连成一片，还加了一间偏房。房子前面，水蜡树篱圈出旧日庭院的范围，两棵金莲花树也还活着。花园三分之一的地方被铺上了水泥用作停车场，只够停放两辆车。格子篱笆后面的超大型垃圾箱泄露了这里并非普通民宅的事实。

贝罗安停好车，从后座上取出那盆植物。贝罗安在门前站了一会儿，才按下门铃——空气里弥漫着淡淡的消毒水的甜味，这不由得让他想起他在这条街上度过的童年时代，那时的他内心充满了对未来生活的极度渴望，现在看来未尝不是一种幸福。像平常一样，詹妮来开了门。她是一个大个子的爱尔兰女孩，穿了一件蓝色条纹的粗布褂子，她将在九月份开始接受护士培训。贝罗安因为是医生的关系经常受到她的特殊优待——每次他到这里不久，詹妮便会把一杯沏了三袋茶包的茶水送到母亲的房间里来，有时还有一盘巧克力饼干。在彼此其实并不熟识的情况下，贝罗安和詹妮便以玩笑的方式开始了他们的交谈。

"这不是我们的好医生吗?"

"我们美丽的爱尔兰姑娘近来好吗?"

狭窄的走廊被前门上的玻璃映成了黄色，走廊尽头就是荧光灯照明下的不锈钢的厨房。空气中还弥漫着两个小时前老人们的午饭的浓浓的菜香。在医院里度过了大半生的贝罗安对医

190

院炮制的饭菜多少有点喜欢,至少不至于不能下咽。走廊的另一边是一扇较小的门,通向三幢房子贯通在一起的起居室。贝罗安能听到隔壁房间里隐隐约约传来的电视的声音。

"她在等你。"詹妮说。他们两人都知道这从神经学的理论上来讲是根本不可能的,母亲甚至不具备感觉寂寞的官能。

贝罗安推开门,走进去。母亲正对着他,坐在一把木椅里,面前是一张铺了绳绒桌布的圆桌。母亲背后是一扇窗户,窗户外面就是另一个房间的窗户,二者相距十英尺远。屋里还有其他几位女士,都坐在有木头扶手的高背椅里。有些人看着贝罗安,或者说至少是朝他的方向看,电视机高高吊在墙上,让谁也够不着。其他的人则眼睛盯着地面。贝罗安的来到,在她们当中引起了一丝骚动,就像被推门带动的空气微微撞到了似的。听到贝罗安说:"下午好,女士们!"她们大都很高兴,饶有兴趣地看着他,这时她们还不能确信他是不是自己的亲属。贝罗安在他的右边,相连的起居室的尽头又看到了安妮,她顶着一头乱蓬蓬的花白头发。她快速地向贝罗安走来,当她走到第三间起居室尽头的时候,便返回去然后再回来,整日里都是这样不停地反复,直到她被人领着去吃饭或睡觉。

他的母亲很认真地看着他,又高兴,又十分紧张。她想她一定认识他——他可能是这里的医生,或者勤杂工。她在等着进一步的提示。他蹲在她的椅子前,拿起她的手,那手是光滑的、干燥的、轻柔的。

"你好,妈妈! 莉莲,我是贝罗安,您的儿子贝罗安。"

191

"你好,亲爱的。你要去哪里?"

"我来看你的。我们回你房间坐会儿吧。"

"很抱歉,亲爱的,我没有房间,我在等着回家,我要乘公共汽车回家。"

每次听到她说这些,贝罗安的心都有一种钻心的疼,虽然他知道她指的是她童年的家,以为她的母亲正在那里等着她。他吻吻她的面颊,扶她从椅子上站起,他能感到母亲双臂间努力的战栗和肌肉的紧张。每次见到母亲,这一开始的心痛,总令贝罗安的眼睛感到很酸。

她虚弱地反对着,"我不知道我们要去哪里。"

贝罗安不喜欢护士们在病房里用的那种做作的轻快语调,她们即使对没有精神障碍的成年病人也这样说,例如:"听话,把药放进嘴里好吗?"但他也不得不这么做,一部分的原因是要掩饰他的感情,"你有一个可爱的小房间,你一看到它,就会认出来,现在跟我来。"

他们手挽着手,慢慢地穿过其他两间起居室,每次当安妮经过的时候都给她让路。莉莲今天的整洁让他感到安心,显然看护们知道贝罗安今天要来。她穿了一条深红色的裙子,一件相配的绒棉衬衫,黑色的丝袜,黑色的皮鞋——她对穿着总是很讲究。母亲这代人大概是最后一辈把帽子当作服饰中不可缺少的组成部分的人,家里从前有黑压压的一排帽子,几乎是相同样式的,就放在她的衣橱最上面的橱阁里,被樟脑球的味道浸泡着。

当他们走出起居室,来到走廊上的时候,她转身要向左,贝

192

罗安不得不用手扳过她瘦削的肩引导她回来，"这边，你能认出哪个是你的房间吗？"

"我以前从来没走过这条路。"

贝罗安把门打开，扶着她的手走进去。房间有八英尺宽，十英尺长，有一扇玻璃门通向小小的后花园。单人床上铺着花瓣图案的床单，摆着各种毛绒玩偶，这些早在她还没有生病之前就是她生活的一部分。还有一些其他保留下来的小饰物——一只站在树枝上的知更鸟，两只夸张搞笑的玻璃松鼠——都摆在角落里的玻璃壁橱里。其余的东西则放在门边的架子上。靠近洗手池的墙上挂着一幅镶框照片，是莉莲和贝罗安的父亲杰克站在草坪前照的。照片的一角露出婴儿车的把手，可以想象婴儿车里躺着的就是贝罗安。美丽的母亲穿着一件可爱的白色夏装，头发挽了起来，贝罗安清楚地记得就是她那种有点害羞的古怪发式。照片里的父亲正吸着一支烟，穿的是一件颜色鲜艳的运动夹克，里面是开领的白色衬衫。他个子很高，有点驼背，贝罗安遗传了他的那双大手。他无忧无虑地大笑着。贝罗安很高兴看到这些确凿的证据可以证明老年人也曾享受过年轻时的乐趣，但照片也蕴含着某种讽刺的意味。夫妻俩看起来很脆弱，很容易让人嘲笑他们不知道青春是多么短暂，而杰克手中袅袅升腾的烟雾将会提早结束他的生命——这是贝罗安的理论——这就是导致他在同一年里突然去世的罪魁祸首。

由于根本不记得自己还有个房间，莉莲很惊讶地环顾四周，但她很快就忘记了自己忘记这间房子的事情，只是站在那里不确定自己应该坐在哪里。贝罗安把她扶到法式窗前的高背椅上坐下,自己则坐在她对面的床沿上。也许他还在为先前的壁球比赛、热水淋浴和车内的温度而兴奋激动,因为他现在觉得屋里很热,甚至比他的卧室还热。他现在非常渴望能四肢舒展地躺在这张过于有弹性的床上,想想白天发生的事情,哪怕只是眯一会儿也好。这个小小的房间突然在他的眼中变得异常有趣。此时此刻,身子下面柔软的鸭绒被所带来的热力,诱惑着他的眼皮变得愈发沉重,让他禁不住要合上眼睛,但他的拜访几乎还没开始。为了打起精神来,他脱掉毛衣,又把他买来的植物拿给莉莲看。

"看,我给你带来一株兰花装点你的房间。"贝罗安举着花给她看,娇嫩的白色花朵在他们之间晃动,母亲吓得向后一缩身子。

"你为什么要给我这个?"

"这是你的。在冬天它也会一直开花,它们很漂亮,不是吗?是送给你的。"

"这不是我的,"莉莲坚定地说,"以前我从未见过它。"

上一次他来的时候也遇到了这种交流的障碍。母亲患有的这种疾病是由于大脑中毛细血管渐渐堵塞造成的,日积月累,这种阻塞便会影响到神经组织从而导致认知障碍。她慢慢地会恢复过来,但目前,她丧失了礼物的概念,也无法体会随之而来的乐趣。贝罗安不得不再次借用那种护士惯用的快活语调说:"我把它放在你能看到的地方,好不好?"

她刚想反对,但她的注意力又被转移了。她看到儿子背后的床头上有一个展览架,上面摆着一些瓷器的装饰品,情绪忽然间得到了稳定。

"我有很多的茶杯和茶碟,所以我每次出去的时候都会带上一套。但问题是,人们之间的空间总是那么狭小——"她举起两只手比划着小小的缝隙给他看——"小到几乎不能挤过去,绑得太紧了。"

"你说得太对了。"贝罗安说着靠在床上,"确实绑得太紧了。"

受到阻塞的毛细血管里会积聚一些白色的物质,因此破坏了思维的连贯性。在这个过程完成之前,莉莲只能用令人感动的严肃进行着毫无含义的独白,但她对自己从来都没有过丝毫的怀疑,也从来都没想过他会听不懂自己说的话。她说出的句子结构是完整的,语气的变化对她要做的描述也是合适的。只要他一边听她说话 边点头、微笑,并不时地插话进米的话,她就会很高兴。

她每次整理思绪的时候,眼睛从不看他,而是越过他,仿佛他背后的那面墙是一扇窗,可以看到无限的远处。她总是欲言又止。她那双淡绿色眼睛,深陷在棕色的有皱纹的脸上,看起来呆板而又空洞,好像草丛下面灰突突的石头,它们充分表明了理解力的丧失。他不能向她传递家人的讯息——任何陌生的名字,其实是任何名字都会让她非常紧张。所以虽然她听不懂,但他经常跟她讲的是他的工作。反正她真正需要的是能有人和她讲话,让她体会富有感情的语调。

他正准备开口跟她说说那个叫查普曼的女孩的事情,谈她的恢复是多么的良好,但是母亲突然开口说话了。她的语气是急切的,甚至有点暴躁:"你知道那个……你知道吗,姨妈? 他们往鞋上放的让鞋那个的……你知道吗?"

"鞋油?"他从来不知道她为什么叫他"姨妈",也不知道到底是她众多姨妈当中的哪一个始终萦绕在她的脑海中。

"不,不是。他们把那个东西涂满整个鞋,然后用一块布擦来擦去。不管怎么说,有点类似鞋油,是那类东西。我们也用小盘子,上帝知道是什么,就在街道两旁。我们拥有的东西没有一个是好的,因为我们生错了时代。"

然后她突然大笑起来,现在她变得更加清醒了。

"如果你把画面转过来,再像我一样把后盖拿下来看的话,就会得到很多的快乐,那才是最重要的。我们笑得别提有多开心了。"

她开心地笑起来,就像她过去那样,贝罗安也笑了。她需要的就是有人和她一起笑。现在她开始滔滔不绝,描述着对某次街头表演的残缺不全的记忆,和一幅她在地摊上买的水彩画。

过了一会儿,詹妮端着点心和饮料送过来,母亲盯着她看,显然没有认出她。贝罗安站起来在矮桌子上收拾出一些空间。他注意到母亲像盯着一个陌生人那样怀疑地注视着詹妮,她一离开,贝罗安没等她开口,就说:"多么可爱的姑娘! 总是帮很多的忙。"

“她是很好。”母亲附和道。

刚刚有人到房间里来过的记忆迅速地从她的脑海中退去。他的语气激发了她的联想，她马上便开始继续说起别的事情。贝罗安从铁壶里舀出六个茶包来。

“她总是跑着进来，即使路很狭窄。她想坐上那些长长的东西，但她没有钱。我给她寄了点钱，但她没带在身上。她想听音乐，我告诉她不如自己组织一个小型的乐队，自己演奏。我真的很担心她。我告诉她，当没有人站起来的时候，你为什么把所有的面包片放在一个碗里？你一个人做不来的。”

他知道她说的是谁，等着她继续说下去。然后他说：“你应该去看看她。”

他早就多次试图跟她解释一九七〇年外婆就已经去世了。但此刻顺从她的错觉可以让谈话顺利地进行下去。每一件事都是进行时。他眼下最首要的责任是阻止她吃茶包，上次她险些就吃下去了。贝罗安把茶包堆在一个茶碟上，再放到脚下的地板上。他倒了半杯茶放在她可以够得着的地方，又递给她一块饼干和一张餐巾纸。她把餐巾纸铺在膝盖上，然后小心翼翼地把饼干放在餐巾纸的中央。她端起茶杯，细细地品着。每当这种时候，看着她熟练地做着长时间养成的习惯动作，穿着颜色搭配得当的衣服，看起来很端庄，虽然已经年近七十七岁却拥有那样完美的双腿，那是属于运动员的双腿，贝罗安几乎就要相信母亲的病其实不过是一个误会、一场噩梦，其实她完全健康，可以立刻就和他一起离开这间小屋子，到市中心他的家，和全家人一起共进晚餐,再多住上一段时间。

母亲说:"上个星期我去了,姨妈,坐公共汽车去的,妈妈在花园里。我告诉她,你可以走路去,看看你想买什么,然后再想想你已经有的东西。她过得不好,她的脚。我马上就去,我得给她带件毛衣。"

这对外婆来说该是多么奇怪的一种感觉啊? 那个高高在上的、缺少母性的女人,如果得知曾偎依在她裙边的小女儿,在未来的某一天,在下个世纪的某一时刻,每日念叨着她,盼望着和她回家,这些会感动外婆吗?

现在母亲已经进入了状态,她可以无休止地谈下去,很难辨别她是不是真的快乐。有时她会开心地大笑,有时又会描述一些不愉快的争执和埋怨,语调就会变得忧郁。很多时候,她都在试图教训一个不明事理的男人。

"我告诉他每样东西都要珍惜,然而他说,我不在乎。你爱送谁送谁,我说不要把它丢在火里浪费掉。后来还要去取很多新东西。"

如果她被自己的故事惹得太烦恼,贝罗安就会插进来,大笑着说:"妈妈,那真太有意思了。"受到感染,她也会笑起来,情绪就转变,她接下来要说的故事就会高兴一点。现在她的情绪是比较平和的——先说钟表,又说毛衣,又反复说起狭小的不能通过的空间——而贝罗安,品着浓浓的红茶,在密封而温暖的小房子里,半是在听,半是在打盹,想到自己再过三十五年或许用不了三十五年也会变成这个样子,所拥有的一切都将被剥夺,丧失了全部能力,变成一个萎缩的老朽,在西奥和黛西面前啰嗦个不停,而他们正在考虑要离开并回到他再也无法理解的生活中去。高血压是中风的最危险的隐患。贝罗安现在的血压是高压一百二十二低压六十五,心脏收缩压会更低一点。全部的胆固醇比率是五点二,不是很理想,据说过高的脂蛋白 A 含量和心肌梗塞性痴呆症有很大的关系。他以后尽量不吃鸡蛋,只在咖啡里加半脂牛奶,早晚有一天咖啡也不能再喝了。他还不想死,也不想放弃生的各种乐趣,那样生不如死。他想让那些丰富的髓磷脂白色分泌物完完整整地保留在体内,就像从未被踩过的雪地一样。以后奶酪也不要吃了。为了避免他母亲那样的命运,追求绝对的健康,他必须对自己苛刻地要求。不能像母亲那样精神死亡。

"我在钟表上涂了唾液,"她告诉贝罗安,"为了保持湿润。"

一个小时过去了,他强迫自己必须保持清醒,他站起来,也许是起得太猛,他突然感到一阵眩晕。这不是个好征兆。他伸出双臂走近瘦小的她,感觉自己像个巨人似的,有点站立不稳。

"现在,听我说,妈妈。"他温柔地说,"我要走了,我喜欢你送我到门口。"

她像个孩子似的听话,抓着他的手,他扶着她从椅子里站起来。他把茶碟叠在一起带出房间,又想起来还有茶包,还半藏在床底下,也拿了出来。否则说不定稍后她会发现并吞掉。他领着她走向走廊,同时安慰着她,他意识到她又到了完全陌生的环境中。从房间里出来,她不知道该往哪边走。她没有对周遭的陌生发表言论,只是把贝罗安的手抓得更紧了。在第一间起居室里,坐着两位女士,一个梳着两条花白的辫子,另一个头发已经掉光了,正看着已经开了静音的电视。从中间那间起居室走过来的是西里尔,和平常一样打着围巾,穿着运动夹克,今天还拄着一根拐杖,戴着一顶猎帽。他是这家养老院里的常住绅士,总是和蔼可亲,永远生活在一个精致的幻境中:他相信自己拥有一片巨大的地产,必须时常拜访他的佃户,而且要小心翼翼地对他们保持礼貌。贝罗安从来没看到他不开心过。

西里尔举起帽子跟贝罗安母子打招呼,"早上好,亲爱的,一切都还好吗?有没有什么不满意的?"

她的脸绷紧了,眼睛看往别处。她头顶上的电视里播放的还是游行示威——依旧是在海德公园,大批的人群聚集在临时搭建的台子前面,画面先是远距离的拍摄,然后又是从空中拍摄,隐约能看见台上有个人影在麦克风前面,大队大队的游行者举着旗帜还在不断地从公园的大门涌进来。他和母亲停下来,让西里尔过去。接着镜头切换回新闻广播员坐在她设计前卫的桌前,然后就是他今早看到的那架飞机,黑色的机身被埋在一堆灭火泡沫中,就像奶油蛋糕上没有品位的装饰品。现在,镜头又切换到据说可以抵御恐怖袭击的帕丁顿警察局。一名记者站在警察局旁边,正对着话筒讲话。事情有了新的进展。那两个飞行员真的是激进的穆斯林吗?贝罗安正想举手把声音调大一点,母亲忽然变得很激动,好像要告诉他什么异常重要的事情。

"如果它变得太干就会再次卷起来的。我告诉他,我跟他说你一定得给它浇水,但他没有记下来。"

"你是正确的。"他告诉她,"他会写下来的。我向你保证,我一定会告诉他让他写下来的。"

他决定不管电视了,和母亲一起继续走。他需要集中精力告别,因为他知道她会认为她是要跟他一起走的。他将要再一次站在门口,毫无意义地解释说他很快就会再来的。詹妮或其他的女孩子将会在他跨出门的时候设法将她的注意力引开。

他们一起回到第一间起居室里。铺着绳绒桌布的圆桌上摆好了茶和去了边的三明治,供女士们享用。他向她们打了声招呼,但她们好像都很忙,没什么反应。母亲现在很高兴,把头靠在他胳膊上。他们走进门厅的时候看到詹妮·雷文凯已经站在了门口,打开了双重保险锁,冲着他们的方向微笑着。正在这时,母亲轻轻拍了拍贝罗安的手对他说:"外面看起来像花园,但其实是野地,姨妈,一望无际。当你走在其中的时候,心情会愉快起来,高高地越过柜台。没有刷子我没法洗这么多盘子,但是上帝会照顾你的。这只是场游泳比赛,胜负很难说。"

返回伦敦市中心的路程很费时——要用一个多小时才能从派瑞沃勒来到西尔本街。拥挤的车流正开始涌进城里去享受夜生活,同时第一批巴士也开始把示威者送出市区,在吉卜赛大街上车辆排起长龙等待绿灯,贝罗安摇下窗户,想尽情地饱览一下外面的景观——每个人都在耐着性子等待着,汽车排出的尾气犹如白雾一般,六条车道上同时闲置的发动机一齐发出轰隆隆的响声,黄色的街灯改写了五颜六色的车体,汽车音响交相震荡,红色的尾灯蜿蜒着一直通往市中心,白色的前灯照亮了天空。贝罗安试图用一种历史的眼光去看待或者说感觉这几十年前开始的石油时代,汽车这个十九世纪的发明在二十一世纪的开端最终得到了完善;民众空前的富足,在冷酷的钢筋森林里创造出的景象是之前的世代永远无法想象的。平凡的人们! 灯火的海洋! 贝罗安试图让自己以牛顿的眼光来看待它,或者牛顿的同辈伟人们,例如波耳、胡克、雷恩、威利斯——那些英国启蒙时期的杰出人物,他们几乎开创了现代科学的全部基础,但是即使是他们也会对人类今天的成就感到敬畏。贝罗安想对他们说:"这就是我们的杰作,随处可见。"如果透过他们的眼睛来看这些霓光溢彩,一定会感到如同身在幻境。但是他没法把自己当作他们,他无法超越眼前的钢铁机械看到伟大,也无法摆脱自己也有责任的阻塞造成的烦躁,更无法享受身边庸俗的大型购物中心的诱惑。他生来就缺乏想象的天赋——是个现实主义者,跳不出眼前的局限。但话又说回来,家里生出两个诗人已经足够了。

经过了阿克顿,拥挤的交通便开始缓解了一些。黄昏将至,西部的天空出现一抹红霞,几乎是矩形的,这是自然界的象征,预示着看不见的旷野,在贝罗安的后视镜里慢慢地消退了。向西出城的那几条路很空旷,但贝罗安还是很高兴自己不是在那条路上。他想赶紧回家,整理一下精神再开始做饭。他需要确认一下冰箱里是否还有香槟,再把红酒拿到厨房里恢复室温。

202

奶酪也需要从冰箱里拿出来软化一下。他还需要躺下休息十分钟。此时他实在没什么心情去听西奥的蓝调音乐。

但是既为人父,就像命运一样无可更改,他没有选择,最后还是把车停在了西尔本大街,距离那座古老的音乐大厅两百码的地方。他迟到了四十五分钟。当他赶到的时候,里面静悄悄的,一片黑暗,门是关着的。他试着推了推,门居然很容易就开了,没有准备的他趔趄了一下进了大厅。他等了一会儿让自己的眼睛适应暗淡的灯光,集中精神寻找声音,又闻到了那熟悉的干燥的地毯的味道。他来得太晚了吗?这种想法几乎就是一种解脱。他朝大厅深处走去,经过他认为应该是售票处的地方,然后又来到另一扇双重门前。他摸索着找到金属把手,推开门走进去。一百英尺开外的舞台沐浴在柔和的蓝色灯光下,只有音响架上红色的亮光破坏了那份柔和。鼓架旁边,高高的帽子在灯光的照射下,在没有座位的剧院地板上投射出长长的一道紫色的阴影。除了舞台旁边的橙色安全出口之外再也没有其他的灯光。人们都在忙着搬动和安置设备,调试琴弦,只有舞台扬声器里传出来模糊而又低沉的语声。一个隐约的人影站在舞台前面调试两个麦克风的高度。

贝罗安向右边移动着,在一片黑暗中用手摸着墙走,直到他的正前方就是舞台才停下来。第二个人出现在麦克风前,手里拿着萨克斯,他的线条在蓝色灯光的映衬下显得格外清晰。在听到了一声指挥后,他按动了一个琴键,低音吉他也跟着弹了个最高音。另外一个吉他手弹了一个和弦——连成一个曲调,然

203

后第三个吉他手也是如此。鼓手坐下来，把铙钹移近一点，随意地拨弄着低音鼓上的踏板。麦克风里嗡嗡的试音声停止了，乐队管理员退回到了侧面的边厢里。西奥和蔡斯站在舞台前面的麦克风前，眼睛朝观众席里搜寻着。

直到这时贝罗安才意识到他们看到了他进来，他们一直都在等他。西奥用一段舒缓的两小节的回转乐句开了头，指尖从第五品滑下来，先是弹了一个深沉的和弦，接着又转换到第二品并停留了一段时间，然后缠绵地转到第七品，突然一个激进之后，又悄悄地回到第五品，这时贝司的声音加了进来，真正的蓝调揭开了序幕。第一首曲子的曲调有点类似于《风雨星期一》那种忧郁的调子，但他们用的和弦更加浓重更像爵士乐的风格。舞台灯光变换成了白色。西奥沉浸在他一贯的演奏风格当中，把十二个小节演奏了三遍。曲调是平缓而圆润的，有很多重复的音符，以用来反复吟唱所要表达的伤感，每一个短拍的音符都带给人一种小小的刺痛。钢琴和韵律吉他为整支曲子奠定了爵士的基调。贝司的超低音仿佛在贝罗安的前胸引起了共振，使得他不得不用手按住疼痛的部位。但是它的声音越来越大，让贝罗安有点受不了了。就他目前的身心状态而言，他情愿待在家里，一边喝着冰镇葡萄酒，一边播放莫扎特的三重奏。

但这种不适没有持续太长时间，随着西奥的演奏不断飞扬，从第二个回转乐开始音调越来越高，扶摇直上，让他的心和思想也随着音乐越来越轻松。这就是孩子们的最新作品，是他们想要让他听到的，的确深深地感动了他。他随着他们的激动而激动,为他们高超的技巧而赞叹,完全融入了音乐勾画的境界中去。与此同时,他发现这首歌曲也不是通常的十二节蓝调。歌曲中间的部分有一些半音起起落落,美得超凡脱俗。蔡斯靠近麦克风,和西奥一起唱起了一段和音。

> 宝贝,你可以选择绝望,
> 或者选择勇敢地快乐。
> 所以让我带你到那里,
> 我的城市广场,城市广场。

然后,蔡斯用他在纽约学到的最新技巧,转过身去,举起手中的萨克斯管,吹出一阵狂野的高音,像一个无比兴奋的声音在大笑,持续了好一阵,终于逐渐减弱,带出了西奥的开头,引领着乐队又回到了十二节的蓝调中去。蔡斯也吹了三遍。萨克斯的调子是尖锐的,曲调变化多端,音品随着曲调的变化而变换,以近乎野蛮的方式释放出来。西奥和低音吉他手在弹奏八度音阶,用一种出其不意的方式反复表现着一个活泼淘气的形象,好像总也回不到起点去。这是不急不缓的蓝调,但一种更急促的节奏正在酝酿之中。在蔡斯吹到第三个回转的时候,两个男孩又来到麦克风跟前,再次唱起了相同的和音。这是西奥在对他的老师,对精华乐队的杰克·布鲁斯致谢吗?

> 所以让我带你到那里,

我的城市广场,城市广场。

然后键盘的音乐暂时消失,其他的乐器加了进来,开始了即兴的高难度的重复段。

贝罗安不再感到疲惫,他脱离了倚着的墙壁走到黑暗的礼堂中央,走近音乐的中心,他让自己被声浪吞没。人生难得遇到这样的时刻,能看到众多的音乐家通力合作,弹奏出他们在彩排或单独演出时永远无法到达的高度,超越了简单的合作和精湛的技艺,流淌出来的音乐就如同爱情和友谊一般高贵而又舒畅。就在这一刻,听者有幸可以一睹人类最美的一面,只有在音乐的国度里,你即使付出了所有的一切给他人也不会损失任何东西。而在门外真实的世界里,为了同样的幸福你却必须拟定周密的计划,设计野心勃勃的和平进程,希望能化解所有的冲突,让每个人都过上太平的日子,永永远远——人类为了这个海市蜃楼般的远景不惜牺牲和杀戮。上帝的属地,劳动人民的乐土,理想的伊斯兰国度,这三者只有在音乐的领域里才偶尔能和平共处,让人片刻沉浸在这美好的幻想当中,直到乐曲的结束。

当然没有人知道这一天究竟会不会到来。上一次贝罗安有这种感觉是在维格玛音乐厅欣赏《舒伯特八重奏》的时候,那一瞬间好像世界统一的梦想实现了。管乐手们轻摇着身躯,让音符飘荡在大厅里,另一边弦乐队又为乐曲增添了一种甜美的旋律。在更久之前,当黛西和西奥还在上学的时候,在咿咿呀呀的

206

校内管弦乐队的伴奏下,全体师生演唱了普赛尔①作品,参差不齐的歌声里充满了纯真的感情。就像现在这样,世界在这里看起来一片祥和。贝罗安站在黑暗之中,一只手插在口袋里握着车钥匙。西奥和蔡斯退到舞台的中央再次唱起天籁般的和音。"或者勇敢地快乐。"贝罗安想起了母亲说的话,此时他感受到了那种无尽的勇气,他浑身振奋,仿佛可以战胜一切艰难险阻。他真希望音乐能永远继续下去……

---

① Henry Purcell(1659—1695),是巴洛克早期的英国作曲家。

第四章

　　他懒得再把车送到车库去,所以径直将它停在自家的前门外——晚上这个时候将车停放在黄线旁是合法的,警察不会来找麻烦。他虽然迫不及待地想要进屋去,但还是花了几秒钟检查了一下车门的损伤情况——几乎看不到什么划痕。他抬起头往家的方向看去,发现房子里仍是漆黑一片。显然,西奥的彩排还没结束,罗莎琳也还在忙于处理她的案件的最后环节。几片零散的雪花在窗户的黑色光泽下被映衬得十分醒目,在街灯的照耀下,熠熠生辉。他的女儿和岳父都快要来了,他快没时间了。他一面开门,一面努力地回想今天西奥对他讲过的某句话,他当时并未留意。现在却开始觉得有些困扰。但当他一跨进温暖的大厅,打开吊灯的时候,这种心不在焉的思绪就自行消退了,有时候一盏灯光就可以驱散一个念头。他径自下到酒窖里,取出四瓶酒。他做的炖鱼需要一种醇厚的乡村葡萄酒来搭配——红酒,而不是白酒。是约翰给他推荐了这种名为胡塞龙海滨乡村的葡萄酒,从那以后它就成了他家的必备酒——口感极好,而每箱的价格却不超过五十镑。在饮用之前几个小时就开启葡萄酒纯属心理安慰,因为瓶口那么窄小,和空气接触的面积极其有限,因此对口味不可能有任何明显的改进。但至少他希望让酒恢复室温,所以还是把它们带到了厨房,放在了火炉旁边。

三瓶香槟酒都已经放进冰箱里了。他刚朝 CD 音响的方向走了一步,就随即改变了主意,因为他感到那即将开始的电视新闻,像地球引力一般牢牢地吸引着他。这是当今世界的状况让他养成的习惯,总是无法抑制地想要知道外面的世界正在发生的事情,想要和其他人一道关注变化,与天下同忧。这个习惯在近两年变得更加强烈;有资格被载入新闻的时事尺度不断攀升,以至于如今所听所见的无一不是骇人听闻的惊天大事,任何两天的共同之处就在于随时都有可能重现 9·11 这样的惨剧。政府警告国民——针对欧美城市的恐怖袭击是不可避免的——这绝不是为了推卸责任,而是严肃的预言。人人除了恐慌不安之外,其实内心深处还暗藏着一个更加黑暗的欲望,那就是对自我惩罚的厌倦和对亵渎神明的兴趣。例如医院已经制定了急救计划,媒体也做好了紧急报道的准备,观众更是翘首以待。下一次恐怖袭击的规模肯定更大、破坏力也会更强,愿上帝保佑不要让它发生,但如果注定要发生的话,可千万别让我错过观看。最好还是现场直播,全景拍摄,让我在第一时间就能了解情况。所以,贝罗安想要听听那两个被扣押的飞行员情况怎么样了。

观看电视新闻的时候,一个不可缺少的陪伴,至少在周末是这样,就是一杯红酒。贝罗安倒了一杯剩下的隆河谷地红葡萄酒,打开电视,调成静音,然后开始动手切洋葱。他没耐心把洋葱又干又薄的表皮一层层剥掉,所以直接用刀切了一个很深的切口,把大拇指插进去,将外面的四层一下子全都剥去,这等于是浪费了三分之一的洋葱。贝罗安麻利地把剩下的洋葱剁碎了,倒进炖锅里,又放了很多的橄榄油进去。他之所以喜欢做饭就是因为它不要求太精确,也没什么原则——这和手术对他的要求正好相反,是一种解脱。在厨房里,失败不会造成不可挽回的后果:顶多是失望或者没面子,都不值得一提,死不了人的。他又剥了八瓣肥肥的蒜,加进洋葱里。他向来只遵照菜谱的基本原则,细节自己发挥。他最喜欢听厨师用类似于"抓一把"、"撒一些"、"统统都放进去"的字眼。这类厨师往往会列举出可用可不用的原材料,同时鼓励人们大胆变通。贝罗安承认他永远不可能成为像样的大厨,罗莎琳称他为不拘小节的烹饪一族。他从一个罐子里抓了几个干红辣椒,用手捻碎了,连同辣椒籽一起撒在锅里的洋葱和大蒜瓣上。电视新闻开始了,但他没有打开声音。电视画面上还是天黑前拍的飞机镜头,连海德公园里游行人潮的镜头也是重播。贝罗安的注意力又回到已经炒得半熟了的洋葱和大蒜上——他捻了几撮藏红花,加了几片香叶、橘皮粉、牛至、五条凤尾鱼和两罐去了皮的西红柿罐头。电视里海德公园临时搭建的舞台上,正在进行演讲的有左翼的政治家、某位歌星、一个剧作家和一个工会成员。他一边看着,一边把两条鳊鱼的鱼骨扔进老汤锅里。鱼头保存得很完好,但鱼眼一接触到滚开的热水就变得浑浊起来。一名高级警官正在就游行示威的情况接受记者采访,从他紧绷的微笑和斜歪着的头来判断,他好像对今天的情形比较满意。贝罗安从绿色的网兜里拿出一打左右的蛤贝,和鳐鱼骨放在一起。即使它们还活着,并且正感觉到疼痛,贝罗安也不想知道。电视画面上依旧是那位热情洋溢的记者,正在就这场规模空前的集会侃侃而谈,可惜贝罗安只看着他张嘴却并不想听到声音。西红柿和余下的材料一起已经开始沸腾了,因为加了藏红花的关系而变成了橙红色。

贝罗安的听力还没有从刚才的预演中完全恢复过来,对母亲的拜访更是让他感觉依然很低落,甚至有点麻木,他认为自己需要听点鼓舞士气的东西,也许应该听听史蒂夫·埃尔的音乐,后者被西奥称为是严肃人士的摇滚乐。但是,他想听的那张名叫《心灵的秘密》的专辑在楼上,他懒得上去拿,决定用喝酒代替,偶尔瞟一眼电视,等着他的飞机的最新报道。首相正在格拉斯哥演讲。贝罗安打开音量,正好听到首相说,今天参加游行的人数还不及受萨达姆迫害致死的人数多。这是个很聪明的说法,也是唯一能拿来做文章的,但如果他早点这么做就好了,现在太晚了。等到布利克斯的报告之后才这么说,未免让人觉得是在狡辩。贝罗安把电视声音又关掉了。他意识到自己很满足于专心做饭——而且这种感觉并没有在意识到之后有丝毫的减少。他把剩下的贻贝倒进最大的篮子里,用一把蔬菜刷子一边刷一边用水冲。至于淡绿色的蛤子,它们看起来很干净,所以贝罗安只是用水冲了一下。锅里有条鳐鱼的骨头不肯弯下来,好像是想逃避被煮似的。贝罗安用一个木头勺子将骨头往下压,结果鱼的脊椎断裂了,具体地说是在 T3 以下断裂。去年夏天他

211

曾给一位少女做过手术,她背部在 C5 和 T2 两个部位折断,她不过是去参加了一场流行音乐演唱会,只为了看清楚自己的偶像她爬上了树,结果从树上摔了下来。她才刚刚高中毕业,正打算到利兹大学去攻读俄语。在经过了八个月的恢复之后,她已经可以行动自如了。贝罗安很快阻止了自己的回忆,他不要想工作的事情,他只想好好地做饭。贝罗安从冰箱里拿出一瓶还剩四分之一的桑塞尔白葡萄酒,全都倒进了锅里。

　　贝罗安把鮟鱇鱼尾放在一个更宽更厚的菜板上,把它们剁成几大块,放进一只白色的大碗里。然后把对虾外面的冰洗掉,也放进那只大碗里。又找出一只碗,把蛤肉和贻贝放进去。然后把两只碗都放进冰箱里冷藏起来,用盘子当盖子盖上。电视上的画面是纽约的联合国大厦,接着科林·鲍威尔钻进一辆黑色轿车。贝罗安的飞机事件被挤出了新闻的头三条,但他一点也不介意。他开始收拾厨房,把他摆在中央桌台上的垃圾一股脑地收到垃圾桶里,擦干净桌子,又把菜板拿到流水下去刷洗。现在该把鳐鱼骨和贻贝熬成的老汤倒进炖锅里了。倒完之后,他想,这锅足有两升半的橘红色的汤还得再煮五分钟。晚饭前他只要把汤再热一下就行了,热的同时再把蛤肉、鮟鱇鱼、贻贝和对虾放进去煮十分钟。他们将就着全麦面包、色拉和红酒一起吃。纽约过后,画面上现在显示的是科威特和伊拉克边境,军用卡车沿着一条沙漠里的公路前行,英国士兵跟在车的后面,镜头转到第二天早晨,士兵们吃着罐头香肠。贝罗安从冰箱的最底层拿出两包野苣,全都倒进一个色拉盆里,放在冷水下面冲。

一位官员,刚过二十岁的样子,站在他的帐篷前,正拿着一根棍子在黑板架上的一幅地图上比划着。贝罗安丝毫没有把声音打开的欲望——这些来自前线的录像有种伪装的欢欣和虚假的味道,让他感觉很消沉。他把野苣里的水甩净,倒进一个碗里。至于油、柠檬、胡椒粉和盐,要吃之前才放。晚餐还有奶酪和水果做甜点。西奥和黛西会布置餐桌的。

他的准备工作做完了,这时电视里终于出现了那架着火的飞机的报道,今晚的第四个消息。怀着满腹的疑虑,他就要知道对他自己来说意义重大的消息了,他把声音调大,站在迷你小电视前,用毛巾擦干手。排在第四位,意味着没什么实质性的进展,或者是当局蓄意保持沉默;但事情已经接近尾声——你能明显地听出记者遗憾的口吻。画面上那两个家伙站在希思罗机场附近的一家旅馆外面,那个精瘦的飞行员,头发梳得油光发亮,旁边站着那个胖墩墩的助手。那个飞行员通过翻译解释说,他们不是阿拉伯人或者阿尔及利亚人,也不是穆斯林,他们是基督教信徒,虽然只是名义上的,因为他们从来没去过教堂,也没有带《古兰经》或者《圣经》。最重要的是,他们以自己是俄国人这一事实而骄傲。他们对烧毁的货物中发现的已经毁坏大半的美国儿童色情文学当然不负责任。他们为一家实力雄厚的荷兰公司工作,他们只对他们的飞机负责。是的,儿童色情文学是令人可憎的,但检查载货单上的每一个包裹也不属于他们的职责范围呀!他们最后被无罪释放,等到民用航空当局通知他们可以离开了,他们便将动身返回里加。至于飞机飞向机场时航道的争议也销声匿迹了,两名驾驶员都是按照程序操作的。两个人表示伦敦警察局由始至终对他们都是以礼相待。那个矮胖的副驾驶员说他想好好泡个澡,再美美地喝上一顿酒。

确实是个不错的好消息,但当他离开厨房走向储藏室的时候,贝罗安并没有感到特别的高兴,甚至没有如释重负的感觉。是他被自己的忧虑愚弄了吗?这就是所谓的新生活秩序所造成的后果,限制了他精神的自由,剥夺了他猜测的权利。不久之前他的思绪还能够罗列出多种可能性,在更广阔的空间里遨游。他怀疑自己变成了一个易受欺骗的傻瓜,自愿而又盲目地追随着当局施舍给公众的任何一点点新闻素材、观点和推论。他只是个趋炎附势的顺民,眼看着恶龙①逐渐变得强大无比,便躲在它的翅翼下乞求庇护。那架俄国飞机正好闯入了他的失眠时段,而他则乐得让这一事件和新闻媒体的一举一动左右他的情绪。那纯是一种假象,误以为自己也是当事人之一。每日关注新闻动态,并且在每周日下午躺在沙发上浏览更多空穴来风的评论专栏,更时常研读长篇累牍的时事追踪,聆听他人对事态的预测,众说纷纭以至于预言还没来得及实现或者落空就被忘在了脑后。他幼稚地以为凭借着这样的热衷,自己就等于是在参与整件事情,究竟该不该向恐怖主义和伊拉克发动战争?可恶的暴政及其罪行累累的统治家族必须被推翻,应当让武器核查进行到底,让虐囚行为公布于众,为屈死在万人墓中的冤魂申

---

① 《圣经》中的猛兽。

214

冤,让人人得以分享自由和富裕的权利,与此同时也杀一儆百,警示其他的暴君;或者是站在另外一个阵营里反对轰炸平民,避免造成难民和饥荒,抗议非法的国际制裁,平息阿拉伯国家的愤怒,避免刺激基地组织的膨胀。无论他选择哪个阵营,都等于屈从了某一种普遍观点,形同于随波逐流,已经是被同化了。他真认为自己只要犹豫不决——他是否确实如此还不确定——就可以与众不同吗? 他比大多数人都陷得更深。他的神经就像绷紧的琴弦,伏贴地随着每一个消息的"拨动"而震动。他已经丧失了不轻易相信的习惯,对其他的观点反应迟钝,他不能清晰地思考,更糟糕的是,他感到自己已经不会独立思考问题了。

电视里播放着两个俄罗斯飞行员走进酒店的镜头,这将是他最后一次看到他们。贝罗安从储藏室里取出几瓶汤尼水,查看了一下制冰机里的冰块数量和杜松子酒的剩余——四分之三升足够一个人喝了——然后关掉了炖着的老汤。他走上楼梯来到一楼,拉上 L 形起居室的窗帘,打开灯,点上仿煤炉样式制造的壁炉里的火。这些沉重的窗帘,要靠两边坠着沉重的铜把手的绳索才能拉上,有效地将广场和清冷的世界阻隔在外。乳白色和深棕色相间的高高的天花板给人一种沉静安详的感觉,屋内唯一鲜亮的色彩就是红蓝交错的小地毯,还有一幅十分抽象的霍华德·霍奇金①的油画挂在壁炉的上面。三个贝罗安今生最爱也最爱他的人,就要回家了,他还有什么不快乐的理由呢?

---

① Howard Hodgkin(1932—   ),英国著名的画家、版画家。

没有任何理由。他很好，一切都很好。他在楼梯口停下，回忆着下一步他原本打算去干什么。他来到一楼的书房，察看了一下日程表，提醒自己下星期需要做的事情。星期一的手术单上有四个人，星期二是五个。那位上了年纪的天文学家维奥拉是第一位要动手术的，八点半开始。施特劳斯是对的，她希望不大。单子上每一个名字他都很熟悉，他和他们都已经认识了几个星期乃至几个月之久。对每个病例，他都很确切地知道自己该如何治疗，他对即将要开始的工作充满了雀跃的渴望。这九个人的情况又是多么的不一样，有些已经住在病房里，有些还在家里，还有人将在明天或者星期一抵达伦敦，怀着对即将到来的那一刻的恐惧和担心，在麻醉的混沌下接受手术。他们有理由怀疑当他们再次醒来的时候，一切将大不一样。

这时他听到在楼下钥匙开门的声音，从开门关门的方式判断——快速地进来，轻声地关上——他知道一定是黛西。太幸运了，她赶在她外公到来之前先回来了。贝罗安急忙奔下楼去，她看到他的一瞬间惊喜地跃了几小步。

"你居然在家里!"

他们拥抱时，贝罗安发出一声低低的吼叫声，就像黛西五岁时他常常用来欢迎她的方式那样。当他几乎将她抱起来的时候，她仿佛还是个孩子似的娇小，他可以感觉到她衣服下柔和的线条和灵活的肢体，享受着她给他的充满亲情的吻。甚至她的呼吸也像孩子似的。她不抽烟，也很少喝酒，而且她即将成为一位有诗集问世的诗人。贝罗安自己的呼吸中夹杂着浓重的红酒味道。他培养出了一个多么洁身自好的孩子啊!

"来,让我好好看看你!"

六个月是她离开家最长的一次。贝罗安夫妇虽然对子女非常宽松,但同时也是占有欲很强的父母。从一臂远的距离打量着女儿,贝罗安希望她不要发现自己眼睛里闪现的泪光和喉咙里的悸动。感伤在他的心头划过。他才刚刚开始进入暮年的多愁善感,变得有点像一个傻傻的老爸。但这都是他一厢情愿的幻觉,眼前站着的已经不是个小女孩了。黛西已经成长为一个独立的女性,她正歪着头也注视着他——那眼神和她的外祖母一个样——抿着嘴微笑,脸上散发着聪慧的光芒。吾家有女初长成是件让父母既伤心又快乐的事情,天真纯洁的儿女,无意中就残忍地忘记了他们以前对父母的依赖。但也许她还记得从前的样子——在刚才他们拥抱的时候,她半抚摸、半轻拍着他的后背,这是她惯有的充满母性的一个动作。她自打五岁起,就喜欢像母亲似的爱抚他,每当他工作太晚,或是喝了过多的酒,或是没能赢得马拉松赛跑,她都会温柔地嗔怪他。她是那种喜欢对他摆手指表示不赞同的小大人,她的爸爸是专属于她一个人的。但现在她把这抚摸和轻拍也给了其他男人,如果她的那首《我的美丽轻舟》里"六首短曲"是源于真实生活的话,那在过去的一年里至少有半打的男人都享受过她的抚摸。想到这些人的存在,贝罗安才忍住了几乎滑落的眼泪。

黛西穿了一件旧的墨绿色的皮大衣,没有扣纽扣。右手里提着一顶俄罗斯的毛帽子。大衣下面是一双及膝的灰色长筒皮靴,灰黑色的羊毛裙子,厚厚的宽大的毛衣,脖子上还系着一条灰白相间的丝巾。巴黎的时尚还没有将她同化,她的行李依然很少——用的还是她学生时代的那个背包,此时正放在她的脚边。贝罗安还没有松开她的肩膀,非要找出她过去六个月的变化来不可。她身上有一丝陌生的香气,好像比从前浓重了一些,眼神好像也更成熟了,那张精致的面容似乎也更加坚定。现在,她的生活对他来说已经变得神秘。有时候,他猜想是不是罗莎琳知道女儿的一些事情,而他还被蒙在鼓里。

被他审查了这么久,黛西的笑意越来越浓,终于爆发出来,说道:"说吧,医生大人,你不用跟我拐弯抹角,我是不是变成一个又老又丑的老太婆了?"

"你看起来光彩照人,成熟得让我都有点承受不了。"

"我一回家就会又幼稚回去的。"她指了指自己背后的起居室,压低声音问,"外公来了吗?"

"还没有。"

她摆脱他的控制,反手给了他一个大大的拥抱,并亲吻了一下他的鼻子,"我爱你,能回家来你不知道我有多兴奋!"

"我也爱你。"

她身上还有些东西也变样了。她不再是单纯的美丽,她变得迷人了,她的眼睛似乎也在告诉他,她有了心事。她在恋爱,正忍受着分离的痛苦。他把这种思绪推开。不管是否如此,她更有可能会先告诉罗莎琳而不是他。

有那么几秒钟，他们陷入了团圆狂喜之后的片刻沉默和空白——有太多的话不知从何说起，他们需要暂时稳定一下，才能回到正常的轨道上来。黛西一边脱掉外套一边环顾四周，这个动作释放出更多她身上的那种陌生的香气，没准儿是来自爱人的礼物。贝罗安强迫自己必须从这种忧郁的猜想中解脱出来，女儿迟早会爱上某个男人的。如果她的诗歌写的不是那么充满性的暗示，也许贝罗安会感觉容易接受一点——诗中所描绘的不仅仅是疯狂的性爱，更有无休无止的大胆尝试，多少次一夜风流在清晨告一段落，女儿独自沿着潮湿的巴黎大街步行回家，清扫得力的城市仿佛是在隐喻着什么。一切就像她在那首获得纽迪盖奖的诗歌里所描述的，开始净化了，从头再来，直到下一次激情的轮回。贝罗安十分清楚自己不该有双重标准，但现在不是有一些思想开放的女性也呼吁保守的价值和地位吗？单单是出于一个父亲的担心，才让他觉得女人太过经常地更换性伴侣会增加她爱上一个一无是处、游手好闲的坏男人的概率吗？或者是由于他本人在这方面缺乏猎艳的兴趣，而问题根本就出在他自己身上？

"我的天，家里比我记忆中要大得多。"她透过楼梯扶手看着三楼天花板上悬挂下来的吊灯。他下意识地接过她手里的外套，然后笑了笑又还给她。

"我这是在干什么？"他说，"这是你的家，你自己把衣服挂起来吧。"

黛西跟着贝罗安来到厨房，当他转身想问她要喝点什么的时候,她又抱住了他,然后像在舞台上行走一样跳进了餐厅,一直跑到花房去。

"我喜欢这里。"她大声对他说,"看这棵热带树,我喜欢它!我真傻,干吗要离开家。"

"这也正是我想不明白的事。"

那棵树已经在那里九年了,他从来没发现她对它产生过兴趣。黛西又走回到他身旁,她两臂伸开,就像站在钢索上,假装左右摇摆帮助平衡——这是美国肥皂剧里常有的情节,通常出现在主人公有重要消息要宣布的时候。接下来的动作就是用脚尖旋转着打转,嘴里哼着得意的曲调。意思是自我感觉良好。贝罗安从橱柜里拿出两个酒杯,又从冰箱里取出一瓶香槟来,拧开瓶塞。

"来吧,"他说,"没必要等别人。"

"我爱你。"她再一次说,举起酒杯。

"欢迎你回家,亲爱的!"

她喝的时候他宽慰地注意到,她并没有一饮而尽,而是小口地啜吸——这一点至少没变。他现在只想观察她,读懂她。黛西继续手舞足蹈,她端着酒杯绕着中央餐桌走来走去。

"猜猜从车站回来的路上我去了哪里?"她再转到他面前时问道。

"让我想想,海德公园?"

"你知道啊!爸爸,为什么你不去?那简直太不可思议了。"

"我没觉得。我去打壁球了,然后去看望奶奶,再做晚饭,至于那种活动，总不那么靠谱。"

"但是政府想要做的事，简直就是野蛮行径。这一点人人都知道。"

"也许是吧，所以袖手旁观也不见得不对。我真的不知道，跟我讲讲海德公园里的情形吧。"

"我知道如果你在那里的话就不会有这么多疑问了。"

他不想冷场，便说："今天早晨我看到他们出发了，他们看起来都很开心。"

她表情很无奈，好像被什么东西刺疼了似的。她好不容易到家了，却发现父亲的想法居然和自己的不一致，这让她不能忍受。她用手挽着父亲的胳膊。她的双手，完全不像父亲和哥哥那样，而是十指纤纤，指尖修长，手背上还有孩子般的小圆窝。每当她说话的时候，都喜欢下意识地看着自己的指甲，满意于它们完好的状态。她的手指是那么的修长、光滑、整洁并且有光泽，没有被指甲油污染。你可以从一个人的指甲上读出很多东西来，当一个人开始衰老的时候，指甲是最先出现征兆的部位。他拉过她的手揉捏着。

她在规劝他，两个人都是满腹心事。她的种种描述综合了她自己眼见耳闻的事实，以及他们以前都已经听过看过无数遍的观点，重复太多遍以至于猜测仿佛已经成为现实，悲观也失去了严肃的感觉。她又再次重复他已经听过的有关联合国预测的伊拉克将可能死于饥饿和轰炸的五十万人口，以及可能涌现的三百万难民，如果美国一意孤行，联合国等于名存实亡，世界秩序必然崩溃,巴格达将被完全毁掉,萨达姆的卫队将会退守市内,土耳其将从北边入侵,伊朗从东边来,以色列在西面插上一脚,整个地区将狼烟四起,萨达姆穷途末路之下下令发射他的生化武器——如果他有的话,因为还没有人能完全认定或者否定萨达姆是否确实拥有危险武器,也无法肯定他和基地组织的联系——美国就算占领了伊拉克,他们也不是为了民主,也不会给伊拉克投一分钱,他们要的是石油,并建立他们的军事基地,像殖民地一样把这个地区管辖起来。

在黛西说这些的时候,贝罗安温柔地看着她,还带着些惊讶。他们又像从前那样争论起来了——来得那么快。她很少讨论政治,那不是她通常关注的东西。难道这就是她一进门来就那么兴奋的理由吗? 她从脖子到脸庞都越来越红,她每提出一个不打仗的理由都好像在前一个论据的基础上又加重了一个砝码,一步步地将她推向辩论的胜利。她所预测的黑暗结局让她亢奋,像即将杀死一头残暴的野兽那样激越。在她一吐为快之后,撒娇地轻轻推了推他的胳臂,好像想要让他清醒过来,然后她的脸上扮出一副悲伤的模样。她希望他认清形势。

贝罗安意识到自己必须选择一个立场,他振作起来准备迎战,于是说:"但是这些都是猜测的后果,为什么我应该相信他们的预测呢? 为什么不可能是一场短暂的战争? 联合国不见得会解散,没准儿饥荒不会出现,也没有难民,邻国不会进犯,巴格达也不用被夷为平地,战争致死的人数也不见得比萨达姆统治时期每年杀死的人数要多。也许美国是要组织一个民主政府,再投上几十亿的资金,然后就走人,因为他们的总统下一年就要重选了。我知道你还是不服气,但是你没有告诉我为什么。"

她推开他,又惊又急地看着他,"爸爸,你是不赞成战争的,对不对?"

他耸耸肩,"没有哪一个理智的人会赞成战争,但是五年之后我们未必会为发动了战争而感到遗憾。我希望看到萨达姆完蛋。你是对的,那可能是场灾难,但它极有可能是目前这场灾难的结束和转机的开始。结果将证明一切,谁也无法预知未来。这就是为什么我无法想象自己上街游行的原因。"

现在黛西的惊讶变成了憎恶。他举起酒瓶要给黛西添点酒,但她摇摇头,放下香槟,走到一边去了。她不能和敌人一起喝酒。

"你恨萨达姆,但他是美国人一手扶植的,他们支持过他,武装过他。"

"是的,法国、俄罗斯、英国也都有份。这是个天大的错误。伊拉克人民被出卖了,尤其是一九九一年他们被怂恿反抗复兴党结果遭到了镇压。这次该是平反昭雪的时候了。"

"所以你就赞成发动战争?"

"就如我刚才说的,我不赞成任何形式的战争,但战争不见得比暴政更邪恶。五年之后必见分晓。"

"真是典型啊!"

贝罗安不安地笑了笑,"你指什么?"

"典型的你的想法。"

这不是他所料想的两个人团聚的方式,就像有时候会发生的那样,他们今天的争吵开始变得私人化了。对此他一点也不习惯,他乱了方寸。他感觉胸口很紧,或者是胸部瘀伤的疼痛?他很快就喝完了第二杯香槟,而黛西的第一杯几乎还是满的。她的激动已经消失得无影无踪了,她端着肩,倚在过道里,小巧精致的脸因为生气而绷得紧紧的,她对他皱起的眉毛有了反应。

"你是说不如先发动战争看看,五年之后如果发现奏效了,你就赞成它,但如果一团糟,你也不负责任?你可是一个生活在我们称作成熟民主社会里的受过良好教育的人,现在我们的政府要带我们去打仗了。如果你真的认为这是个好主意的话,行——直接说你赞成,选一个坚定的立场,但不要模棱两可。到底发不发兵,现在就要做决定。当你面临正义与邪恶之间的抉择的时候,你必须要考虑到未来的结果会是什么样子——这叫作三思而后行。我反对这场战争,是因为我相信可怕的事情即将发生。你好像认定会有好结果,但又不想选择阵营。"

贝罗安想了想,说:"是的,我是真的认为我有犯错的可能。"

这种妥协,他顺从的态度,更加惹恼了她,"那为什么还要冒险?你一贯教育我们的谨慎原则都到哪里去了?如果你把成千上万的战士派到中东去,你最好知道自己在做什么。因为白宫里那些欺强凌弱而又贪婪无比的白痴显然不知道,他们对要将我们领到哪里去毫无把握,我简直不敢相信你居然会和他们同流合污!"

贝罗安怀疑他们是不是还停留在刚才那个话题,她的那句

224

"典型的你"还在困扰着他。也许她在巴黎的这几个月让她有时间看穿了他这个父亲身上的某些东西,而她不再喜欢他了。他马上把这种想法赶走了,他们之间这种心对心的争论是健康的,从前生活的感觉又回来了,没有什么比这一点更重要。他把自己舒舒服服地安置在餐桌旁边的一把高脚凳上,并示意黛西也坐下来。她没理他,还是站在门边,双臂依然交叉抱在胸前,脸上还是冷冷的。他越是保持镇定,她就越是生气,但这是他的个性,已经根深蒂固的职业习性。

"你看,黛西,如果我能决定的话,那些部队决不会现在驻扎在伊拉克边境。对西方国家来说,现在绝对不适合和阿拉伯国家打仗。巴勒斯坦的麻烦还没解决呢。但是战争就要打响了,通不通过联合国都一样,也不管各国政府怎么说,也无论有规模多么庞大的游行示威活动。隐藏的武器到底存不存在,已经无关紧要了。入侵已经是板上钉钉的事了,军事行动毫无疑问会取得胜利。萨达姆要完蛋了,曾经名噪一时的可恶的政体就要解散,我很高兴。"

"所以平凡的伊拉克人民从前遭受萨达姆的折磨,现在改受美国导弹的欺负,这难道都没什么,因为你很高兴?"

贝罗安觉得黛西尖刻的语气很陌生,他说:"等等。"但黛西没听他的继续说。

"你认为在这一切结束之后,我们会更加安全吗？我们会被整个阿拉伯世界的人民仇恨,所有无事可做的年轻人都会因此排队等候着成为恐怖分子……"

"担心这个已经太晚了。"他打断了她,"已经有十万人从阿富汗的恐怖基地毕业了,至少消灭他们还为时不晚,这一点你应该高兴。"

当他说起这点的时候,他突然记起来,事实上她确实是高兴的,她憎恨恐怖的塔利班,他后悔这样打断她,为什么要和她争吵,为什么不顺着她的观点,然后问问她的近况。为什么非得争个你死我活?因为他自己也是内心激荡,他的血液里流淌着怀疑的毒素,隐藏在他温柔的语气之下是恐惧和愤怒,挟制了他的思想,让他渴望通过争吵来释放内心的压抑。来吧!让我们看看谁是谁非!他们父女俩在为了素未谋面也永远不会遇到的军队而争执不休,他们甚至对这些军人一无所知。

"只会有更多的恐怖分子。"黛西说,"当对伦敦的第一番轰炸到来的时候,你的亲战理论……"

"如果你把我的立场理解成亲战,那你就只能把你的立场称为是亲萨达姆。"

"这是他妈的什么理论!"

黛西这句咒骂脱口而出的时候,贝罗安突然感觉到一股电流穿过体内,一部分原因是因为惊讶于他们之间的争吵竟然如此失控,另一方面则来自于一种突然释怀的放纵,之前他一直被胡思乱想缠绕着。黛西脸上的红晕已经消失了,她颧骨附近的几个雀斑突然在厨房的灯光下变得生动起来。她通常在说话的时候喜欢把脸倾斜成一定的角度,此时的她亦是如此,她看着父亲,眼中闪烁着怒气。

尽管贝罗安的思绪在雀跃,但看上去依然很平静,他喝了一口香槟,说道:"我的意思是搬掉萨达姆的代价就是发动战争,没有战争的代价就是让他继续掌权。"

贝罗安这样说本是想缓和一下气氛,但黛西并没有这种感觉。"亲战的人称我们是亲萨达姆,"她说,"这简直是残忍加无耻!"

"你想做的事情正是他最想让你做的事情,那就是让他继续执政,你的做法只不过是在延期对抗。他——或者他的罪恶的儿子们总有一天要面对制裁,这个克林顿也知道。"

"你是说我们入侵伊拉克是因为我们别无选择? 我很惊讶你能说出这样的垃圾,爸爸。你很清楚这些极端主义者,新保守主义者,他们已经接管了美国。切尼、拉姆斯菲尔德、爱德华兹、伊拉克一直是他们玩弄的对象。9·11本应是他们说服布什最好的机会。看看他直到那之前的外交政策是如何的失败。他就是一只躲在家里什么也不知道的耗子。没有证据能证明9·11和伊拉克甚至基地组织有什么关系,也没有真正令人恐慌的事实证明大规模杀伤性武器的存在。你难道昨天没听到布利克斯的讲话吗? 你难道都没想过对伊拉克的攻击恰恰遂了那些袭击纽约的人的心愿——开战吧,在阿拉伯国家和激进的伊斯兰国家制造更多的敌人。不单单这些,我们还帮他们除掉了他们的宿敌,萨达姆这个无神论的斯大林似的暴君。"

"照你这么说,我猜他们也想要我们破坏他们的恐怖训练营,再把塔利班驱逐出阿富汗,强迫本·拉登逃亡,并让他们的财政系统瘫痪，同时把他们的头头脑脑们都关起来……"

黛西打断了他，大声说道："不要再曲解我的话！没有人反对围剿基地组织，我们讨论的是伊拉克！为什么我遇到的少数不反对这场可恶的战争的人都是超过四十岁的男人？人老了就该这样吗？等不及要死了吗？"

他突然感到很难过，希望这场争吵赶紧结束。他喜欢的是十分钟之前的谈话，当黛西告诉他她爱他的时候。她还没来得及给他看她诗集的样本，也还没有机会给他讲解封面的艺术设计。

但他就是不能自抑，"死亡已经近在咫尺，"他同意这一点，"你怎么不问问阿布格莱布监狱^①里备受萨达姆折磨的两万名囚犯，问问他们怎么想？让我问你一个问题。为什么在今天的那两百万理想主义者中，我没有看到他们举起一面旗子，握紧拳头，异口同声地高呼反对萨达姆？"

"他是令人讨厌的，"她说，"这点显而易见。"

"不，不是的。人们已经遗忘了，否则他们怎么会有心情在海德公园里唱歌、跳舞？种族灭绝的大屠杀、酷刑、万人坑、秘密警察、罪恶的极权主义国家——你们这些听着 ipod 长大的年轻一代不想知道这些，不要让任何东西阻碍了你们吸毒狂欢、玩转世界和观看真人秀。但如果我们都袖手旁观的话，这种生活就要终结了。你认为你们是可爱的、仁慈的、无可指摘的吗？你们

---

① 巴格达西郊的一座监狱，曾经爆发震惊世界的虐囚丑闻。

不知道,但宗教信徒中的纳粹分子仇视你们。你怎么看待巴厘岛的爆炸?是西方青年的狂欢激怒了他们。那些激进的伊斯兰教徒仇恨你们的自由。"

黛西有点被他的反应吓到了,"爸爸,我很抱歉你对自己的年龄如此敏感,但是巴厘岛爆炸是基地组织干的,不是萨达姆。你刚才说的并不能证明入侵伊拉克就是正当的。"

贝罗安将第三杯香槟又一饮而尽,这是个不小的错误。他不是一个老练的饮酒者,但他开心得有点邪恶。"不单单是伊拉克,我说的还有叙利亚、伊朗、沙特阿拉伯,统统都是一样的欺压、腐败和罪恶。你就要成为一名出书的作家了,为什么不能更关注一下现实的残酷,想象一下没有言论自由是什么感觉,想想你的同行正被关押在阿拉伯的监狱里,就在那片人类书写文明起源的土地上?我们难道不应该让他们也享受一下什么叫做自由和不被酷刑折磨的安定生活?"

"喔,我的上帝!怎么又是相对主义那一套,你扯远了。没有人想让阿拉伯作家进监狱,但是入侵伊拉克不等于就能把他们从监狱里救出来。"

"但有这个可能,这是转变一个国家的机遇。让我们播下种子,看它能否生根发芽,并移居他乡。"

"但你不能用巡航导弹播种种子。他们会憎恨入侵者的,宗教的极端主义者将更加疯狂。会有更多人丧失自由,会有更多的作家进监狱。"

"我出五十英镑赌进驻伊拉克三个月后,就会有言论自由,互联网的监控也会取消。伊朗的改革派将备受鼓舞，叙利亚、沙特和利比亚的当权者会吓得战战兢兢。"

黛西说："好的。我出五十英镑，赌局面会变成一团糟，你会希望这一切从未发生过！"

黛西小时候他们经常在争吵的结尾打赌，但一般最终都会以假装正式的礼节握手言和。贝罗安即使是赢了也能找到某种方式来补偿黛西的损失——例如假借各种理由给她补助。一次特别糟糕的考试过后，十七岁的黛西生气地摔下二十英镑，打赌说她决进不了牛津大学。为了调动她的情绪，贝罗安把自己的赌金提到五百英镑，当黛西被录取之后，把从他那里赢得的赌金用来和朋友度过了一次佛罗伦萨之旅。但现在她有兴趣握手言和吗？她从门那边走了过来，重新端起香槟，走到厨房的另一头，好像对西奥留在音响旁的 CD 很感兴趣，她固执地背对着他。他还坐在中央餐桌旁的高脚凳上，把玩着手里的酒杯，没有再喝酒。他有一种争论中只表达了自己部分观点的空洞感。和施特劳斯相比，他还算是鸽派；但和女儿相比，他就成了十足的鹰派。他这是在搞什么？他们拥有的自由是多么的奢侈啊！在自己的厨房里策划这些政治地理的行动、军事策略，却不用对选民、报纸、朋友和历史负任何的责任。当一个人不用为结果负责时，犯错了就权当是一种娱乐的分歧。

黛西从盒里拿出一张 CD，放进音响里。他在等待，知道他将会从她所选择的音乐中捕捉到对她情绪的暗示，甚至是听到她要对他说的话。一听到开头的钢琴演奏，贝罗安就微笑了。

这是一张几年前西奥带回家来的光碟,是查克·贝里①的老搭档,钢琴家约翰尼·约翰逊的那首《探戈雷②》,唱的是老友重逢的心境。

> 往事如风,岁月如歌,
>
> 但我知道会有那么一天,
>
> 你我可以坐下来,
>
> 共饮一杯探戈雷。

黛西转过身来,迈着轻盈的舞步向他走来。当她走到他身边时,贝罗安握住了她的手。

黛西说:"闻起来好像是一位老主战者刚做完炖鱼,我能帮忙吗?"

"年轻的调解人可以布置餐桌,如果你愿意的话,再给色拉做点调料。"

黛西正朝碗橱的方向走,突然他们听到两声拖长了的门铃,断断续续地响着。他们对视了一下,那种坚持的劲头好像有种不祥的预兆。

贝罗安说:"在拌色拉之前,先把柠檬切成片。杜松子酒在那边,汤尼水在冰箱里。"

---

① Chuck Berry(1926—   ),早期黑人摇滚乐的代表人物,也是1950年代的吉他大师之一。
② Tanqueray,英国名酿。

231

他被她那戏剧性的翻眼睛和深呼吸的动作逗乐了。

"来了!"

"保持镇定。"他建议女儿,然后走上楼梯去迎接他的岳父大人,那位了不起的诗人。

亨利·贝罗安从小在郊区长大,虽然与母亲相依为命,生活倒也过得清静自在,所以他从来就不觉得没有父亲是种缺憾。即使是那些父母双全的孩子也很少有机会和父亲亲近,因为作为一家之主,不得不为了贷款置下的家业而去打拼,所以对儿女来说只是陌生的家庭成员而已。在孩子看来,六十年代中期居住在派瑞沃勒区的家庭里,身为家庭主妇的母亲才是真正的一家之主;比如说如果你想到小朋友家里去做客,只需征得对方母亲的同意即可,到了别人的家里等于到了他母亲的领地,凡事都要遵守她的规定。行和不行全凭她一句话,赏赐点零钱给他们买糖吃的人也是她。以至于贝罗安实在没有理由嫉妒自己那些父母双全的朋友——他们的父亲即使是在家,也往往脾气暴躁,只会妨碍到他们的快乐生活,倒成了不安定因素的来源。少年时代的贝罗安,每次审视父亲留在家里的为数不多的几张照片时,其出发点都不是因为想念这个人,而只是希望通过眼前这个身材伟岸、面无粉刺的男人身上推测一下自己日后吸引女孩子的机会有多少。他希望得到的只是父亲那张脸,而不是他的训斥、限制和评判。也许他注定也要对岳父抱有排斥心理,尽管约翰·格勒麦蒂克斯其实没什么可怕的。

贝罗安和岳父的初次会面是在一九八二年,就在抵达城堡的几个小时之前,在那艘名叫毕尔巴鄂的渡船上的铺位上,贝罗安和罗莎琳的爱情刚刚越过了礼教的界限。已经是高级医师的贝罗安在这之前就已经下定决心,绝对不在约翰面前刻意屈尊讨好,不让他把自己当儿子似的来训斥。他是个拥有一技之长的成年人,他在医学领域里的地位足以让他在任何一位诗人面前挺胸抬头。通过罗莎琳,他知道了《富士山》这首家喻户晓的诗作,但他从来不读诗,而且在第一次和岳父共进晚餐的时候,他就对他坦言了自己的观点,并且毫不以此为耻。当时约翰正沉浸在《没有葬礼》这本诗集的创作之中——后来证明那是他创作高峰的终结——所以对一个乳臭未干的医生不肯抽时间拜读他的诗作也不以为意。约翰好像根本不在乎,甚至可能压根没注意。等到饭后开始把酒聊天的时候,贝罗安又在一系列的话题上都和约翰唱反调——先是政治方面,约翰是撒切尔夫人的早期崇拜者,然后又是音乐问题——约翰认为比博普爵士乐已经背离了爵士——再谈到法国人的真实本质——约翰说法国人只认钱。

第二天,罗莎琳对贝罗安说,他为了要引起老人对他的注意,有点过于卖力了——但那恰恰是他想要极力避免的,所以可想而知她的这句话叫他感到多恼火。随着时间的流逝,他早就停止了和约翰争辩任何事情,他们两人之间的关系自从初次见面的那个晚上开始直到现在,基本没有多少变化,甚至在他们夫妇俩经历了结婚、生子之后二十多年过去了,也依然如故。贝罗

233

安始终保持着距离，而岳父也乐得如此安排，当女婿是透明人，视线直接从他的身体穿过，只注意女儿和外孙。两个男人保持着表面上的友好，但其实暗中都厌烦对方。贝罗安无法理解——诗歌这种东西看上去都是一时兴起而做的事情，就像偶尔去摘葡萄玩——居然也可以成为一种职业，还能为某些人赢得名利和自我膨胀，不过是几首小诗而已。贝罗安也看不出写诗的酒鬼和普通的酒鬼有什么差别，而在约翰看来——这只是贝罗安的猜想——这个女婿充其量只是一个高级技工，一个没有文化而且乏味的大夫，是一群随着他身体的衰老而越来越离不开的人种，都不值得相信。

他们之间还有一个矛盾，当然谁都没公开提过。他和罗莎琳在广场边的房子，和城堡一样，都是罗莎琳的母亲玛丽安从她的父母那里继承来的。玛丽安和约翰结婚之后，伦敦的这所房子便成了罗莎琳和她弟弟长大的地方。当玛丽安因为交通事故去世时，她的遗嘱说得很清楚——伦敦的房子归孩子们所有，而费利克斯城堡则属于约翰。罗莎琳和贝罗安婚后有四年时间都住在雅治维区一间狭小的公寓里，后来罗莎琳的弟弟要在纽约定居，他们夫妇两个就贷款把这套房子的另一半从弟弟手里买了下来。搬到这所大房子来的那天对于贝罗安一家来说是个值得纪念的日子。这期间任何手续都是在友好的气氛下完成的。但约翰每次来拜访他们一家时，总爱表现得好像回到了他自己的房子似的，他是房东，而贝罗安他们只不过是房客，他可以行使他对房子的各项权力。也许是贝罗安太敏感，或者是他的心

234

目中从来就没有属于父亲的位置。不管怎么说,这都让贝罗安很不痛快;如果可以看不着他的岳父最好,如果非得见面不可,他宁愿到法国去见他。

去开门的路上,贝罗安提醒自己,要抵住香槟的刺激,决不能把自己内心的情感流露出来;今晚的目的是让黛西和她外公言归于好,三年前那个被西奥戏称为"纽迪盖风波"的事件,至今想起来还心有余悸。黛西想要把自己的成功证明给外公看,而老人也应该乐于炫耀她的成功有多少要归功于他。怀着这份美好的想法,贝罗安打开了门,看见约翰站在几米开外的大街上,穿着一件长长的有腰带的羊毛大衣,头上戴着一顶浅顶软呢帽,拄着一根拐杖,头向后仰着,他的侧影正好笼罩在广场上投射过来的冷冷的白色灯光之中。极有可能他在给黛西摆姿态。

"喔,是你啊。"他说——下降的语调暴露出了他的失望——"我在看那座塔楼……"

约翰站在那里没动,所以贝罗安不得不走出来迎接他。

"我正试图用当初设计这个广场的罗伯特·亚当的眼睛来审视这塔楼,"约翰继续说,"很想知道他会怎么想。你觉得呢?"

那座塔楼耸立在花园中央的悬铃树木上空,建筑的正面朝南;高高的玻璃柱子上,六个集中的圆形平台托着六只巨大的卫星圆盘,它们上方是一系列的轮子或衣袖,里面装饰着几何图案的荧光灯。夜晚的时候,舞动的墨丘利神图案酝酿出趣味昂扬的情调。西奥小时候喜欢问塔楼经过它的升降道时会不会撞到房子上,当贝罗安告诉他大部分情况下会的,西奥总是表现出很满意的样子。因为贝罗安和约翰还没有互相问候，或是握手，他们的谈话便显得很空洞，就像在聊天室里互相交换意见。

贝罗安出于主人的礼貌，也加入到谈论中来，"他也许是以建筑工程师的眼光来看待的。玻璃的外表，看似岌岌可危的高度，应该会使他惊讶不已。还有那些灯光也会让他诧异，他可能会更多地把它看成是一种机器而非建筑物。"

约翰暗示这根本算不上回答，"问题是，生活在十八世纪的他能找到的最类似的东西可能就是教堂的尖顶。他一定会认为这是一种宗教之类的建筑物——否则为什么要建得这么高？他肯定会猜想那些卫星天线是装饰物，或者是举行宗教仪式时用的。一种属于未来的宗教。"

"在这点上，他倒是猜得没错。"

约翰提高声音打断了贝罗安，"看在上帝面上，你瞧那些柱子是多么宏伟，还有屋顶上的那些雕刻。"他对着广场东边的另一座建筑挥舞着拐杖，"那才是美，那才称得上是成就。两者属于不同的世界，源自不同的意识。亚当一定会被那丑陋的玻璃建筑吓坏的。缺少灵魂，过于沉重，既不优雅，更没有热情，只能给他的心灵带来恐惧。如果那就是我们创造的宗教，他一定会跟自己说，人类他妈的完蛋了！"

当他们谈论着东边的乔治亚风格的柱子的时候，他们的视野里还包括两个人影，就坐在大约一百英尺开外的一张长椅上，两人都穿着皮夹克，戴着羊毛风帽。只能看到他们的背影，坐得很近，身体前倾，所以贝罗安猜想八成是在进行一桩交易。要不然谁会平白无故地在寒冷的二月晚上坐在外面?

贝罗安突然间失去了耐心,他必须抢在约翰继续诅咒现代文明之前开口,以免他又想起什么远在天边的建筑开始兴致勃勃地批判,于是贝罗安说:"黛西还在等您,她正在给您调制一杯好酒。"贝罗安挽着岳父的臂腕,轻轻地把他朝着敞开的、灯火通明的大厅推进去。约翰早就进入了酒后夸夸其谈、飘飘欲仙的境界,黛西一眼就能看出来——化解矛盾今天是不可能了。

贝罗安把岳父的外套、拐杖和帽子接过来,引他进入起居室,刚想再去叫黛西,却看到黛西已经端着一个托盘走来了——托盘里是一瓶新的香槟和刚才剩下的那瓶,一瓶杜松子酒,冰块、柠檬,包括给罗莎琳和西奥的酒杯,还有一只她去智利旅行带回来的彩碗,里面盛了澳大利亚坚果。当黛西投来询问的目光时,贝罗安做出了一个轻松的笑脸,示意别担心。考虑到黛西肯定要和她的外祖父拥抱,贝罗安从黛西手中接过了托盘,跟在她身后进了房间。但是,约翰却站在房间的中央一动不动,郑重其事地站直了,黛西犹豫了,没有再靠近。约翰可能是在讶异于黛西的美丽,就像刚才贝罗安自己的反应一样,或者对她的热情感到意外。他们朝对方走去,嘴里同时嘟哝着,"黛西","外公",先是握手,然后,顺着身体带来的惯性,他们很别扭地吻了吻对方的脸颊。

贝罗安把托盘放下,调了几杯杜松子酒。"来,"贝罗安说,"让我们为诗歌干杯!"

贝罗安注意到,老人握酒杯的手在微微颤抖。大概是因为

237

觉得贝罗安是诗盲,由他说出这句话好像不太合适,所以约翰和黛西都只含混地表示附和,然后举起酒杯一饮而尽。

约翰对贝罗安说:"黛西简直就是我第一次看到的玛丽安的模样。"

贝罗安注意到约翰的眼睛可不像自己刚见到黛西那样湿润,尽管面对如此激动和感人的场面,约翰看起来却好像在压抑着某种情绪,遥不可及甚至是冰冷的。约翰素来善于处理重逢的场面,总是一副高傲的样子,甚至和亲密的人在一起也是这样。很久以前,罗莎琳就说过,约翰三十多岁的时候就练就了一套老成而威严的风度,从不考虑别人的感受。

黛西对约翰说:"您看起来棒极了。"

他把手放在黛西胳膊上,"今天下午我在宾馆房间里又重读了那首诗。简直太奇妙了,黛西。你是独一无二的。"他又喝了一口酒,然后吟诵了其中的一句诗。

> 我的美丽轻舟,
> 与他的风采之舟相比,相形见绌。

约翰目光炯炯,用他过去常揶揄黛西的语气说:"现在,说实话,谁是那另外一个有着才华大如帆船的天才诗人?"

约翰正在引导黛西对他献出恭维的颂词,他无比确信她诗中赞誉的一定是他。刚来就这样未免显得过于急迫,他实在有点操之过急了。很有可能黛西已经在诗集的扉页上言明此书是献给她的外公的,贝罗安不敢肯定,这也是他为什么急于先看到诗集样本的另一个原因。

黛西很困惑,她刚想说什么,但又改变了主意,强带微笑地说:"您必须耐心地等着看才知道啊。"

"当然,莎士比亚并不真正认为他只是汪洋大海中一艘小船。他不过是在试探,在讽刺。你该不是也是如此吧,我的小姑娘。"

黛西犹豫不决,尴尬不已,无法决定该不该说。她把自己的表情藏在酒杯后面。当她放下酒杯的时候,好像拿定了主意。

"外公,那句诗不是'他的勇猛的形象'。"

"当然是,那首十四行诗还是我教你的。"

"我知道是你教我的。但那一行的韵脚怎么能用'(bravely)勇猛',应该是'你心灵的大道上,他执著的(willfully)形象'。"

约翰脸上的光彩立即消失了,他死死地盯着自己的外孙女,她也同样注视着他,就跟刚才在厨房里看着她父亲的神情一样。她情愿担负着不敬的罪名也要坦言自己的见解,而且坚守立场。对贝罗安来说,"押韵"(英语"scan"一义为押韵,一义为扫描仪)这个字眼令他联想起一件让他烦心的事情,是工作上的一个难题。医院想要购买更先进的大型核磁共振成像扫描仪,但还缺少十九万英镑的资金。他已经把这件事写进了备忘录,也参加了大大小小的会议。还有什么别的法子吗? 也许有必要再发个邮件试试。但至于诗文当中的押韵,他可就没有发言权了,他看不出来"willfully(执著地)"比"bravely(勇猛地)"好在哪里。

约翰说:"好吧,你是对的。那是不押韵,那又怎么样? 贝罗安,医院的情况怎么样?"

二十多年来,他从未问起过医院的情形,贝罗安不能任由岳父把他的女儿面红耳赤地晾在一边。但同时,他又觉得眼前的情景难以置信:这两个人分开了三年,见了面却没用一分钟又谈崩了。

贝罗安装作感兴趣的样子轻松地对约翰说:"我的记性还不如你呢。"然后,他转向黛西。黛西向后退了一步,看起来好像她在找借口离开房间。贝罗安决定把她留下来。

"帮我解释清楚一点。为什么'willfully'押韵,而'bravely'不押韵?"

黛西表现得很有修养,给父亲认真地解释了一下,同时也是给约翰台阶下。

"'On your broad main doth willfully appear'一共五个音步,五个抑扬格。你知道的,杨柳格是非重读音节跟重读音节。Bravely 可以让韵律较短,但不押韵。"

当黛西这样说的时候,约翰让自己陷在皮革沙发里,发出一声叹息,明显地湮没了黛西最后几个字的声音。

约翰说:"不要苛求一个老人。'那里没有梦想,我异常清醒地躺着。'莎士比亚写过多少类似的诗句,他的十四行诗里多的是这样的句子。如果是他用了 bravely,我们也就会心安理得地认为它押韵。"

"刚才那句也不是莎士比亚写的,是怀特^①。"黛西小声嘟囔了一句,但没让老人听到。

贝罗安看了黛西一眼,竖起手指示意她别说了。她已经赢了,知道什么叫见好就收,给外公留点面子。否则两个人会一直吵到晚饭,甚至还不止。

"我想你是对的。我们再来点杜松子酒,好吗,外公?"黛西的声音里没有可以听出来的敌意。

约翰把酒杯递过来,"我自己来加汤尼水。"

倒完了酒,黛西沉默了几秒钟让气氛缓和一下,然后对贝罗安小声说:"我要去布置餐桌了。"

也许是贝罗安心事重重,或者太没有耐心,所以对今晚的聚会没有尽心尽力。但那又怎么样呢?如果黛西已经长大了,不再需要外公指手画脚告诉她该怎么做,他又有什么办法呢?黛西身上有一个贝罗安无法理解的变化,是某种被良好的教养所掩盖了的愤怒,是某种时进时退的好斗情绪。贝罗安可不想一个人留下来陪他的老岳父喝酒,他期盼着罗莎琳赶紧回来,运用她治家的手腕——同时扮演母亲、女儿、妻子和律师的角色。

贝罗安对黛西说:"我想看看诗集的样本。"

"好的。"

贝罗安坐在约翰对面的一个沙发上,把擦得发亮的实木桌上的坚果朝约翰面前推了推。黛西在大厅里的背包里一顿翻

---

① Thomas Wyatt(1503—1542),将十四行诗由意大利引入英国。

找，他们都听到她在轻轻地咒骂。两个男人都不想麻烦地没话找话说，即使他们都同意有些是值得谈论的，他们对彼此的观点也不感兴趣，所以他们倒乐意什么也不说，保持沉默。自从进入家门以来，贝罗安此刻才得以舒服地坐上一会儿，双脚终于不用再承受他全身的重量，他的情绪则因为刚才的一杯杜松子酒，还有前面空腹喝下的三杯香槟而兴奋起来，他的听力被西奥乐队震撼得还有点虚弱，他的大腿还在为了打壁球的关系而酸疼，贝罗安放纵自己沉浸在一种无牵无挂的状态中。什么都无所谓，所有困扰他的事情都已经得到了圆满解决——飞行员是没有威胁的俄罗斯人；母亲被照顾得很好；黛西带着她的书回家了；那两百万游行者都是一团和气；西奥和蔡斯写出了一首好曲子；罗莎琳的官司将在星期一取得胜利，现在正在回来的路上；从统计学上的角度推断，恐怖分子今晚不太可能会来谋杀他的家人；而他今天的手艺，贝罗安猜测没准儿是他发挥最好的一次；他下星期所有的手术都将取得成功；约翰也是心情不错；明天——星期天——贝罗安和罗莎琳可以睡到心满意足。现在，不妨再来一杯。

贝罗安正要抓过酒瓶，同时察看岳父的酒还剩多少，这时大厅里传来一声很响亮的金属撞击的声音，伴随着黛西一声尖叫，接着一个男中音的声音回答了一句"唷！"然后门砰的一声关上了，震得所有人手中的酒杯为之一颤，接着传来身体接触的声音。是西奥回来了，正在拥抱他的姐姐。几秒钟后，两个孩子手拉手来到起居室，手里都拿着各自的专长，多么珍贵的礼物啊！

贝罗安一点也不嫉妒地退出来,把机会让给约翰:黛西捧上她的诗集校样副本,西奥脖子上挂着他的吉他。西奥是目前房间里和约翰关系最为融洽的一个,他们对音乐的爱好是相同的,之间也不存在竞争:总是西奥弹,外公听,约翰现在有了更多的音乐收藏——西奥帮他刻录了不少光盘。

"外公,不要站起来。"西奥说着把吉他倚在墙上。

但是西奥走过来的时候,老人已经开始站了起来,两个人自然而然地拥抱在一起。黛西过来,坐在父亲身边,把书稿放在父亲膝盖上。

约翰拉着外孙的胳膊,西奥的出现使老人恢复了生气和活力,"这么说,你有新歌给我听?"

书稿是淡蓝色的纸张,黑色的字体。当贝罗安看到诗集上的书名和作者名字的时候,忍不住揽过黛西的肩膀,用力抱了抱,黛西和父亲靠得更近,试图透过父亲的眼睛来评价书稿,而贝罗安则想借用女儿的眼光来理解其中的那种激情。他在她这个年龄的时候还在医学院里读五年级,忙于背诵各种拉丁语的医学术语,疲于掌握人体的奥秘,根本没时间风花雪月。贝罗安用另外一只手翻看扉页,和黛西再一次看到诗集的名字,下面写着黛西·贝罗安,扉页的最下面是出版商的名字和一系列的地名:伦敦、波士顿。无论黛西诗中的这艘船是什么类型,看来都将在大西洋两岸纵横遨游了。这时西奥突然对他们说话,贝罗安抬起头来。

"爸爸,爸爸,那首歌你觉得怎么样?"

当孩子们还小的时候,做父母的总是小心翼翼地在他们当中平均分配表扬,更何况当他们取得了如此卓越成就的时候呢!贝罗安早在单独和约翰在一起的时候,就该和他讨论西奥的那首歌,但是贝罗安刚才忙于整理自己的心情。

贝罗安说:"我完全被你的音乐征服了!"出乎每个人的意料,贝罗安扬起下巴,对着天花板,用还算准确的调子哼唱起来,"让我带你到那里,我的城市广场,城市广场。"

西奥从上衣口袋里取出一张光碟,递给外公,"今天下午我们把它录在了光碟上。效果不算完美,但够听个大概了。"

贝罗安把注意力重新放回到女儿身上,"我喜欢这里的伦敦、波士顿字样,很有档次。"他用手指滑过印刷的大写字母。贝罗安释然地看到书页上的献辞:谨献给我的外公约翰。

黛西突然歉然地伏在他耳边说:"我不知道这样做对不对,我本应该写给你和妈妈的,我不知道该怎么做才好。"

贝罗安再次揽紧她,低声说:"你做得很对。"

"我不知道这样是否正确合适,现在改还来得及。"

"是外公将你引向文学之路的,这么做也是应该的。他会很高兴的,我们也是。你做得很好。"然后,为了不让黛西从他的语气中察觉任何一丝遗憾,贝罗安又加上一句,"你还会有更多的书要出版的,你可以把所有的家人都写个遍。"

直到这时,他才从躺在自己怀里的身躯的颤抖和上升的体温中意识到黛西竟然哭了,黛西把脸埋在父亲的前臂下。此时西奥和他外公正在房间另一头的 CD 架子旁边,讨论着一位摇滚

244

钢琴家。

　　"嘿,我的小人儿,"贝罗安贴着黛西的耳朵说,"怎么了,亲爱的?"

　　黛西哭得更厉害了,无声地哭泣,摇摇头,不肯开口说话。

　　"我们到楼上的书房去好不好?"

　　黛西还是摇头,贝罗安抚摸着她的头发,等她安定下来。

　　是爱情遇到了麻烦?贝罗安抗拒着这种猜测。他不记得她在童年时有过类似的情况,但隐约有种似曾相识的感觉,贝罗安好像知道她接下来会停止哭泣,然后告诉他是什么惹她难过。黛西的口才一直不错,这都要感谢她小的时候读过的那些小说,尤其是自从她外公手把手地引领她,锻炼她精确地描述自己的感受开始,这方面更加长进。贝罗安靠在沙发上,耐心地等待着,爱怜地抱着女儿。黛西已经不再泪流满面了,但还是把头靠在父亲肩上,双眼紧紧地闭着。她的书稿摊开着放在贝罗安膝上,还停留在献辞的那一页。贝罗安背后,西奥和他外公正在兴致勃勃地谈论着唱片和歌手,就像真正的音乐爱好者那样,他们悄声低语,使整个房间显得异常安静。约翰手里端着另一杯杜松子酒,也许是他的第三杯了,却表现得出奇地清醒。贝罗安感到黛西枕着的地方有点发麻的感觉。他低头溺爱地看着女儿,但几乎看不到她的脸。她的眼角里甚至找不到任何成熟的或者风霜的痕迹,只看到白净、光洁的皮肤,微微泛着些紫色,好似有一点瘀青的痕迹。外表的变化让人忽略了童年的终结,随着青

245

春期的到来,孩童的痕迹慢慢消退。当黛西的床上还摆满泰迪熊和其他各式各样的毛绒玩具的时候,她的胸部便开始隆起,迎来了月经。但真正让父母意识到她已经不再是个小孩子的时候,是当她开设第一个银行账户,获得了大学学位,并考取了驾照的时刻,那个孩童的印象才被彻底地抹去了。但现在看着她,贝罗安知道她此刻尽管依偎在自己身边,但心里想的却是别人。她的情绪转变得很可能比他还快,或许是最近发生的各种事情迅速罗列在她眼前——房间里突然提高的声音、巴黎大街上的场景、零乱的床上摊开的手提箱,或者任何困扰着她的事情。他注视着怀中的女儿,剩下的只有猜测。

这已经是贝罗安今天晚上第二次陷入遐想当中,可能持续了五分钟,也许十分钟。他的思维逻辑一度变得杂乱无章,他闭上眼睛,一种愉悦的感觉让他联想起混浊的浪花,任由自己后退、下沉。但是即使是在他沉浸其中的时候,贝罗安也清醒地知道自己一定不能睡——家里还有客人,还有其他的责任在等待着他。突然耳边传来罗莎琳开门的声音,贝罗安猛地惊醒了,期待地扭头张望。黛西也半抬起头来,西奥和外公的交谈也停下来。但等了好长一段时间,大厅里才传来关门的声音。贝罗安在想也许他妻子买了好多东西,拎着很多袋子,或者法律卷宗之类的东西,正准备站起来去帮她,这时罗莎琳走过来了。她走得很慢,有点僵硬,明显担心着她将要看到的东西。罗莎琳挎着她那个棕色的皮革公文包,显得很苍白,表情严肃,好像有一只无形的手挤压着她的脸、向耳后拽着她的皮肤。她的眼睛大而黑，急切地想要表达什么，她的嘴唇却欲言又止，无法让他们得到信息。他们看着她停下来，又见她朝她身后的过道看去。

"妈妈!"黛西叫她。

贝罗安松开女儿，站起来。虽然罗莎琳在西服外面还穿着冬天厚厚的外套，但贝罗安好像还是能够透过它们真切地感受到罗莎琳脉搏的暴跳——这点从她急促而粗重的喘息就可以推测出来。她的家人叫着她的名字，开始向她走来，她却试图躲开他们，靠着起居室高大的墙壁站着。她偷偷地朝他们挥了挥手，并用眼神警告着他们不要靠近。她的脸上不只有恐惧，还有愤怒，她绷紧的上唇更显示出憎恶。从门框之间的四分之一英寸的缝隙，贝罗安看到大厅里有什么东西在那里，像是一个人影，在那里踌躇了一下，然后移开了。罗莎琳的反应让他们意识到有一个人趁他们没有注意的时候进到房子里来了。贝罗安看到的那个人影又回来了，他先于屋里其他人意识到房子里有两个不速之客，不是一个。

当其中一个男人走进房间的时候，贝罗安立即认出了那身行头：皮夹克、羊毛风帽，那两个坐在长凳上的人原来是在伺机行动。贝罗安在回想起他的名字之前，先认出了这张脸，以及他怪异的步伐和他烦躁不安的颤抖，那人一步步地逼近罗莎琳，越来越近。罗莎琳没有从他身边跑开，而是坚定地站在原地，但她不得不转过头去不看那个人才能鼓起勇气说出她一直想要说的话。她的眼光和丈夫相交。

"刀子!"罗莎琳好像只是在对贝罗安一个人说,"他有刀子!"

巴克斯特的右手深深地插在皮夹克的口袋里,他环视了一下四周以及房间里的人,脸上挤出一个紧张的笑容,好像急于要讲一个笑话似的。整个下午他一定都在谋划如何进入这座房子。巴克斯特僵硬地转动着头部,目光从房间尽头站着的西奥和约翰,移到黛西身上,最后落在站在黛西前面的贝罗安身上。巴克斯特出现在这里当然是合乎逻辑的。有那么几秒钟,贝罗安唯一的想法只是"愚蠢"两个字——当然,他早该料到。今天发生的所有事情都再度浮现在他的眼前,如果再有他母亲和杰伊·施特劳斯带着壁球拍赶来就完整了。在巴克斯特开口说话之前,贝罗安试图透过巴克斯特的眼睛审视眼前的局面,好像这可以有助于预测一下麻烦有多大:两瓶香槟,一瓶杜松子酒,几碗柠檬和冰块,因为高而变得渺小的天花板和房梁,一摞摞散放着的严肃书籍,多年来擦拭得发亮的印度茶几。他的报复行动可能会很疯狂。贝罗安也以巴克斯特的眼光琢磨着他的家人:女孩和老人不成问题;男孩很壮,但看起来好像不够敏捷。至于这个瘦瘦高高的医生,正是他来这里的原因。当然,这是事实。正如西奥所言,这些街上的小混混是很要面子的,现在证实了,他揣着一把刀。当任何事情都有可能发生的时候,一切细节都不应该被忽略。

贝罗安离巴克斯特大约有十英尺远。当罗莎琳警告说有刀子时,贝罗安的脚迈了一半,僵在那里,有点站立不稳。现在,就像孩童时代玩走步的游戏似的,贝罗安把两腿并齐,又叉开站稳。罗莎琳用眼睛和微微摇头示意贝罗安不要轻举妄动,她不知道事情的前因后果,她以为他们仅仅是要打劫,让他们拿走他们想要的东西才是明智的,她希望他们赶紧离开,她也看不出来者有什么病理上的异常。整整一天,大学街上的那段遭遇都留在贝罗安的思绪里,就像一个被一直按着的琴键,响个不停。但他几乎忘了还有巴克斯特这个人,忘记了他不幸的病症和他身上散发出来的尼古丁的酸味,以及他不能停止抖动的右手,他奸猾的举止被头上的帽子凸显得更加猥琐。

巴克斯特瞥了贝罗安一眼,让贝罗安知道他也已经看透了他的心思,但他口里说的却是:"我要你们把手机都掏出来,放到桌子上。"

看到没有人动,巴克斯特说:"你们两个小孩先掏出来。"然后转向罗莎琳,"快点,告诉他们。"

"黛西,西奥,我想最好还是照他说的做。"现在罗莎琳的声音里愤怒多于恐惧,"我想"两个字里带有一些反抗的色彩。黛西的手在发抖,很费力地从裙子上绷得很紧的口袋里往外掏手机,她有点气喘吁吁。西奥把手机放在桌子上,过来帮黛西。这个举动很聪明,贝罗安想,这样一来他等于是站到了他的身边来。巴克斯特的右手还是深深地插在夹克里,如果这一刻他和西奥能同时出手的话,这是一个进攻巴克斯特的绝好机会。

但这一点巴克斯特也想到了,"把她的手机放在你的旁边,回到你原来站的地方。快点,回去,站远一点。"

贝罗安书房里某个地方,可能在哪个乱七八糟的抽屉里,放着一瓶他多年以前从休斯敦买回来的辣椒喷雾,可能还管用;楼下储藏室里,和那些野营装备和旧玩具放在一起的还有一只棒球拍;厨房里有好几把菜刀和水果刀。但他胸口上的瘀伤提示着他,在刀剑大战中他肯定会马上败下阵来。

巴克斯特转向罗莎琳,"现在把你的手机也拿出来。"

罗莎琳和贝罗安交换了一下眼色,把手伸进上衣口袋里,将手机放在巴克斯特手掌里。

"现在该你了。"

"我的在楼上充电。"

"妈的,别给自己找不痛快!"巴克斯特说,"我都看到了。"

手机的上部显露在了牛仔裤的口袋边缘,清晰可见,其余的部分也鼓囊囊的一看便知。

"那你可以拿走了。"

"把它放地上,推给我。"

为了让贝罗安乖乖地听话,巴克斯特终于从口袋里掏出了刀子。贝罗安一眼就认出来,那是一把老式的法国厨刀,橙色的木把手,曲线的刀刃,没有锯齿。贝罗安小心地尽量不让自己的动作引起巴克斯特的紧张,慢慢地蹲下身子,把手机朝巴克斯特推去。巴克斯特没有去捡起手机,而是大声说:"喂,奈杰尔,现在你可以进来了,把他们的手机都捡起来。"

一个长了张马脸的家伙站在过道里惊呼着:"这地方真他妈

的大!"当他看到贝罗安的时候,他说:"又见面了,乱开车先生。"

当他的朋友开始收手机的时候,巴克斯特说:"那边那个可怜的外公,你的手机呢?不要告诉我说他们没给你买手机。"

约翰从暗影里走出来,朝巴克斯特这边走了几步。右手里握着他那只空酒杯。"事实上,我没有手机。如果我有的话,我一定会把它给你,好让你拿去擦擦你那蠢驴的屁股。"

巴克斯特问贝罗安:"他是你父亲?"

这不是分清远近的时候,他觉得正确的答案应该是承认,所以他说:"是的。"

但他真的错了。巴克斯特一摇三摆地走过去,用他一瘸一拐的摇摆步态,穿过房间,只在绕过奈杰尔的时候才停了一下。右手里的刀子握得紧紧的,刀尖冲着地面。

"老东西,这么说话可不太好啊。"

意识到要有灾难降临了,贝罗安试图冲到巴克斯特和约翰中间,但是奈杰尔挡住他的去路,皮笑肉不笑地干笑着。来不及了,贝罗安赶紧大喊:"他和你没有关系!"

但是那一刻巴克斯特已经来到老人面前,西奥猜到即将发生的事情,伸出一只胳膊想要保护外公,但巴克斯特的手已经在老人的面前划过一个弧形。他们听到一声骨头断裂的声音,有点像树枝折断的响声。贝罗安全家一起惊呼:"哦!不!"好在巴克斯特用的是那只没有拿刀的手,他的拳头不过是打断了约翰的鼻梁骨。约翰向后趔趄一步倒了下来,西奥一把扶住外公,让他慢慢地跪下,接过他手里的酒杯。没有声音,也没有发出让他

251

的攻击者满意的呻吟,约翰只是用手捂住脸。血顺着他的手表流下来。

直到现在,贝罗安才突然明白,他一直处在云蒸雾罩的迷乱中。仅仅是感觉惊讶和谨慎,这远远不够,他应当感到真正的恐惧。刚才的他一直在用普通的方式幻想着对策——想着和西奥一起冲向巴克斯特,用辣椒喷雾剂喷向他,用棍子打他,用菜刀砍他,十足的不切实际。现实是,而且已经被证明了,巴克斯特是个特例——他相信自己反正已经活不长了,不用承担什么后果。这就是巴克斯特简单的想法。在这种想法的前提下,他的焦躁和发泄方式是独特的——毫无理智,极其冲动、偏执、情绪化,以发泄怒气来掩盖绝望,这种种心态再加上今天早上发生的事情对他的打击都使得他更加怒不可遏,于是才有了眼前的局面。他的智力还没有开始明显地恶化——他首先失去的将是七情六欲,接着就是动作的协调性。当第四号染色体上某个不为人知的基因上的三核启酸序列复制了超过四十次以上的时候,任何人都逃避不了和巴克斯特一样的命运,无一例外。无论是爱、是毒品、是圣经学习,还是判刑入狱都无法让巴克斯特豁免于这种结局。看似脆弱的蛋白质,所能造成的结果却如同镌刻在岩石或者钢板上一样不可更改。

约翰跪倒在沙发旁的时候,罗莎琳和黛西冲过去聚集在他身边,西奥无助地把手搭在外公肩上,只有贝罗安的去路被奈杰尔堵着——不通过武力是不可能过得去的。巴克斯特的右手里仍然握着刀子,烦躁不安地走到一边,颤抖着用左手摘掉了头上戴着的羊毛帽子,拉开了夹克上的拉链,接着用笨拙的姿势点上了一支烟。巴克斯特一边抽烟一边摆弄着夹克拉链上的圆环,同时看着站在那里的贝罗安和他周围的情景,左脚和右脚不断地变换着重心,好像他正在等着看自己下一步该怎么办。

尽管有医学的理论作为依据,贝罗安还是无法让自己相信是单纯的分子变异和基因缺陷使得他和家人面对恐怖的威胁,并打破了他岳父的鼻子。贝罗安自己也有责任,他在街上当着他同伙的面羞辱了巴克斯特,尤其是在他已经猜出了巴克斯特的症状之后还是那样做了。显然,巴克斯特现在来到这里是想在同伙面前挽回自己的名誉。他肯定费了不少口舌才把奈杰尔拉拢住,没准儿还贿赂了他,后者居然傻到让自己陷入同谋的地位。巴克斯特想趁自己还能行动的时候采取主动,因为他知道等待他的结局将是什么。在接下来的几个月、几年时间里,他的手指痉挛症状,那种无法控制的抖动,还有舞蹈病——无休止地抽动、面部扭曲、肩膀的抖动和手指脚趾的乱颤 将会完全失控,到那时他将再也不敢在人前露面。他所从事的犯罪行为只有身体健全的人才能实施。迟早他会发现自己只能痛苦地翻滚在床上,沉浸在幻想当中,失去行动的自由,被禁锢在长期的精神病病房里,没有什么朋友,没有人关心,但至少在那里,他的病情恶化能够被延缓,如果运气好的话没准儿还能制止。但此时此刻,在他还能拿得住刀的时候,他必须捍卫自己的尊严,也许是为了以后的回忆铺路。是的,那个开着大奔的高个怪老头,犯下一个该死的错误,竟然胆敢把老巴克斯特的侧视镜撞坏了。

至于他先是被同伙抛弃，然后又让那个老头毫发无伤地从他眼前走掉的事情，将被彻底地忘掉。

而这个老头把事情想得太简单了，他明明知道巴克斯特身患重病，也曾见过同行医治类似的病人，甚至几年之前还就该种疾病写信给一名在洛杉矶的神经外科医师讨教过最新的治疗方案——想要将来自三个来源的多种胚胎干细胞立体定向地植入侧尾壳核，并和病人的神经细胞衔接上。但这种疗法从未取得过成功，贝罗安对此也不抱任何希望。难道他不知道侮辱一个像巴克斯特这样情绪摇摆不定的人是很危险的行为吗？他在侥幸逃过一顿殴打之后，居然还安然无事地去打壁球。他利用了或者更应该说是滥用了自己的医学权威而避过了一场危机，但他的行为却让他陷入了更加糟糕的处境，责任应该由他来承担——约翰之所以会被打倒流血，就是因为巴克斯特以为他是贝罗安的父亲，所以他一上来就用老子来羞辱儿子。

罗莎琳和黛西拿着纸巾蹲在约翰身边。

"没关系的，"约翰捂着嘴说，"我以前也断过鼻梁骨，摔在了该死的图书馆的台阶上。"

"喂！"巴克斯特冲奈杰尔喊，"我们来了这么久了，怎么没人给我们弄点喝的？"

这是一个绕过奈杰尔的阻挡再转移到茶几附近的绝好机会。贝罗安急切地想要把巴克斯特从约翰和他周围的家人那里引开，让他到自己这边来。他担心的是万一巴克斯特情绪失控，有可能会发泄在罗莎琳或者孩子们身上。贝罗安一面伸手去拿香槟,一面试探地看着巴克斯特,看他会有什么反应。罗莎琳用手臂揽着黛西的肩膀,一同照顾着约翰。旁边的西奥拿眼睛盯着前面几英尺远的地板——明智地避免与巴克斯特的目光接触,巴克斯特此时已经把那只摆弄夹克拉链的颤抖的手拿开,刀子又被放回了口袋里。

巴克斯特说:"很好,来两杯纯杜松子酒,什么都不要加,只要冰块和柠檬。"

任何想要利用巴克斯特动作不协调的计谋都要冒着使他情绪更加失控的风险,面对威胁的贝罗安决定孤注一掷。他专心得像一位正在抓药的药剂师,往两只杯子里倒满了酒,再分别加了一片柠檬和一块冰。他递了一杯给奈杰尔,举起另一杯给巴克斯特。桌子横在他们中间,贝罗安庆幸地看到巴克斯特走上前来,绕过沙发和桌子接过他手中的酒杯。

"听着,"贝罗安说,"为了早上的事情,我已经准备好了要为我的错误向你道歉。如果你想修车的话……"

"看来你已经重新考虑过了,是吗?"

酒杯在巴克斯特手里哆哆嗦嗦摇晃不稳,当他转过身冲着奈杰尔使眼色的时候,少量杜松子酒洒了出来。也许是习惯性地掩饰他的病症,他把酒杯抵在嘴唇上,四口就饮尽了整杯酒。在这短暂的一瞬间,贝罗安在想家里的固定电话,不知道巴克斯特在进来之前有没有将电话线割断。大门旁边还有一个隐蔽的报警器,另一个装在卧室里。他是不是又在幼稚地幻想解决方案?紧张的气氛让他再度感到恶心。在西奥的帮助下,罗莎琳和黛西扶着约翰站了起来。虽然贝罗安试图暗中示意他们走到房间的尽头去,但他们还是扶着约翰坐到了壁炉前。

"他很冷,"罗莎琳说,"需要躺下来。"

贝罗安的计划泡汤了,现在他们又再次聚集在了一起,但至少西奥离他更近了一些。贝罗安已经得出结论,想要抢在巴克斯特前面去打电话或者按下警报是不切实际的想法。奈杰尔肯定也有武器,他们两个可是真正的打架高手。那还能怎么办呢?难道他们就站在这等着巴克斯特掏出刀子来吗?贝罗安的双腿因为恐惧和焦急而颤抖着,一股强烈的排尿的冲动不时地干扰着他的思考。他想引起西奥的注意,但同时又感觉罗莎琳好像知道些什么情况,或者有什么打算。她的身体和他不时地接触,也许是在暗示他什么。她此时就在他身后,正把父亲安置在沙发上。黛西好像平静了不少——照看外公让她不那么紧张了。西奥双臂交叉在胸前站在那里,两眼还是在紧盯地面,也许他正在暗自盘算。家里的每个成员都不乏智慧,唯独缺少一个可行的计划,更没有办法相互沟通。也许贝罗安应该先单枪匹马地把巴克斯特摁倒在地,指望其他人一定会一拥而上。这个计划也许更加不切实际,特别是考虑到巴克斯特的喜怒无常和野兽般的不计后果,一旦冲撞起来后果可能不堪设想,他深爱的亲人们的遭遇将惨不忍睹。贝罗安举棋不定,不知该如何是好。他很想握紧拳头朝巴克斯特的脸狠命地一击,指望西奥跟着出手解决奈杰尔,但是当他想象着自己出手的情景的时候,感觉好像灵魂出窍一般，看到自己扑向巴克斯特，这种幻想顿时让他心跳骤然加速，一时间头晕目眩、四肢无力。他一生当中从未打过任何一个人的脸，即使是当他还是个懵懂顽童的时候也未曾有过。他唯一拿刀的时候，是在一个无菌的环境下，面对着一具被麻醉过的躯体——他根本不知道该如何用刀来拼杀。

"再来一杯，房东先生。"

让他们喝得越多越好，这是贝罗安眼下唯一能做的事情，他拿着杜松子酒走过去，给巴克斯特伸过来的酒杯倒满，又给奈杰尔加满。当他做这些的时候，贝罗安开始意识到巴克斯特的目光掠过他正盯着黛西看。他那直勾勾的眼神和隐藏的一丝奸笑，让贝罗安的头皮划过一股寒意。巴克斯特举起酒杯放到嘴边的时候，酒又溅出了一些。一直到他把酒杯放回桌上，巴克斯特的视线也仍然没有移开。令贝罗安失望的是，这次巴克斯特仅仅喝了一口就放下了酒杯。在殴打过约翰之后，巴克斯特还没说太多的话，可能他也不知道接下来该怎么做，也许他的突然降临只是一时冲动。他的病症促使他随心所欲，他并没考虑过自己要闹到什么程度再收手。

他们都在等待，终于巴克斯特开口问黛西："你叫什么名字？"

"上帝保佑！"罗莎琳马上说，"你要敢靠近她，就先杀了我！"

巴克斯特再次把右手探进口袋里，"很好，很好，"他暴躁地说，"我先结果了你。"然后又盯住黛西，用的还是先前的语调，重复了相同的问题，"那你叫什么名字？"

黛西离开母亲身边,回答了他的问题。西奥放开了交叠的手臂。奈杰尔警觉地更靠近西奥。黛西目光直视巴克斯特,但她的表情充满恐惧,声音在颤抖,胸部急剧地起伏着。

"黛西?"巴克斯特似乎觉得这个名字不够真实,更像是幼稚的托儿所里用的小名,"你全名叫什么?"

"这就是我的全名。"

"可爱的全名小姐?"巴克斯特绕过约翰躺的沙发,那里正是罗莎琳站的地方。

黛西说:"如果你现在离开,并保证再也不会回来捣乱,我可以承诺我们不会报警。你要拿走什么都行,求求你,求求你们快走吧!"

黛西还没说完,巴克斯特和奈杰尔就大笑起来。那是一种发自内心的开怀大笑。巴克斯特一面大笑着一面伸出一只手攥住罗莎琳的胳膊,使她跌坐在沙发上约翰的旁边。贝罗安和西奥一起奔向巴克斯特。看到刀子,黛西捂着嘴发出一声尖叫。巴克斯特右手握着刀子架在了罗莎琳的脖子上,罗莎琳僵硬地注视着前方。

巴克斯特冲着贝罗安和西奥说道:"你们两个回到原来的地方去,快点,回去,快点! 奈杰尔,看住他们。"

巴克斯特的刀距离罗莎琳的右侧颈动脉只有不到四英寸的距离。奈杰尔试图把贝罗安和西奥推到门边的角落里,但是他们挣脱了他的指挥,在巴克斯特的两边分别站开,和他相距仅有十到十二英尺——西奥在壁炉旁边,贝罗安则背对着三扇高大的窗户当中的一扇。

贝罗安试图压制住惊慌,同时尽量不让自己的语气中流露出乞求。他想让自己听起来像一个理智的男子汉,但他无法完全做到。急速的心跳使他的声音听起来虚弱而又颤抖,他的嘴唇和舌头也有些僵硬。"听着,巴克斯特,你是冲我来的。就像黛西说的。你爱拿什么拿什么,我们不会报警,否则警察会把你送进精神病院。其实你还有很长的人生在等着你。"

"去你妈的!"巴克斯特头也不回地骂了一句。

但是贝罗安没有住口,"我在今天早晨遇见你之后,联系了一个同事。美国有套新的治疗方案,并且研制出一种新药搭配治疗,这种药现在还没有上市,但已经在英国开始试用了。在芝加哥取得的初步效果很喜人,百分之八十多的病人症状都有所缓解。他们下个月将在这里挑选二十五个病人进行试验性治疗,我可以把你列到试验名单上。"

"他在胡说八道些什么?"奈杰尔问道。

巴克斯特没有反应,但从他的肩膀的突然静止不动表明他正在考虑。"你在撒谎。"他最终说道,但他的语气缺乏肯定,这让贝罗安有了继续下去的勇气。

"他们的治疗原理就是我们今天早晨谈到的核糖核酸的介入来阻止病情的进一步发展,效果比任何人预料的都要迅速。"

他动了,贝罗安能确定他已经动了心了。巴克斯特说:"这不可能。我知道不可能。"他尽管这样说,但看得出来他很想相信这是真的。

259

贝罗安平静地说："我过去也这样认为，但现在看来事实并非如此。试验性治疗是三月二十三号开始的，今天下午我刚刚和那个同事通过话。"

突然间巴克斯特爆发出来，打断了贝罗安的话："你在撒谎!"他再次这样说，但这一次声音更高，几乎是在喊叫，保护着自己免受虚假的希望的诱惑，"你在撒谎! 最好闭上你的臭嘴，好好当心我手里的刀!"他手中的刀更加逼近罗莎琳的喉咙。

但是贝罗安没有停下来，"我向你保证我没有骗你，所有的资料都在楼上的书房里。我今天下午打印出来的，你可以跟我上去看看，再……"

西奥突然打断了他，"别说了，爸爸! 别说了! 你要不住嘴，他真会他妈的杀死妈妈!"

西奥说得没错。巴克斯特已经把刀刃抵住了罗莎琳的皮肤。罗莎琳直直地坐在沙发上，双手放在膝盖上，脸上没有任何表情，眼睛仍然盯着前方，只有肩膀的战栗暴露了她的恐惧。房间里一片沉寂。沙发另一头的约翰终于把手从脸上拿开，他上唇上的血已经凝固，更加重了他脸上惊骇和怀疑的表情。黛西站在外公枕着的扶手旁，有些什么东西在黛西心里涌动——想大叫一声或大哭一场——努力的克制和压抑更加深了她面色的凝重。西奥，尽管刚才警告了父亲，自己还是忍不住向前挪了一点点，两只胳膊无助地垂在两侧。和他父亲一样，他也只能眼睁睁地看着巴克斯特手里的刀。贝罗安观察着，试图说服自己巴克斯特的沉默说明他在和新的药物试验和新的治疗方法的诱惑做激烈的思想斗争。

外面传来直升机的声音，可能是警察在监视游行队伍的疏散。街上又突然传来一阵愉快的喧闹声，也许是外国留学生从广场那边过来，要到夏洛特大街去，那里的饭店和酒吧一定又是爆满。伦敦市中心已经迎来又一个星期六的狂欢。

"不管怎么说，我只是想和这位年轻的女士好好谈谈，'全名小姐'。"

奈杰尔色迷迷地站在房间的中央，湿润的嘴唇和那张马脸突然变得兴奋起来，不怀好意地说："你知道我在想什么吗?"

"我当然知道了，奈杰尔。我自己也和你想的一样。"然后巴克斯特告诉黛西，"我要你看着我的手……"

"不，"黛西急切地说，"妈妈! 不要!"

"住口! 我还没说完。你看着我的手，听好了，好不好? 你一乱，我们就会失手。你仔细听好了，把衣服脱掉，动作快点，全脱掉，一丝不挂!"

"喔，上帝保佑!"约翰低声地叹息道。

西奥冲着房间那头的贝罗安叫："爸爸?"

贝罗安摇摇头，"不，待在那里别动。"

"这就对了嘛!"巴克斯特说。

巴克斯特对着黛西而不是西奥这样说。黛西难以置信地看着巴克斯特，瑟瑟发抖，无助地摇着头。黛西的恐惧让巴克斯特很兴奋，他的整个身体都在倾斜、颤抖。

黛西低声地哀求："我不能，求求你……我不能……"

"不，你可以的，亲爱的。"

巴克斯特用刀尖，在罗莎琳头上的皮革沙发上割开了一道一英尺长的口子。众人注视着刀口，那是一道丑陋的裂缝，里面的黄白色的填充物顺着刀口膨胀出来，就像溢出来的皮下脂肪。

"你他妈的快给我脱！"奈杰尔威胁着。

巴克斯特的手和刀子又回到了罗莎琳的脖子上。黛西看看父亲，不知道该怎么办，贝罗安也不知道该告诉黛西什么。黛西弯下腰开始脱靴子，但是怎么都拉不开靴子上的拉链，她的手已经麻木了。黛西痛苦地哭了一声，单腿跪在地上，用力地扯拉链，终于把它拽开了。黛西坐在地上，像个脱衣服的孩子，褪掉靴子。她继续坐在地上摸索着裙子一边的纽扣，然后站起来，从褪到脚边的裙子里走了出来。黛西一边脱衣服，一边瑟瑟发抖。罗莎琳也抖得厉害。巴克斯特弯下腰来，把刀子更紧密地抵在她脖子上以防止自己的手抖动得太明显，但他没有把目光从黛西身上移开。西奥则显得异常震惊，以至于无法忍受面对姐姐，只能让自己继续盯着地面。约翰的眼睛也转过不看。现在黛西的动作更快了，不耐烦地抓扯着她的丝袜，几乎是在撕扯，然后把它们扔在地上。她慌乱地脱着衣服，扯下黑色毛衣，也扔在地上。现在黛西身上只剩下内衣——从巴黎来之前刚刚换过的白色内衣——但她没有停下来。黛西一气呵成地解开胸衣，用大拇指勾住内裤，让它们褪到脚下。直到现在黛西才看了母亲一眼，但也只是瞥了一眼。全都做完了，黛西低着头站在那里，双手垂在两侧,不想看任何人。

贝罗安至少有十二年的时间没有看到女儿不穿衣服的样子了。尽管已经是很久之前了,但贝罗安仍然还记得女儿小时候洗澡时的模样。就算是在这样危险四伏的时刻,他仍然注意到了女儿的异常。他也知道这个小女人一定已经强烈地意识到她的父母在这一刻也发现了她的秘密,她微微隆起的腹部和略微鼓胀的乳房说明了一切。他早该猜到的,一些谜团都得到了解释——这就是她为什么情绪那么激动,时而生气,时而痛苦,敏感到了为了扉页上的致词而痛苦,她显然已经进入了孕期的第四个月。但现在没有时间考虑这个。巴克斯特一动不动。罗莎琳也开始膝盖发抖,刀刃迫使她无法扭头去看她的丈夫,但贝罗安知道她的眼睛正极力地搜寻他的目光。

黛西就站在他们面前,奈杰尔说:"圣明的耶稣!她现在是你的了,伙计。"

"闭嘴!"巴克斯特说。

趁人不备,贝罗安向他那边跨进半步。

"咦,瞧瞧这是什么啊。"巴克斯特突然说。他用那只没拿刀的手指着桌子上黛西的书稿。看到眼前这个怀孕的女人,他可能是想掩饰自己的慌乱和不安,或者在想其他办法继续羞辱对方。

这两个年轻人还都是毛头小子,可能还没有很丰富的性经历。黛西的身体状况让他们很尴尬,也许可能令他们厌恶。贝罗安暗暗祈祷巴克斯特陷入了僵局,不知道该如何收场。现在看到放在对面沙发上的书稿,趁机找台阶下。

"把那个给我,奈杰尔。"

趁奈杰尔过去拿书的时候,贝罗安又向前挪近了些,西奥也是。

"《我的美丽轻舟》,作者是美丽的黛西·贝罗安。"巴克斯特用左手翻开书页,"你没告诉我你还写诗,这些都是你写的,是吗?"

"是的。"

"那你一定很聪明。"

他把书递给黛西,"读一首吧,把你最好的一首读出来。来吧,让我们也听听诗。"

黛西接过书的时候,恳求他道:"我会做你要我做的任何事情,任何事情都行,但请你把她脖子上的刀子拿开。"

"我没听错吧?"奈杰尔嘿嘿笑道,"她说任何事情,来吧,美丽的黛西。"

"不,我很抱歉。"巴克斯特对黛西说,好像他也跟其他人一样的失望,"那样也许会有人向我扑过来的。"他回过头去朝着贝罗安和西奥挤了挤眼睛。书在黛西手里抖动着,她随意翻到一页。

她深吸一口气,正准备开始读,奈杰尔说:"让我们听听你最为色情的一首吧,真正污秽的描写。"

听到这些,她所有的决心都轰然倒塌,合上书稿,她说:"我不能,"黛西痛苦着,"我办不到……"

264

"你必须照我们说的做。"巴克斯特说,"否则你就要小心我的手了。你想看到我那样做吗?"

约翰平静地对黛西说:"黛西,听话。就读你曾经跟我谈起过的那首诗。"

奈杰尔大叫:"你他妈的闭嘴,外公!"

约翰说话的时候,黛西茫然地看着他,但现在她好像明白了。她重新打开书,翻开书页,寻找着那首诗,然后看了外公一眼,开始读起来。她的声音是嘶哑和虚弱的,手颤动得简直没有办法抓住书,就抬起另一只手托住书。

"停。"巴克斯特说,"重新开始,我一个字也没听到。根本听不见!"

黛西又开始重新读,声音只大了一点点。黛西的书稿贝罗安翻过多次,但是有些诗贝罗安只读过一遍,对于现在这首诗他只有隐约的印象。其中的诗句让他很吃惊——显然,他之前读的不够认真。诗文出奇地深邃、流畅,透着浓厚的古韵,她仿佛是回到了昔日的世界。起初,尚在惊恐之中的贝罗安无心体会字里行间的韵味,但是随着黛西的声音逐渐提高并开始形成了一种平静的韵律,他也觉得自己慢慢融入了诗文中所描绘的那种境界。他仿佛看到黛西在露台上俯瞰着夏日月光下的海滩,涨潮过后的海面平稳如镜,空气中弥漫着一缕芳香,落日的余晖散发着最后的光芒。黛西回头呼唤她的爱人,当然是那个有一天要做孩子父亲的男人,过来欣赏这美景,更确切地说是来聆听这天籁之音。贝罗安仿佛看到一个皮肤光滑的男人,赤裸着上

265

身站在黛西旁边，他们一起倾听着海浪冲撞碎石的低鸣，那声音仿佛在倾诉着自古而来的悲鸣。她相信亘古之前曾有那么一个时代，地球尚且年轻，海洋刚刚形成，人类和上帝之间还没有隔阂。但是那一天晚上，这对情侣只能在波涛拍岸的反复中觉察出悲伤和失落的情感。她转向他，在他们拥吻之前，她告诉他，他们一定要彼此相爱，忠于对方，尤其是现在他们即将迎来一个新的生命，但他将要降生的世界里却没有和平和安定，战场上的刀光剑影已经是不可避免。

黛西抬起头来。双膝仍然止不住颤抖的罗莎琳目不转睛地盯着女儿，其余的人则都在看着巴克斯特，等待着。巴克斯特倚在那里，把全身的重量都靠在沙发背上。虽然刀刃还没有从罗莎琳的脖子上拿开，但他握刀的手已开始放松，他的姿势，他脊背弯曲的角度，都显示出他可能有撤退的意图。难道仅凭黛西的一首诗就降服了他暴躁的情绪，这可能发生吗？

终于，巴克斯特抬起头了，稍稍站直了一点，然后突然间带着一种急切，说道："再读一遍。"

黛西返回到开头，用更加自信的、迷人的语调，像给孩子讲故事似的抑扬顿挫地再次读起来。"今晚的海面是平静无波的，潮汐涨到了极致，一轮明月高挂在海峡的上空——法国海岸的灯火时隐时现……"

贝罗安听第一遍的时候漏掉了英国的悬崖"闪着朦胧的灯光，蜿蜒在广阔而又宁静的海湾上"。这一次他脑海中看到的不再是露台，而是一扇开着的窗子；也没有了年轻的男子，孩子的父亲。他看到的是巴克斯特孤独地站在那里,胳膊肘抵在窗台上,正在听海浪"带来永恒的悲戚"。即使在此时的心境下,贝罗安也反感听到"信仰的海洋"和远古时代的失乐园的比喻。再一次的,他通过巴克斯特的耳朵听到海洋"忧郁的、绵绵不绝的怒吼,渐渐远去,退到无尽的夜风中去,直至世界的锋利幽暗的边缘"。这诗句就像一句悦耳的魔咒。对彼此忠诚的祈求在这无喜、无爱、无光、无太平、"更无以致伤痛的慰藉"的夜里显得多么的苍白。在听到"无知的军队夜间出击"这句话时,贝罗安发现里面并没有提到战场。贝罗安认为诗歌的优美和隐含的悲观未免矛盾。

巴克斯特好像突然间兴奋起来,但这点很难辨别,因为他的脸无时无刻不在晃动,但是他的右手已经从罗莎琳的肩上拿开,刀子又收回到口袋里。他的眼睛还是盯着黛西,黛西努力抑制着自己内心的释然,伪装出一副不动声色的样子,但当她回敬巴克斯特的目光时,下唇的颤抖还是背叛了她。她的两臂无力地垂在两侧,书稿在手指间摇晃。约翰握住了罗莎琳的手。听了两遍诗歌的奈杰尔脸上的厌烦也刚刚消散,他对巴克斯特说:"你干活的时候,我拿着刀子。"

贝罗安很担心奈杰尔的怂恿,会提醒巴克斯特此次拜访的企图,引起他又一次的情绪激动,骚乱再次重演。

但是巴克斯特打破沉默,兴奋地说:"这是你写的,你自己写的这些。"

这是个陈述句,不是在提问。黛西看着他,等待着。

他再一次说："这是你写的。"然后，又急切地加上，"真的很美。你知道的，不是吗？它很美，居然是你写的。"

黛西不敢说什么。

"它使我想起我长大的地方。"

贝罗安不记得也不在乎那是哪里，他只想赶到黛西身边去保护她，他还想去保护罗莎琳，但只要巴克斯特还在她身边，他就不敢轻举妄动。因为巴克斯特的情绪是如此脆弱，稍有不慎就会被激怒，绝对不能惊扰或者威胁他。

"喏，巴克斯特。"奈杰尔用头指指黛西，不怀好意地笑着。

"不，我改变主意了。"

"你说什么？你他妈的在搞什么！"

"为什么你不把衣服穿上呢？"巴克斯特对黛西说，就好像脱光衣服是她的主意似的。

有那么一会儿，黛西没有动，他们都在等她。

"我简直不敢相信。"奈杰尔说，"我们白忙一场嘛！"

黛西弯腰捡起毛衣和裙子，开始把衣服穿起来。

巴克斯特继续热情地说："你怎么想到那些的？我是说，你在诗里写的那些。"然后还是那句重复了多次的话，"你写的。"

黛西没理他。她穿衣服的动作是粗鲁的，从她把丢在地上的内衣踢到一边看得出来她心中的怒气。她只想把自己的身体遮起来，然后回到她母亲身边去，其他的对她来说都不重要。巴克斯特从一个蛮横的恐怖主义分子瞬间转变成一个惊喜的崇拜者，或者说一个兴奋的孩子，如此巨大的转化，他自己却浑然不觉。他现在的表现就像个兴奋的孩子。贝罗安试图和黛西进行目光交流,希望在沉默中提醒她,继续迎合巴克斯特还是有必要的。但现在她和她的母亲抱在了一起,黛西跪在地上,半伏在罗莎琳膝上,用胳膊搂着妈妈的脖子,她们窃窃私语,爱抚着对方,无视盘旋在她们身后的晃头晃脑的、喋喋不休的巴克斯特。他开始变得狂乱,语无伦次,迅速地把身体的重心轮流从一只脚换到另一只脚。当黛西走向母亲的时候,顺手把书丢在桌子上。巴克斯特急忙走上前去,一把抓在手里,在空气中挥舞着,好像他能把里面的意思抖落出来似的。

"我想要这本书,"巴克斯特走近黛西说,"你说过的,我可以拿任何我想要的东西,我就要它,可以吗?"

"蠢货!"奈杰尔唾弃了一声。

这是智力退化的本质特征,阶段性地失去连续自我的所有意识,因此你关注的任何东西都会让别人认为你缺乏连贯性。巴克斯特已经忘了是他逼迫黛西脱的衣服,也是他胁迫了罗莎琳。强烈的感情已经湮没了记忆,在突然而又剧烈的情绪变换中,他紧握住眼前的一点快乐——这正是制伏他的绝好机会。贝罗安看了看西奥,西奥缓缓地点点头,表示同意。沙发上约翰已经坐起来,一只手放在女儿手上,一只手揽着外孙女的肩膀。罗莎琳和黛西还抱在一起——贝罗安怀疑她们认为自己已经脱离了危险,或者说她们以为忽视巴克斯特的存在可以增加安全感。贝罗安猜想是女儿怀孕的事实让他们忽略了周遭的一切。现在是行动的时候了。

巴克斯特又开始大喊大叫："其他的东西我都不要。你听到了吗？我只要这个。它就是我想要的全部！"他紧紧地攥着书稿，就像一个贪婪的孩子唯恐别人毁约把书夺走。

贝罗安再次瞟了一眼西奥。西奥靠得更近了，他看起来很紧张，随时准备一跃而起。奈杰尔站在他们中间，观望着——他毫无反应，可能根本没注意到任何动静。况且贝罗安离巴克斯特比奈杰尔要近，肯定能抢在他之前出手。贝罗安再一次感到脉搏的跳动撞击着他的耳膜，脑海里浮现出多种失败的可能。贝罗安又看了看西奥，下定决心默默地数到三，不管怎样都出手，一……

突然，巴克斯特转过身来，舔着嘴唇，他的微笑是湿润而幸福的，眼睛是明亮的，声音是柔和的，语调中流露着激动。

"我想接受试验性治疗。我早就听说了，他们试图悄悄进行，但我调查过，我知道他们在干什么。"

"真他妈的！"奈杰尔说。

贝罗安尽量使自己的语气平缓一些，"当然可以。"

"你要给我看看那些资料。"

"好的，美国的试验数据。在楼上，我的书房里。"

贝罗安几乎忘记自己是在撒谎。他再次看看西奥，后者用眼睛示意他快点带巴克斯特到书房去。但西奥不知道其实根本就没有什么试验，而且让巴克斯特失望的代价是巨大的。

巴克斯特把书放进口袋里，从里面掏出刀子，在贝罗安面前比划着。

"快点，快点，我就跟在你后面。"

巴克斯特现在的情绪是异常高涨，保不准一时兴起就会挥刀伤人，他喋喋不休地嘟嚷着。

"试验，你给我看看所有的材料，所有的，全部的……"

贝罗安很想走到罗莎琳面前，握握她的手，和她说说话，亲吻她——哪怕是最基本的交流也足够了，但巴克斯特现在就挡在他前面，他甚至能闻到巴克斯特的呼吸的气味。原来的想法是要将他从家人身边引开，把他跟奈杰尔隔离起来，没有理由不进行下去。于是，贝罗安朝着罗莎琳的方向最后看了绝望的一眼，然后转过身慢吞吞地向门口走去。

"你看着他们。"巴克斯特对奈杰尔说，"他们都是很危险的。"

他跟着贝罗安穿过大厅，开始爬楼梯，他们的脚步踏在石阶上发出踏踏的声音。贝罗安尽力地去回忆哪些文件摆在桌子上，可以让他用来伪装。他想不起来，他的思绪更倾向于去寻找别的出路。桌上有纸镇可以用来砸向巴克斯特，还有一个沉重的旧订书器可以用。高背的办公椅太重了，他举不起来。他甚至连一把裁纸的刀都没有。巴克斯特就比他落后一步，紧跟着他。也许抬腿踢他一脚就万事大吉了。

"我知道他们想悄悄进行试验。"巴克斯特又说了一遍。

"他们只想照顾自己人，不是吗？"

他们已经走了一半。就算是真有什么试验，巴克斯特凭什么相信这个医生会遵守诺言而不去报警？这全是因为他兴奋过

271

头同时又走投无路,因为他被情绪冲昏了理智,他的侧尾壳核和颞额区正在丧失功能。但这些都是不相干的,贝罗安需要的是一个计划,可他脑筋转得过快,想法过于丰富了——现在他和巴克斯特已经站在书房外宽大的平台上,周围全都是高大的窗户,可以看到下面的街道,这条街正是通向广场的街道。

贝罗安在跨过门槛的那一刻犹豫了一下,希望能看到他可能用得上的东西。桌上的台灯底座很重,但乱七八糟的电线将会牵制他。书架上有个石头雕像,但他得踮起脚尖才能够到。另外,这间书房像一间博物馆,像座祠堂,纪念着从前那一个无忧无虑的时代——沙发上铺着一块布哈拉毯,上面放着他的壁球拍,这是他上来查看星期一的手术安排时顺手扔在那里的。靠墙的大桌子上,电脑显示屏上的屏保展示着一幅幅图片——都是通过哈勃望远镜在遥远的外层空间拍摄到的,有数百光年远的星云、垂死的恒星和红色的巨星,这些都无法让他摆脱内心的焦急。窗前的旧桌子上,堆了一堆文件,也许是唯一的希望。

"快走。"巴克斯特从背后轻轻地推推他,他们一起进了房间。那是一种梦幻般的感觉,静静的、麻木的,对即将到来的毁灭没有丝毫的反抗。贝罗安毫不怀疑巴克斯特在一怒之下定会杀掉他。

"资料在哪里? 拿给我看。"

他的急切和信任如孩童般幼稚,但他手里却挥舞着刀子。他们怀着不同的心思,都想找到医学试验的证据,都希望巴克斯特能应邀成为宝贵试验的对象。贝罗安走向靠窗的那张桌子,那里有两摞报刊和打印的资料。他低下头,他看到一份新的脊骨结合的手术说明,一种打开阻塞的颈动脉的新技术,还有一份报告阐述的是对帕金森症治疗的过程中是否会对苍白球造成手术上的损害的怀疑意见。他选了最后的这份文件,拿了起来,除了尽力拖延时间他想不出还能做些什么。他的家人都在楼下,现在他感到自己异常孤立无援。

"这是对这个部位的构造说明。"贝罗安开始说话了。他的声音是颤抖的,就像一个典型的说谎者那样,但他没有办法,只能继续说下去。"事情是这样的。苍白球是一个苍白的球形物,是个相当美丽的器官,在基础神经中枢深处,是器官腺状体最古老的部件之一,包括两部分,这两部分……"

但是巴克斯特根本没在意——他扭回头去在倾听着什么。他们听到楼下大厅里传来的一阵急促而沉重的脚步声,接着大门打开,又砰的一声关上。难道今天他又将被人抛弃第二次吗?他急速地冲出书房,奔向缓步台。贝罗安丢下文件跟过去。他们看到西奥向他们跑来,一次跳过三个台阶,双臂快速地摆动着,牙齿因为使力而紧咬着。他口齿不清地大叫着,听起来像在发号施令。贝罗安已经开始行动了。巴克斯特掏出刀子,贝罗安用两只手抓住他的手腕,制住了他的胳膊。终于短兵相接了。不一会儿,西奥跨过了最后两个台阶,一把揪住巴克斯特的夹克领子,反手一拧,巴克斯特的身体被拧得像绳子似的,失去了平衡。与此同时,贝罗安一直紧抓着他的胳膊,抵着他的肩膀,和西奥一起把巴克斯特推下了楼梯。

巴克斯特的身体向后倒下,双臂伸开,右手还紧紧握着刀子。时间好像一下子停滞下来,眼前的画面缓慢地展开再放大,所有的一切都陷入了沉寂和静止之中,巴克斯特整个身子就像在空降一般,悬挂在时空里,眼睛直直地看着贝罗安,表情里并没有太多的恐惧,更多的是失望。贝罗安觉得自己从那双悲伤的棕色眼睛里看到他对欺骗的谴责。他,亨利·贝罗安,拥有那么多——事业、金钱、地位、房子,更重要的是他有家人——英俊健康的儿子,伸出他善弹吉他的双手来营救父亲;美丽的诗人女儿,即使是赤身裸体也依然庄严圣洁;名人岳父,以及聪明贤淑的妻子;但他却没有为巴克斯特做任何事情,没有给予这个几乎已经被残疾基因夺取了一切的可怜的人一点点帮助,后者即将一无所有。

楼梯在拐弯之前的距离是很长的,台阶都是坚硬的石头。伴随着一连串的清脆的声音,巴克斯特的左脚一路划过铁制的栏杆,一头撞到楼梯半层的地面上,又弹过去撞在了墙上。

警察很快赶来,巴克斯特也被救护人员抬到了救护车上拉走,但每个人心中的震惊和恐慌还是在之后又持续了好几个小时。在对刚刚发生过的事件的沉默回忆中不时有人痛哭失声。没有人想单独待着,所以他们一起坐在起居室里,挤在那里,没有人能将重获生命的可贵和他们经历的痛苦隔离开来。靠着年轻人迅速的恢复力,西奥和黛西下楼到厨房,端来几瓶红酒、矿泉水和一碗咸腰果,还有冰块和纱布给外公的鼻子冷敷。

酒虽然还像以前那样可口,但怎么都喝不进去,贝罗安发现自己还是比较喜欢喝水。他们现在需要的就是贴近——紧紧地挨着坐在一起,手握着手,拥抱在一起。伦敦警厅值夜班的官员临走留下话说,他的同事明天早晨会过来给他们分别录正式的口供,所以他们不能讨论或者串通证词。这是一项毫无道理的命令,他们根本就不会考虑遵守它。因为他们没有什么可做的,只有不时交谈,陷入沉默,然后再交谈。他们本想认真地分析一下今晚的恐怖事件的经过,但实际上要简单得多,他们将整件事情回顾了一遍。他们只不过是在描述:他们怎么进的房子,他怎么转身,那个高大的长了一张马脸的人怎么出的房子……每个人都想从他人的角度来看待这场经历,这样才能确认他们经历的那些确实都是真的,在细细体味彼此感受的差异的同时相信自己已经从那场噩梦中幸存了下来,重新又回到了家庭的温情和爱护之中,并由此明白没有了亲人就等于是一无所有。他们之所以被入侵者蹂躏,被他们挟制,是因为全家人没有办法交流、通力合作,而现在他们终于可以促膝长谈了。

贝罗安检查了岳父的鼻子。约翰拒绝当天晚上去看急诊,谁也没有试图说服他。反正肿胀已经让诊断很困难,况且他的鼻梁骨并没有错位,贝罗安猜测可能是上颌骨突出的部分有轻微的骨折——这比鼻软骨断裂幸运多了。整个晚上余下的时间贝罗安都坐在罗莎琳身边,她给他们看了脖子上的红点和小口子,并描述了她超越恐惧、对生命变得漠然时那一刻的感受。

"我觉得自己就要漂走了,"她说,"好像另一个我从天花板的角落里向下观看着所有人，包括我自己。我想如果真的要发生什么，就让它来吧，我肯定连感觉都没有，我什么都不在乎了。"

"但是我们可能会在乎。"西奥说，大家都哈哈大笑起来，声音大得不自然。

黛西很不好意思却又兴奋地谈起在巴克斯特面前脱衣服，"我试图把自己想成只有十岁，正在学校里换衣服，准备打曲棍球。我不喜欢当时的女教练，讨厌在她在的时候脱衣服。一想起她我就感觉好多了。然后念诗的时候，我就尽力地想象我正在城堡的花园里背诗给外公听。"

无法启口的是黛西的怀孕。但贝罗安在想也许还不是时候，因为黛西自己还没有提起，罗莎琳也没有说。

约翰透过捂着鼻子的冰袋说："你们知道吗，虽然听起来可能很疯狂，但是当黛西第二次念那首阿诺德①的时候，我真的开始可怜那个小伙子了，我想，亲爱的，你让他爱上了你。"

"阿诺德是谁？"贝罗安问道，黛西和外公听了大笑起来。贝罗安又加了一句，但是黛西好像没在听，"我并不认为那是你写的最好的诗。"

贝罗安知道约翰是什么意思，他现在本来可以告诉他们巴克斯特的病症，但他自己也正经历着一种同情的改变；自从看到

---

① Matthew Arnold(1822—1888)，英国维多利亚时期著名诗人兼评论家，毕业于牛津大学，早年诗歌创作颇丰，后期转入文学、社会评论。

罗莎琳脖子上的擦伤之后,贝罗安的心便刚硬了起来。允许自己同情一个那样强行入侵你家的人,不管他有病还是没病,都是软弱和毫无道理的。随着他倾听家人的叙述,怒气更是不由自主地升腾起来,甚至后悔自己在巴克斯特摔下楼梯后给他实施了及时的抢救。他本可以放任他死于组织缺氧,事后再声称自己因为惊吓过度而忘记了该伸出援手。但是事实正好相反,他和西奥立刻跑下楼梯去查看巴克斯特的安危,发现他陷入了半昏迷状态,于是抬起他的颈部以打开他的呼吸通道;考虑到他的脊柱可能受到了损伤,贝罗安指导西奥该如何托起巴克斯特的头,同时他自己跑到旁边的浴室里拿来一条毛巾做了一个临时的颈套。楼下的罗莎琳叫了救护车——事实证明巴克斯特没有切断电话线。一边让西奥继续托住巴克斯特的头,自己把他摆成恢复的体位,观察他的重要生理指标。情况不太好,巴克斯特呼吸有噪音,脉搏缓慢而微弱,瞳孔有轻微的发散。他当时闭着眼睛躺在那里,同时低声地自言自语。他对自己的名字和让他握紧拳头的命令还有反应——贝罗安推测他的格拉斯哥昏迷指数是十三。他跑去书房给急诊室提前打了个电话,亲自和主治医生交谈,告诉他可能面临的状况,叫他准备好做CT扫描,并通知值班的神经外科医生。这之后就没有什么可做的了,只有等待救护车来。与此同时,他们设法从巴克斯特的口袋里掏出了黛西的书稿。西奥继续托着巴克斯特的头,直到医院的两个穿着绿色医护服的小伙子赶来,把病人抬上担架,并在贝罗安的指导下给他输入代血浆。

两名警官和救护车同时赶到，几分钟后，探长也来了。他先是见过了贝罗安的家人，又听了贝罗安的叙述，最后说今天太晚了，现在大家情绪都很激动不适合提供口供。他从贝罗安那里记下了红色宝马的车牌号和留兰香犀牛俱乐部的名字。他察看了沙发上的刀口，然后来到楼上，跪在巴克斯特身边，从他手里抠出刀子，装进一只密封的塑料袋子里，又从巴克斯特左手的关节上提取一点干涸的血液——可能是约翰的鼻血。

当西奥询问他和父亲一起把巴克斯特扔下楼梯算不算犯罪的时候，侦探先生大笑起来。他用脚尖碰了碰巴克斯特说："我不认为他会就此提起诉讼，反正我们不会。"

侦探给警局挂了个电话，安排两个警官夜里到医院守着巴克斯特。等巴克斯特一醒过来，就先逮捕他，稍后再对他提出正式的指控。在警告过贝罗安一家不许串通证词之后，三个警察就离开了。护理人员将巴克斯特固定在脊柱骨固定板上后把他带走了。

罗莎琳的恢复惊人地迅速。警察和救护人员离开还没有半个小时，她就建议大家最好过来吃点东西。尽管大家都没胃口，但还是跟着她来到了厨房。贝罗安重新加热了他的老汤，又从冰箱里端出蛤肉、贻贝、对虾和鲛鱇鱼，孩子们布置了一下桌子，罗莎琳把面包切成片，给色拉加了调料，约翰放下敷在鼻子上的冰袋，又开了一瓶葡萄酒。大家齐动手的情景是愉快的，二十分钟后，晚饭准备好了，他们也终于感觉到饥饿了。看到约翰又要喝多了，大家反而觉得很安慰，好在他醉得还有理智。直到他们

278

坐下来之后,贝罗安才得知原来那位诗人的全名叫马修·阿诺德,黛西朗诵的那首诗名叫《多佛海滩》,几乎每本诗选里面都有,每所学校也都教。

"就像您的那首《富士山》一样家喻户晓。"贝罗安说,这句话让约翰大大地兴奋起来,促使他提议大家站起来干一杯。约翰开始眉飞色舞了,他那滑稽的肿胀的鼻子更是锦上添花。一切好像又回到了预定的轨道上去,黛西的《我的美丽轻舟》又再次被他捧在手里。

"让我们忘掉刚才发生的事情,为黛西干杯。"约翰说,"她的诗集预示着一个光明的前途,我作为她的外公和诗集的受奉献者感到无比骄傲。有谁会预料到一个只为了赢得零花钱而背诵诗歌的小女孩,有一天居然会成为一个伟大的诗人! 我想为了今晚背诵的那首诗,我应该再奖给她五镑,为黛西干杯!"

"为黛西干杯!"他们一起回应,黛西吻了外公,外公拥抱了她——两个人终于冰释前嫌,纽迪盖奖的风波就此告终。

贝罗安用嘴唇沾了沾杯里的酒,却发现自己对酒完全失去了兴趣。就在黛西和外公坐下来的时候,电话响了,因为贝罗安离得最近,就走出厨房里去接电话。他没有马上听出对方的美国口音来。

"贝罗安? 是你吗,贝罗安?"

"喔,杰伊,是我。"

"听着,我们有个脑外膜病例,男性,二十多岁,从楼上摔下来的。一个小时前,萨丽·麦顿因为感冒提前回家了,所以我叫

279

来了罗德尼。那个孩子很积极,做得也很好,他不想让你到这里来。但是贝罗安,我们发现就在鼻窦那里发生了令人沮丧的骨折。"

贝罗安清了清嗓子,"鼻黏膜肿大?"

"就在骨折的部位,这就是我为什么插手的原因。我曾经看到过某位没有经验的医生撕裂了鼻窦,以抬高断裂的骨头,结果导致患者流了足足四升血。我想找个更有经验的人来,你离得最近,再说你也是最棒的。"

厨房里传来大声的、矫揉造作的笑声,像刚才一样夸张,几乎有点刺耳。他们并不是在假装已经忘记内心的恐惧——他们只是想要从中恢复过来。杰伊也可以给其他的外科医生打电话,而且贝罗安一贯避免给认识的人动手术。但这次不同。尽管他对巴克斯特的态度不时地更改,一种清醒的认识,或者说是坚定的决心开始在他的心中升起,他知道自己该做什么。

"贝罗安?你在听吗?"

"我马上就过去。"

第五章

贝罗安常常在吃晚饭的时候被突然叫走,全家人对此早已习以为常。尤其是今天晚上,他的离开反倒让一家人更加安心。因为当他宣布自己不得不赶去医院的时候,每个人都感觉生活又恢复了正常。

他走到黛西的椅子旁,在她耳边低声说道:"我们需要好好地谈一谈了。"

黛西并没有回头,只是抓住他的手用力地握了握。他本打算对西奥再说一次是你救了我的命,这已经是今天晚上第三遍了,但话到嘴边他又改了主意,只是浅浅地 笑,无声地用口型对儿子说了一句"再见"。西奥好像从来没有像现在这样英俊,这样潇洒。他伏在桌子上的赤裸的双臂是如此的健壮,一双忧郁而清澈的褐色眼睛,卷曲的睫毛,乌黑油亮的头发,古铜色的皮肤,洁白而整齐的牙齿,笔直的脊背——沐浴在厨房灯光下的儿子光彩照人。西奥举起他盛着矿泉水的酒杯说道:"爸爸,你确信你现在能够工作吗?"

约翰说道:"西奥说的不错,要知道,今天晚上发生了太多的事情。你有可能会失手。"满头后掠的银发,敷着纱布的大鼻子,让他看起来像儿童画册里的狮子。

"没事,我很好。"

他们刚才一直嚷嚷着要让西奥去取来他的吉他,弹奏一首《圣·詹姆斯医院》,因为约翰兴致正浓,很想假充一下福尔摩斯的华生。罗莎琳和黛西则想听听西奥新录的曲目《城市广场》。饭厅里洋溢着一种异常的节日般的氛围,一种狂野的释放,这让贝罗安想起去年一家人去剧院看戏的事——那天在皇家剧场上演的是一出有关暴力和血腥的剧目。在随后的晚餐上,他们荒唐地回忆起暑假里的一些轶闻趣事,那晚喝了过多的酒。

当他起身告别正要离开的时候,约翰在后面喊道:"我们在这里等你直到你回来!"

贝罗安知道那是不可能的,但还是愉快地点了点头,只有罗莎琳感觉到了他内心的变化。她站起身来,跟着上了楼。静静地看着他穿上外套,找出钱包和钥匙。

"亲爱的,为什么要答应过去呢?"

"因为受伤的人正是他。"

"那干吗不拒绝?"

他们站在装有三重锁的大门口,旁边警报器上的指示灯闪烁着柔和的光芒。贝罗安给了罗莎琳一个吻,她伸手抓住他的衣领将他拉得更近,两个人再次拥抱在一起,吻得更长,也更深沉。这让他们回想起清晨的做爱,是激情的延续,更是一个承诺,他们要这样结束这一天的生活。罗莎琳嘴里咸咸的味道,激起了他阵阵情欲,但欲望之下潜伏的是极度的疲乏。在这样的时刻,他即将启程前往手术室,职业的习惯抑制住了他所有的欲望。

当他们俩终于分开时,贝罗安说道:"今天早晨我开车和他发生了刮碰。"

"这点我猜到了。"

"我们还差点在人行道上动起手来。"

"是这样? 那你为什么还要救他?"她舔了舔食指——贝罗安喜欢她红红的舌尖——替他理了理眉毛。他浓密的眉毛中已经有了一丝斑驳的痕迹,表明他体内的睾丸激素已经凝滞,同样的化学物质也可以导致耳毛和鼻毛像冬天的莎草一样疯长——又多了一条衰老的证据。

他说道:"我必须把事情了结,我也有责任。"看到她担忧的神情,他又补充道:"他非常虚弱,很可能患有亨廷顿舞蹈症。"

"很显然,他既癫狂,又暴力。但是亲爱的,你不是喝酒了吗? 你现在真的还可以手术吗?"

"早就没事了,肾上腺素让我的头脑非常清醒。"

罗莎琳用手指滑过他外套的领子,又再次将他拉近。她不想让他离开。贝罗安温柔地看着她,有些惊讶,两三个小时之前她才刚刚遭遇了惊险,但此时却站在这里,极力表现得像往常一样,对每一个异常的决定都要刨根问底,用她那精确的律师的方式去爱他。贝罗安强迫自己把目光从她喉咙上的伤口移开。

"你确定自己没事吗?"

她垂下眼帘,在整理着自己的思绪。在她抬起头来的一瞬间,借助灯光的魔力,贝罗安清楚地看到,在她黑色的眼眸里,悬浮着他的映像,被一小圈绿色的虹膜簇拥着。

她说道:"我没事。我担心的是你要赶过去。"

"怎么了?"

"你该不是在考虑要做点什么,是不是想报复他? 我要你现在就告诉我。"

"当然不是。"

他一把将她拽过去,两人再次吻在一起,这次,他们的唇舌相互缠绕——用一种专属语言传递着一份诺言。报复,贝罗安突然怀疑这是自己第一次从她的嘴中听到这个字眼。这两个字被罗莎琳轻柔却又急促地吐出来,感觉是那么的暧昧。的确,他为什么要选择离开家? 他在提出这个问题的同时已经清楚地知道答案。简而言之,这只是一种习惯的惯性——杰伊·施特劳斯和他的医疗小组应该已经在麻醉室里等他了,开始对他的病人进行准备。贝罗安脑海里浮现出自己的右手推开通往洗手室的门的情景。从某种意义上讲,贝罗安人虽然还在,但心早就飞到了医院,虽然他还吻着罗莎琳。他得抓紧了。

他嗫嚅着:"如果今天早晨我把事情处理得妥当一点的话,也许这一切都不会发生。既然现在杰伊请求我去,我觉得我就应该去,况且我自己也想去。"

罗莎琳歪着头看着他,依然试图摸透他的心思,他确切的心理状态,希望自己和他能在这个特别的时刻心有灵犀。

他真的很想了解有关女儿的故事,同时也为了转移她的注意力,于是问道:"我们就要做外公外婆了,是吗?"

罗莎琳笑了,却带着一丝悲伤,"黛西怀孕了,已经有十三个星期了,她说她真的爱他。居里奥这个人,二十二岁,是罗马人,在巴黎攻读考古学。他的父母已经给了他们足够的钱,用来买一栋小公寓。"

贝罗安从一个父亲的角度来批判着,恼火这个素不相识的意大利小子打破了他整个家庭的平静和团结,他竟敢在还没有拜见长辈之前就贸然使黛西怀上了身孕——他很想质问一句,这家伙现在在哪里? 这不禁让贝罗安怒火中烧。更让他气愤的是,男方的家人竟然比黛西的家人早知道一切,还做好了安排,一套小公寓。十三周了。贝罗安将手搭在前门的古铜环上。黛西的身孕——今天晚上隐匿起来的话题——终于摆在了他的面前,挑战、灾难、耻辱、遗憾的感觉一齐涌来,事实太过沉重,即将出门的他无法做更多的思考。

"哦,上帝! 怎么会到这步田地,她为什么不告诉我们? 她有没有考虑不要这孩子?"

"绝对不可能,亲爱的。你马上要做手术了,就不要为此生气了。"

"他们准备如何生活?"

"像我们过去一样。"

沉浸在毕业后的清贫和极度快乐的性爱中的年轻的贝罗安夫妇,很快就迎来了黛西的出世,在历经了无数不眠之夜后,罗莎琳获得了法律学位,找到了第一份法律工作,贝罗安也同时接

285

受着神经外科的培训。他清楚地记得自己在连续工作了三十个小时以后,扛着他的自行车爬上四楼,等待着他的是因为长牙而日夜啼哭的女儿。他们在爱齐街的单间公寓,小到每天深夜他们只能在白天被熨衣板占据的起居室的地板上靠着暖气做爱。罗莎琳可能是有意要提起这些回忆来平息他的怒气。他感激她的努力,但他无法停止担心,他的黛西会变成什么样子,还可以继续做她的诗人吗?当年他总是和罗莎琳把时间错开轮流分担家务的重担,但那些意大利男人们,都是些长不大的孩子,希望他们的妻子充当他们母亲的角色,替他们熨衬衣,把他们捧在手心里。这个不负责任的居里奥会毁了他女儿的前途。

贝罗安发现自己正紧紧攥住拳头,他松开它,言不由衷地说道:"我现在没法考虑这件事。"

"这就对了,我们都顾不上。"

"我最好还是快走吧。"

他们又一次接吻,这次没有任何性欲的意味,完全出于告别的礼节。

他打开门的时候,她又说道:"我对你去医院还是不放心。我的意思是,你会带着情绪工作。答应我,别做傻事。"

他拍拍她的胳膊说道:"我答应你。"

他漫步走出家门,门在他身后合上,凉爽而湿润的夜风,坚定的步伐,独自一人的清静都让他感到一种清新的愉悦。如果医院再远一些就更好了。他任性地多花了点时间从广场上穿行而过,而没有像往常一样顺着沃伦大街走。他早些时候看到的零星的几片雪花早已消融。夜里下了场雨,广场上的石板路和鹅卵石勾勒的排水沟在白色街灯的照耀下,闪烁着洁净的光芒。低沉的烟云笼罩在邮政大楼的顶上。贝罗安同样高兴地看到广场上空无一人。他沿着广场东侧匆忙地走着,途经花园高高的栏杆和吱吱作响、枝条零落的悬铃树下。空旷的广场显现出它宽广而简洁的建筑线条,还有那庄严的纯白格调。

他尽力不去想居里奥。他想起了罗马,两年前他曾到那里参加一个神经外科学术论坛,从大会会场可以俯瞰罗马的鲜花广场。市长沃尔特·瓦托尼亲自主持了开幕式,他是一位儒雅而又富有修养的绅士,酷爱爵士乐。在活动的第二天,为了向来宾表示敬意,特地邀请大家参观了几乎不对公众开放的尼罗德的黄金宫,市长和博物馆长们还给诸位神经外科专家充当了私人导游。对罗马古迹一无所知的贝罗安失望地发现这个遗址竟然是埋在地下的,必须从山腹中的一个洞门才能进入,这和他脑海中宫殿的概念完全不符。他们沿着一条充满泥腥味的隧道走进去,沿途只有光秃秃的白炽灯照明。通道的两侧是一些昏暗的房间,考古工作者正在对墙上瓷砖的碎片进行修缮。据博物馆长解说——这里总共有三百多间房间,全都由白色大理石建成,装潢有壁画、精美的马赛克图案,还有水池、喷泉和象牙色涂层,却没有一间厨房、浴室或者洗手间。终于,一个奇妙的景观展现在了医生面前——绘满了花鸟和复杂的重复图案的长廊。在一个个房间里,他们看到壁画刚刚从霉菌和污垢的遮盖中显现出来。这座宫殿在砾石下被埋藏长达五百余年，直到文艺复兴初期才被发掘出来。在过去的二十年间一直因为修复的缘故而未对公众开放，少部分将在罗马市的千年盛典上作为一个亮点而开放。一名馆长指着巨大拱顶上一个不规则的圆洞说，这是十五世纪强盗挖通的，为的是从这里盗取黄金叶。后来拉斐尔和米开朗琪罗也是利用这个洞口沿着绳索下到这里，他们一面赞叹古人巧夺天工，一面临摹了所有火把能照耀到的图案和绘画，他们之后的作品都深受这次闯入的影响。通过翻译，市长给来宾们讲了一个他自认为会让神经外科专家们开怀的比喻：钻透这些铜墙铁壁而发现了这座宫殿就等同于是钻穿了古罗马人的头颅而发现了他们的思想。

贝罗安离开广场，继续朝东走去，穿过托滕汉街朝高尔大街走去。如果真的像市长所说的那样就好了，掀开头颅看到的不是大脑而是思想。那么再过不到一个小时，贝罗安对巴克斯特的思想的理解就会更多一些。半生的手术生涯理应让他成为世界上最洞悉人性的人，那为什么他还是无法很好地解读黛西呢？他无法停止考虑这件事，他更拒绝接受她有意要怀孕的可能性。但为了女儿的幸福，他必须保持积极而又宽容的态度。但愿这个罗马人居里奥，就像他在圆顶宫殿所看到的那些专注于发掘文物的考古学家一样——考古总归是一项光荣而神圣的职业。贝罗安认为他有义务学会欣赏他外孙的爸爸，那个夺走他女儿的家伙。当他终于有一天放下架子肯去拜访女儿女婿的时候，这个年轻的居里奥必须极力表现自己。

在高尔大街上,清洁工人还在忙着清理游行示威者留下的垃圾,也许他们才刚刚开始工作。卡车在路边轰鸣,发电机支持的拱形的卤素灯照亮了成堆的食品残余、包装纸,还有扔得满地都是的标语牌,身着黄色和橘红色相间马甲的工人们正用宽大的扫帚往前推,其他的工人则负责用铁锹往卡车上装成堆的垃圾。这是一个宽容的国度,有人准备要打仗,有人则准备为反对派清理垃圾。这垃圾的构成很有挖掘价值——一块断了柄的"不要以我的名义"的标语牌,从一堆废弃的一次性杯子里探出头来,吃了一半的汉堡包被英国穆斯林联合会印制的传单包裹着。他跨过一块菠萝火腿味的比萨饼,几个啤酒易拉罐,一件牛仔夹克衫,数只空的牛奶盒子和三听不曾打开过的甜玉米罐头。近距离观察让贝罗安感到一种沉重,这些罐头看上去有着锋利的边缘,鼓囊囊的,好像随时都会爆裂。他的震惊一定不会很快消失的。他认出了其中的一个清洁工,就是今天早晨在沃伦大街扫人行道的那一个。他们已经工作一整天,现在为了邂逅的世界大事,又要严重超时地加班。

在医院前门附近,还是星期六深夜里惯有的情形:一群人聚集在那里,两个保安站在双扇大门中间。典型的情况是,人们从醉乡里惊醒,虽然并没有完全恢复理智,但依稀记得曾看到他们的酒友被抬上救护车。他们便跟着找到医院,通常是找错了医院,情绪激动地要求探望他们的朋友。保安的职责就是阻止这些麻烦制造者、神志不清者或乱发酒疯者进入医院。有可能在医院候诊室里呕吐和骚扰医务人员的也不能放入,以免某位小巧玲珑的菲律宾护士或者已经疲惫不堪的医生遭到攻击，那时候通常是她交班回家的时间。保安的工作还包括把那些企图混进温暖的医院睡大觉的人挡在门外。会在周末深夜造访医院的类型通常并非善类。在贝罗安的记忆里，在急救中心工作就是在接受厌世教育。过去他们习惯容忍，容忍攻击者和借宿者，这些人甚至在急诊中心有自己的床铺，但最近几年这些所谓的文化已经改变了。医院职员已经受够了，他们要求得到保护。酒鬼和闹事的人由保安负责扔到外面的人行道上去，那些保安往往是投掷运动员出身，深谙此道。这种手段也是和美国学的，总算是学到了人家的优点，对坏人采取零容忍。但这样做也存在风险，比如可能把真正需要治疗帮助的人拒之门外，也可能导致被扔出去的人头部受伤，或者把患有败血症或是低血糖的人的症状误当成醉酒的象征。

贝罗安从围成一团的人群中挤出一条道，走到第一道门前，保安托尼和米奇，两个人都来自西印度群岛，认出了他，放他通过。

"情况怎么样，伙计们？"

托尼——他的妻子去年死于乳腺癌，他一直考虑想接受训练成为一个辅助医务人员——说道："还算安静。你知道，相对而言。"

"是的，"米奇说道，"今天晚上碰上的是安静的骚乱。"

两个人都咯咯地笑起来，米奇又补充说道："我说贝罗安先生，所有好医生据说都患上了流感。"

"好在我不是好医生。"贝罗安说道,"有一个脑膜破裂的病人,是吗?"

"我们看到他了。"

"是的,你最好赶快到那里去,贝罗安先生。"

但他没有直接走向电梯,而是从候诊区绕道朝治疗室走去,以防杰伊或罗德尼在等他的时候会下来处理其他的病例。公共区的长椅上很冷清,候诊室内却是一片凌乱不堪的模样,就像刚结束一个派对。空气是潮湿的,弥漫着一股香味。地板上丢着饮料罐,自动售货机旁边的巧克力包装纸中居然有人丢了一只袜子在里面。一个男孩坐着,头枕埋在膝盖里,他的女朋友在一旁抚着他的背;一位老妇人把拐杖放在膝盖上,脸上挂着僵硬的耐心的微笑;两三个人直勾勾地盯着地板;一个人直挺挺地躺在长椅上,头上蒙着衣服。贝罗安经过治疗室,来到交通肇事处理室,一组医疗人员正忙着给一个脖子大出血的病人止血。在外面的主诊室,员工区旁边,贝罗安看到了早前和他通过电话的急救中心值班医师菲尔斯。

看到贝罗安走过来,菲尔斯说道:"还好,你在电话里提到的那个朋友,我们已经做了颈椎清理,CT 扫描显示双侧脑膜组织受压,颅压降了两个点,我们对其实施了紧急引入,半个小时前已经送到楼上。"

颈部的 X 光扫描,这是第一道检查手续,表明巴克斯特没有出现呼吸并发症。但他的清醒指数根据格拉斯哥昏迷指数又下降了两级,不是个好迹象。一个麻醉师,可能是杰伊的助理医师

291

已经被叫来准备这台紧急手术,还要清空巴克斯特的胃。

"现在的昏迷指数是多少?"

"从他进来时的十三下降到十一。"

有人在交通肇事室里呼叫菲尔斯的名字,他一边离开一边说:"那边有人因为等车排队而发生酗酒争斗,头上挨了一瓶子。呃,对了,贝罗安先生,和你的朋友一起来的还有两个警察。"

贝罗安乘坐电梯来到四楼,在跨出电梯走进通往神经外科手术室大门的一瞬间,他感觉好多了,一种到家一般的感觉。尽管事情有时会变得糟糕,但至少在这里他可以掌控结局,他有办法可以应付,一切井井有条。门都锁着,透过玻璃窗看过去,贝罗安发现里面没人。他没有按门铃,而是绕了个远,沿着长长的走廊走向重症监护室,他喜欢深夜的这里——宁静的灯光,长久的却又不失警醒的寂静,寥寥几个严肃认真的夜班人员。他在病床之间穿行,两旁的监护器的指示灯闪烁着,发出平稳的嘟嘟声。这里的病人没有一个是他的,那个安德莉亚·查普曼已经从这里搬出去了,昨天手术单上所有的病人也都已经转回到各自的病房。那些都让他感到满意。重症监护室外面的集结区,显得特别空旷,通常拥挤在一起的手推车已经被推走——但明天它们又会回来,这里又会恢复喧闹,电话铃声也会响个不停,时不时地对推送病人的员工发点牢骚。为了节约时间,贝罗安没有给罗德尼或杰伊打电话把他们从手术室里叫出来,而是直接去了更衣室。

292

他在数字锁上敲入密码,走进狭窄但熟悉的换衣间,这里有点像几个远离家门的男孩子住的脏兮兮的小家,弥漫着一股男人特有的味道。他用一把钥匙打开他的柜子,开始迅速地脱下衣服,母亲如果看到这里的脏乱一定会被吓坏的——地板上扔得到处是消毒巾,有的是干净的,有的已经用过,连同它们的包装袋、运动鞋、毛巾、一件旧毛衣、一条牛仔裤;衣箱的顶部,放着空的可乐罐;一只旧得不能再旧的网球袋,两个根本不相连的鱼竿零件放在那里足有好几个月了。墙上贴着一张电脑打印的告示,口气显得有些调侃,上面写道:"不能以文明的方式丢弃这些毛巾和手术服吗?"有个促狭鬼在下面写道:"不能。"旁边一个更官方的告示建议道:"不要乱放你的贵重物品。"从前洗手间的门上曾贴着:"请将马桶的盖竖起",现在已经无奈地换成了:"对卫生如有意见请拨分机号4040"。如果前来就诊的外科病人看到这里的景象可能会打退堂鼓,到处是散落的手术鞋,上面布满了黄色、红色和棕色的斑点,已经凝固了的点点瘀血中隐约可以辨认出圆珠笔写下的名字或字母。匆忙之中却找不到另一只鞋子是很令人恼火的事情,贝罗安一向把鞋锁在柜子里。他从一大堆东西中抽出一套一次性的手术上衣和裤子换上,把包装袋细心地丢进垃圾桶里。尽管周围一片凌乱,但换衣服的程序还让他感到平静,就像象棋大赛前的精神准备似的。在门口,他从一堆一次性的外科手术帽中拿了一个,系在头上,沿着空旷的走廊走去。

贝罗安穿过麻醉室走进手术室。手术室里杰伊·施特劳斯和他的实习生吉塔·希亚,正站在设备旁等着他的到来。手术台周围站着负责擦洗的护士艾米丽,还有负责传递器械的琼,旁边是罗德尼——他的表情看起来像即将受到严刑拷问般的痛苦。凭经验贝罗安知道这个实习医生此刻的沮丧,他的导师被深夜召来,尽管明知是很有必要的但还是倍感挫折。这种情形根本不是罗德尼可以左右得了的,杰伊·施特劳斯运用自己的权力制止了他。罗德尼肯定会觉得施特劳斯看不起他。手术台上,蒙着消毒盖布的是巴克斯特,脸朝下趴在那里,能看到的唯有他被剃去了头发的后脑勺。一旦病人被盖上消毒盖布,一个完整的人的概念就不复存在了,视觉就会给人造成这种假象。整个人只剩下一部分头盖骨,等待接受手术。

手术室里可以察觉到一丝无聊的氛围,已经没有什么闲话可聊了。或许施特劳斯已经把战争的必要性滔滔不绝地讲过了,罗德尼虽然不赞同但也不便坦言他的和平主义观念,以免引起施特劳斯的反感。

施特劳斯说:"足足等了二十五分钟,你真能磨蹭,头儿。"

贝罗安举起手打了声招呼,又示意年轻的实习生过来,跟他来到荧屏前,巴克斯特的扫描光片就摆在那里。在其中一张上,第十六幅图片,是对巴克斯特大脑的第十六个切片。血块在头骨和它的硬膜的内里之间,硬脑膜位于大脑的中线,将左右两个脑半球隔开。那里正好是头顶下面大约两英寸的区域,是个很大、几乎完美的圆形,在片子上显示的是纯白色,周围的白边很明显。骨折部位也能清楚地看到,七英寸长,与大脑中线成直

294

角。在中间，就在大脑的中线位置上，是几块碎骨头，该处的头骨已经部分地塌陷。就在下陷的裂骨下面，是一条主动脉血管，一个超级矢状缝血管窦，对于如同地质板块一样翘起的骨头的锋利边缘而言显得非常脆弱。它沿着折痕延伸——是大脑镰——在那里左右两个大脑半球连在一起，同时它也是将血从大脑输送出去的主要静脉血管。硬脑膜皮分别包裹着每一个大脑半球，在中间形成一个槽，大脑镰就舒舒服服地待在那里。每分钟就有几百毫升的血液流经血管窦，医生有可能在抬高破碎的骨头时将它撕裂。这么多血流出来，你根本不可能做修复工作，这也就是杰伊·施特劳斯为什么打电话让贝罗安来的原因。

贝罗安看扫描光片的时候，对罗德尼说："给我讲讲病人的情况。"

罗德尼清了清嗓子，他的声音听起来是沉重而浑厚的："男性，二十多岁，三个小时前从楼上摔下来。在进来的时候就处于昏昏欲睡的状态，格拉斯哥昏迷指数从十三下降到十一。头颅破裂，无其他伤痕，脊骨的 X 光片显示正常。他们做了扫描，用了夹板以后马上送到了这里。"

贝罗安回头扫了一眼麻醉机的监控屏。巴克斯特的脉搏显示每分钟八十五下，高压一百三，低压九十四。

"扫描结果呢?"

罗德尼犹豫着，也许在考虑自己是否漏掉了什么，老师想骗他上当，趁机让他丢脸。他是个身材魁梧的小伙子，偶尔也会多愁善感地想念他在圭亚那的家乡，他立志有一天要在家乡建立最大的脑外科中心。他曾经有机会参加正规的橄榄球球队,但因为爱上了医学和神经外科而放弃了。他长了一张友善而又聪慧的脸,听说他很能赢得女士的芳心,他也就纵容自己到处留情。贝罗安不大看好他。

"脑桥中线骨折,硬脑膜外和——"罗德尼指着光片上高一点的区域,一小团白色的物质看起来像个逗号——"硬膜下的部分也都受到损伤。"

罗德尼只看到了比较明显的现象:硬脑膜下面的瘀血和它上面更大的瘀块。

"很好,"贝罗安嘟囔了一句,就这么一句话总算让今晚的罗德尼没白过。然而还有第三处的病变,这位实习医生没有看出来。随着医疗技术的进步,有些年轻的医生不再煞费心机地苦学诊断技巧。在扫描光片的上部,巴克斯特两边大脑的尾状物都没有正常的凸起,健康的凸起应该伸出到侧面脑室的前部角状骨那里。在 DNA 测试发明之前,尾状物的缩短对亨廷顿舞蹈症的确诊是很有帮助的。贝罗安从来都没有怀疑过自己的判断,但生理学上的证据还是让他感到自豪。

贝罗安对施特劳斯说:"血液准备好了吗?"

吉塔·希亚回答说:"血库里有很多。"

"病人的血压稳定吗?"

"血压和脉搏都没有问题。前颅血压稳定,胸腔压力也很好。我们准备好了,头儿。"施特劳斯说。

贝罗安看了看巴克斯特的头,确认一下罗德尼是否已经把正确手术部位上的头发剃掉。伤口是平直而干净的——来自墙壁、壁脚板和石板地面撞击,不像交通事故造成的伤口那样充满尘土和泥垢——急救室的医生已经把伤口缝合起来了。用不着触摸,贝罗安也能看出病人的头部有个区域肿胀得很厉害——瘀血就集中在这片头骨和头皮之间。

贝罗安对这个实习医生的工作很满意,一边走开一边对罗德尼说:"我去洗手,你把缝合的线拆掉。"他在经过角落时停下,想挑选几首钢琴曲。他决定来点儿《歌德堡的变奏曲》。这里有四盘光碟,他没有选择曲调隆重、带点叛逆色彩的格伦·古尔德的演绎,而是选了灵巧而流畅的安吉拉·休伊特的专辑,她的演奏包括了完整的反复。

用了不到五分钟,贝罗安就套上了一件一次性的手术袍,戴上了手套和口罩,回到手术台前。他点头示意吉塔开始播放音乐。贝罗安从艾米丽摆放在自己手边的不锈钢托盘里用夹子夹起一块纱布,在一瓶聚维酮消毒碘溶液里蘸了蘸。温柔中充满渴望的咏叹调开始缓缓地响起、萦绕,起初仿佛有些拘谨,更加衬出手术室的空旷。当向日葵般金黄的溶液接触到苍白的皮肤时,一种熟悉的满足感再次包围了贝罗安——那是一种确切地知道自己在干什么的愉悦,看着所有的器具有条不紊地摆放在托盘里,在安静的手术室里和自己的团队齐心协力,唯一能听到的是呼吸机转动的声音和氧气进入巴克斯特戴着的面罩的嘶嘶声。巴克斯特在手术布的覆盖下几乎是隐形的,被笼罩在雪亮的手术灯下。紧张的气氛让他联想起儿时下棋时的感觉。

贝罗安放下清理刷,轻轻地说:"局部麻醉。"

艾米丽递给他早已准备好的皮下注射器,贝罗安迅速地在伤口部位及其周围几个地方作了注射。严格说来,这并非是必不可少的,但是二乙氨基里的肾上腺素有助于止血,每个注射部位的头皮都立即膨胀起来。贝罗安放下皮下注射器,张开手来,他不用说话——艾米丽就知道把合适的皮肤切割刀交到他的手中。他把伤口又扩大了几英寸长,又割得更深一些。罗德尼站在他身边,用双极神经元熔器止住两三处的出血点。每一次接触到都会发出"咝咝"的声响,伴随着烧焦皮肤的气味和一缕细小的灰烟。尽管身材魁梧,但罗德尼却能很巧妙地避免阻碍到主刀医师的动作,同时用蓝色的小钳子紧紧地夹住伤口,封闭住输血管。

贝罗安要了第一个大的自控牵开器,把它放在适当的位置,让罗德尼来夹第二个——现在长长的切口被撑开,就像一张大张着的嘴巴,里面的头骨和所有的损伤都看得一清二楚。

骨折的裂痕确实很直,血液,改变了航道的血液从里面涌出来。罗德尼用生理盐水洗过、揩干之后,他们看到骨头上的裂痕大约两毫米宽——看起来像从空中俯视到的地震裂痕,或干涸的河床裂痕。中间下降的断骨有两块骨头倾斜,还有三块碎骨片分布在周围。没有必要钻个毛口洞,贝罗安可以让切口稍微移动一些看到更大的裂纹。

艾米丽给他开颅器,但他不喜欢这个开颅器的底角——好像有点歪斜。琼马上到准备室拿了另一个回来。这个很令人满意，当琼打开消过毒的包装纸比画着试试看的时候，贝罗安对罗德尼说："我们要打开塌陷的骨折部位周围的一片游离的骨片，这样才能完全控制血管窦部位。"

据说没有谁能比得上贝罗安的开颅速度。现在他的速度比平常更快，因为不用担心伤到硬脑膜——瘀血压在上面，把它从颅骨里推出去。虽然罗德尼把身子探过来，用一支达金注射器把生理盐水喷到伤口边缘保湿，手术室里还是弥漫着烧焦的骨头味道，这种味道往往在贝罗安漫长的一天终结时脱掉衣服的时候仍然附着在衣服之上。在尖锐的开颅器的轰鸣中不可能说话，贝罗安就用眼睛示意罗德尼应该靠近仔细观察。当他引导着锯片通过脑桥中线的时候，需要格外小心。贝罗安慢了下来，并把开颅器的底角稍微向上倾斜一点——否则容易碰伤血管窦。大脑被如此厚的骨头包住，因此会在手术室之外受到伤害不是轻易会发生的事情。终于，贝罗安在巴克斯特的头顶后部打开一个椭圆形的开口。在提起骨片之前，贝罗安先检查了一下塌陷的骨折碎片的情况。贝罗安要了一把沃森·切尼解剖刀，轻轻地把碎骨挑出来。它们很容易地就被挑了出来，贝罗安把它们放进艾米丽递过来的一只装满碘液的肾形碗里。

现在，还是用那把解剖刀，贝罗安将整个松动的骨瓣从头颅里挑起来。大块的骨瓣就像椰子片，和其他的小碎片一起放到碗里。满眼看到的都是瘀结的血块，深红得几乎近于黑色，还有刚刚凝固起来的小血块。有时候，贝罗安觉得这些瘀血就像胎盘。但现在血块边缘的血液已开始流通，颅压也在降低。血从巴克斯特的后脑勺里流出来，顺着手术盖布淌滴到地上。

"抬高手术台的头部，尽量高地向上提。"贝罗安冲着施特劳斯吩咐道。如果出血点高于心脏部位，血流得就会少一点。手术台在升高，贝罗安和罗德尼匆忙地避过脚下的血泊，两人配合着用吸管和爱迪生牙挺除去血块。他们用生理盐水冲洗伤口周围，终于看清了骨折处大约四分之一英寸长，就在血管窦里面。骨瓣的位置好极了——损伤处正好在打开的刀口中央。涌出来的血液立即将损伤处再次变得模糊不清，断骨的边缘肯定已经把动脉血管刺破。罗德尼拿着吸管准备就位，贝罗安把一个氧化纤维止血条贴在断裂处，并放了一个药棉在上面，示意罗德尼用手指按住。

贝罗安问施特劳斯："我们失去了多少血？"

贝罗安听到施特劳斯问琼用了多少冲洗液，他们一起算了一下。

"二点五升。"麻醉师轻轻地说。

贝罗安正想开口要骨膜分离器，艾米丽已经放在他手里。他发现一个露了出来但并没有受到伤害的颅骨区域，就用分离器——一种刮刀——取出两块长长的颅骨膜，那是覆盖骨头的纤维膜。罗德尼把药棉拿掉，正准备把断裂处的止血条也拿掉，贝罗安摇摇头。血痂可能刚刚形成，他可不想让它受到破坏。贝罗安轻轻地把刚取出来的颅骨膜贴到止血条上，又加了一个止血条，接着又在上面覆上另一块颅骨膜，加了一个新的棉签在上面,还是让罗德尼用手指按住。贝罗安重新用生理盐水冲洗伤口,然后等着。不透明的奶青色硬脑膜还是干净的,证明血已经止住。

但现在他们还不能开始缝合。贝罗安拿起一把解剖刀,在硬脑膜上割开一个小小的切口,又把切口撑大一点,朝里面看了看。巴克斯特的脑组织表面确实已经被血块覆盖住,但要比先前的血块小很多。贝罗安把切口扯开来,罗德尼折起已经愈合在一起的脑膜,贝罗安对这个年轻助手的工作速度很满意。罗德尼用爱迪生牙挺挑出凝结的血块,他们清洗了刀口,用吸管把盐水和血液的混合物吸去,等着看看是否还会流血——贝罗安怀疑可能是附近的脑蛛网膜粒造成的出血。这没什么严重的,只是他现在还不能缝合。他喜欢等几分钟看看,这样更加安全。

在这个间隙里,罗德尼走到准备室门边的桌子旁,坐在那里喝水。艾米丽忙着收拾器材托盘,琼正在清扫地板上的那一大摊血。

施特劳斯和他的实习医生低声地交谈着什么,然后停下来对贝罗安说:"手术很成功。"

贝罗安还站在手术台的前部,虽然他始终能感觉到音乐的存在,但其实直到现在他才真正集中精神来欣赏。一个多小时过去了,休伊特的变奏曲已经演绎到了最后一章混成曲——曲调是激昂而诙谐的,甚至近于低俗,反复吟唱的是乡下人的饮食和性爱。最后欢跃的和弦渐渐停歇,在几秒钟的沉默之后,咏叹调又回来了,歌词和先前一样,改变的只是伴奏,但还是先前的

301

风格，依然舒缓、依然无奈，但更加伤感，钢琴的音符从远处飘来，就像来自另一个世界，在慢慢地彰显。贝罗安低下头，看着巴克斯特露出的部分头颅。贝罗安可以轻而易举地说，人的大脑对他而言就如同对家乡一般熟悉，他认识每一座丘陵、每一道峡谷，更叫得出它们各自的名字。大脑的每个部位各司其职，贝罗安熟悉它们就像熟悉自己的家一样。就在脑桥中线左边，平行地延伸向被骨头盖住看不到的地方的，就是运动带。它的后面，与它平行的是感觉带。它们是那么容易受到损伤，而且一旦受损，就是影响一辈子的麻烦。避免碰伤它们，他不知费了多少时间绕道实施手术，就像躲避美国城市里的不安全的街区一样躲避着它们。这种熟悉麻木了他，使他停滞在目前的满足，不去探求自己无知的区域，这是更大的无知。医学技术纵使发展到今天，人们仍然不知道这备受保护的一千克或更多的细胞是如何给信息编码，如何形成经验、记忆、梦境和意识的。虽然在他有生之年，贝罗安并没抱希望会看到人类解开这一奥秘，但他毫不怀疑，总有一天这会实现的。就像人类发现复制生命的DNA一样，总有一天大脑的谜底也会大白于天下。但即使到了那个时候，人类也不会因此而停止对其构造的惊叹。如此看似平常的液体居然操纵着这五光十色的思维、视觉、听觉和触觉，并把它们混合在一起形成每时每刻里鲜活的景象，并烙上自我的印记，如同幽灵一般无处不在。人类将如何解释意识的产生？他无从想象答案将是怎样的，但至少有一点可以肯定，奥秘迟早会得以昭示——也许还要再过几十年，但只要还有科学家，还有研究在进行,他们定能给出一个关于意识的无可辩驳的真理。研究从未停止过,在离手术室不远的实验室里就正在进行,探索之旅终会抵达目的地,贝罗安坚信这一点,这是他唯一的信仰——这就是生命的庄严和伟大。

手术室的其他人都不了解眼前这个大脑的特别状况。他现在正在注视的运动带已经受到了病症的侵蚀,极有可能是受到了大脑中央的尾状骨和壳核的功能退化的影响。贝罗安把手指压在巴克斯特大脑皮层表面。他有时候在做脑肿瘤切除手术之前会用手指按压一下大脑,试试弹性如何。美丽的传说里总是讲述任何顽疾都可以在抚摸下奇迹般地消失,这是多么人性化的梦想啊!如果只要用手指轻轻地抚摸就能轻而易举地治愈疾病的话,他愿意就此结束这病痛。但现实和神经外科一样有局限性:面对着这些无法破解的密码,这些密密麻麻、纷繁复杂的血脉和经络,贝罗安和他的同事们所能做的只有锲而不舍地疏通阻塞。

巴克斯特那无法治愈的大脑,暴露在明亮的手术灯下,已经好几分钟不再有流血的迹象——脑蛛网膜粒已停止出血。

贝罗安冲罗德尼点点头,"看来情况很好,你可以开始缝合了。"

贝罗安对罗德尼的表现很满意,也想让他有个愉快的晚上,于是让这个实习医生来主持余下的程序。罗德尼用紫线-3-0维克瑞 1 型把硬脑膜缝合起来——并插入了硬膜外的引流管。他把骨瓣和骨折的两块碎片重新放好,然后给颅骨打孔,将钛板固定在头骨上以保障骨头的安全。巴克斯特头骨的这个部位，现在就像人行道上的补丁，或者说像修补得很拙劣的陶瓷娃娃的头。罗德尼塞进去帽状腱膜下的引流管，然后开始用2-0吸收线缝合头皮，并压进皮肤钉。贝罗安让吉塔播放巴伯的那首《柔板》，这是过去几年收音机里常播放的葬礼曲目，但贝罗安有时候喜欢在手术接近尾声的时候听听。这首懒洋洋的悠扬曲调预示着一份冗长的工作终于要宣告结束。

罗德尼把盐酸消毒液涂在伤口周围，然后放上一块小号的纱布。直到这时候，贝罗安才再次接手——他喜欢亲自做头部的包扎。贝罗安把固定头部的夹钳一个个取下来，又拿出三块打开的药棉纱布，平整地敷在巴克斯特头上。头部周围还有两个夹钳的别针没有取下来，贝罗安左手里握了五枚别针，开始用一条长长的绉纱绷带缠住巴克斯特的头部，缠到下面时就用手腕托起他的头。这是既需要技巧，又需要体力的，既要避开两条引流管，又要避免头部重重地摔下来。当最后终于把绷带缠好，一切都安全之后，手术室里的每个人，全体工作人员，全都聚集到巴克斯特身边——这是病人的身体重新得以还原的舞台，曾经完全暴露在外面的小部分组织现在终于被归还给整个身体。打开病人的身体预示着一次生命的回归，如果不是以前千百次地看到，贝罗安一定会误认为这是件棘手的难事。艾米丽和琼一左一右小心地将巴克斯特的胸部和腿上的手术盖布揭去；罗德尼确保引流管的安全，输入和排出的导管都不能移动；吉塔取下盖在病人眼睛上的垫片；施特劳斯撤下垫在巴克斯特两条腿下面鼓鼓的柔软的毯子;贝罗安站在手术台一头,两手捧着巴克斯特的头,穿着病号服的身体躺在手术台上显得那么柔弱和无助,悠扬而低缓的管弦乐曲好像是专为巴克斯特演奏的。琼拿来一床被子给巴克斯特盖上,他们小心翼翼地避免混淆脑硬膜下的引流管和帽状腱膜下的引流管,将巴克斯特的身体翻过来,让他仰面躺着。罗德尼把一块马蹄形软垫放在手术台头上,贝罗安将巴克斯特的头安置在上面。

施特劳斯说:"你想让我给他打一针镇定剂,让他安静一晚上吗?"

"不用。"贝罗安说,"我们现在就让他醒过来。"

麻醉师可以轻而易举地让巴克斯特苏醒——很简单,只要停止用药就行了——从呼吸机上转到自主呼吸。为了监测这一转变过程,施特劳斯在掌心放了一个黑色的袋子,是一个里面装了液体的袋子,让巴克斯特透过它来呼吸。施特劳斯比较信任自己的触觉,而不太相信麻醉机分析的数据。贝罗安脱下手上的橡胶手套,像往常一样"嗖"的一声把它扔到垃圾箱里。手套顺利地降落在里面——这总是一种好征兆。

贝罗安脱下手术服和其他一次性衣物,也扔进垃圾桶,然后,戴着帽子,沿着走廊,去找张手术记录单来填。在办公桌旁,他看到两名警察还等在那里,就告诉他们十分钟后巴克斯特将要转到重症监护室。等到他再回到手术室的时候,发现气氛完全不同了。屋里响彻的是西部乡村音乐——这是施特劳斯的口味——已经取代了原来塞缪尔·巴伯的音乐,艾米罗·哈瑞丝正在高歌她的《从玻尔德到伯明翰》。艾米丽和琼一边谈论着一个朋友的婚礼，一边打扫手术室——这项乏味的工作在夜班的时候就会落到洗手护士的头上。两个麻醉师和罗德尼·布朗，一边做着将病人转移到重症监护室的最后准备，一边大谈抵押贷款和银行利息。巴克斯特静静地躺在手术台上，还没有要苏醒的迹象。贝罗安搬过一把椅子坐下开始填他的手术记录单。在姓名一栏，贝罗安写上"据知叫巴克斯特"，出生年月日一栏，写上"估算年龄二十五岁上下"，其他的个人信息他只能空着。

"你们该货比三家，"施特劳斯告诉吉塔和罗德尼说，"现在银行业可是买方市场。"

"那是喷上去的古铜肤色，"琼对艾米丽说，"医生从来都不允许她晒太阳，因为她得了皮肤癌。现在她把自己涂成了浅橙色，脸、手、全身的皮肤都是，而星期六就要举行婚礼了。"

他们的闲谈让贝罗安感到很安详，他飞快地填着，"外/下硬膜的、下垂鼻窦修复；注意事项：抬高头部并固定，伤口扩张/缝合，松动骨瓣已放回……"

在过去的两个小时里，他一直沉浸在梦境中，抛弃了一切时间的意识，抛弃了生命中其他一切意识，甚至忘记了自己的存在。他进入了一个纯粹的现在，没有过去的负担，也没有未来的顾虑。现在回头再看，当时从未觉得，但其实是一种幸福的感觉。有点像性爱，让他感觉自己身在别处，只是没有性来得愉悦，当然更不是感官上的体验。这种状态带给他一种满足，是他在任何被动的娱乐中都不曾体会过的。就连读书、看电影，甚至音乐都不能给他带来这种享受。和别人分工协作是一部分原因,但不是全部。这种超然似乎需要一个充满挑战的环境,要求一个人在较长时间内全神贯注并发挥高超的技术,充满压力、麻烦,甚至是危险。贝罗安感到平静,心境开阔,充满了存在的充实感。这是一种空灵的净洁,深刻而沉默的愉悦感。除了先前和罗莎琳做爱以及西奥的音乐之外,没有什么比回到工作中来更让贝罗安感到快乐的了,让他宝贵的星期六没有虚度。当站起来离开手术室的时候,他得出的结论是自己不是一个正常人。

贝罗安乘电梯下到三楼,沿着油光可鉴而又灯光昏暗的走廊来到神经外科病房区,他告诉值班护士自己在医院里。然后走进去,站在一间有四个床位的病房门前,透过玻璃往里面看。他看到在离他最近的那张床上亮着床头灯,就轻轻地推开门走进去。安德莉亚·查普曼正坐在那里,在一本粉色塑料封皮的日记本上写着什么。贝罗安在床上坐下来,在查普曼合上日记本之前,贝罗安注意到她在纸上画了无数心形图案。查普曼对贝罗安报以一个疲倦而欢迎的微笑。贝罗安低声对她说:

"睡不着吗?"

"他们给我吃了药,但我还是不能停止思想。"

"我也常这样。事实上,我昨天晚上就失眠了。我正好路过……现在该告诉你了,手术非常成功。"

她长着娇嫩的黑黑的肌肤,浑圆而可爱的脸庞,头上还是他昨天下午缠上的厚厚的绉纱绷带,让她显得凝重而庄严,简直像一位凛然不可侵犯的非洲皇后。她钻进被子，只露出头在外面，那样子就像一个临睡的孩子准备好要听熟悉的催眠故事似的。她把日记本紧紧地抱在胸前。

"真的像你说的那样，肿瘤都被切除了吗？"

"就像做梦一样，转眼就没有了，最后一点痕迹也没留下。"

"你当时是怎么说的来着？你说它们会怎么样？"

他感到很惊奇。她的态度完全转变了，语调亲切而又温和，再也听不到市井的污言秽语，他不能简单地认为这完全是药物和疲惫的作用。但贝罗安动手术的区域是小脑蚓体部位，和情感控制没有任何关系。

"我说的是预计疗效。"他告诉她。

"没错，那么，医生，我的预计疗效怎么样？"

"很乐观，你完全恢复的概率是百分之百。"

她把身子愈加紧紧地裹在被子里，"我喜欢听你这样说，再说一遍吧。"

他满足了她的要求，又尽可能清晰而威严地说了一遍。无论是什么使得安德莉亚·查普曼发生了惊人的转变，他敢肯定她一定把它写进了那本日记里去。他用手指弹了一下日记本的封皮。

"你通常写些什么？"

"保密。"她马上说。但她的眼睛是闪闪发光的，嘴唇张了张好像要说什么，但随即改变了主意，紧紧地闭上了嘴唇，目光透过他淘气地盯着天花板。她其实渴望倾诉。

贝罗安说:"我是最擅长保守秘密的,做个医生就必须这样,这是一个医生的职业道德。"

"你不会告诉任何人的,对不对?"

"当然。"

"你敢对着《圣经》庄严地发誓吗?"

"我发誓不会告诉任何人。"

"好吧,是这样的,我已经决定了,我要做一名医生。"

"太好了。"

"我要做一名外科医生,一名出色的脑外科医生。"

"那再好不过了,但你必须首先习惯叫自己神经外科医生。"

"对,我要做一名神经外科医生。每一个人都小心了!未来的神经外科医生在此。"

没有人知道究竟有多少孩子曾有过这种童年的梦想,在手术后的眩晕中幻想着要成为医生,少有人真能够实现。多年来,有不止一个孩子在贝罗安面前流露过这样的想法,但没有一个人像安德莉亚·查普曼现在这样急不可耐。她兴奋得无法安稳地躺在被子里,又挣扎着爬起来,把胳膊肘支在床垫上,她身上还插着导流管,没法大肆活动,只能托着下巴趴在那里。她眼帘垂下来,在认真考虑之后问道:

"你刚做完手术吗?"

"是的,一个男人从楼梯上摔了下来,撞伤了脑袋。"

但她真正关心的并不是病人,"布朗医生也在吗?"

"是的,他和我一起做的手术。"

终于,她满脸写满了诚实的恳求,抬头看着贝罗安,马上就要说出她秘密的核心内容了。

"他真是一位出色的医生,不是吗?"

"哦,他很好,他是最棒的,你喜欢他,是吗?"

她说不出话来,只是点点头,贝罗安等待了好一会儿。

"你爱上他了。"

听到这么严肃的字眼,她抖动了一下,紧接着察看贝罗安的脸上是否有嘲笑的痕迹,她看到的是贝罗安异常凝重的脸色。

他试探地说:"你不觉得他对你来说年龄大了一点吗?"

"我都十四岁了,"她马上抗议,"罗德尼才三十一岁,而且问题在于……"

现在她又坐了起来,依旧还是把那本粉色日记本紧紧地抱在胸前,很高兴谈话终于涉及了重点。

"……他来到这里,就坐在你现在坐的地方,跟我说如果我想成为一名医生的话,我就需要认真地学习,不要再胡闹下去,他甚至不知道我们之间发生了什么。我在一厢情愿地胡思乱想,他什么也不知道……我是说,他比我大,他是个很了不起的医生,但他又是如此地真诚。"

她列出了她的计划。一旦她做了实习医生——大约得等上二十五年,这是贝罗安私下的计算——她就要飞到罗德尼所在的圭亚那,帮他一起打理诊所。又听她说了五分钟的罗德尼之后,贝罗安站起来准备离开。当他走向门口的时候,查普曼说:"你还记得你答应过要录制下我的手术过程吗?"

310

"我记得。"

"我可以看吗?"

"我想可以,但你真的确定你想看吗?"

"哦,天哪! 你别忘了我要做一名神经外科医生的! 我必须看! 我想看看我的脑子里面究竟什么样,然后我还要给罗德尼看。"

出来的路上,贝罗安告诉值班护士,安德莉亚还没入睡而且精神亢奋,然后他乘电梯回到四楼,沿着神经外科后面的长长走廊,来到重症监护室的门口。

在祥和的灯光中,贝罗安经过一排排的病床,看着病人床头的监护器上闪烁的指示灯,这让他想起空旷街道上的霓虹灯——这里有种城市拂晓之前的那份短暂的宁静。贝罗安看到值班护士赖恩·里德正坐在办公桌前,他是纽卡斯尔人,正忙着填写表格。他告知贝罗安巴克斯特各方面的状况都不错,已经醒过来了,但又睡着了。里德冲着坐在巴克斯特病床附近阴影里的两个警察点了点头。贝罗安本想确定完他的病人情况稳定之后,就赶紧回家去,但当他转身离开的时候,却不由自主地走了过去。两位百无聊赖、昏昏欲睡的警官看到贝罗安走到面前,立刻站起身来,礼貌地说他们可以到走廊外面等着。

巴克斯特平躺在那里,胳膊直挺挺地放在身体两侧,身上连接着各种各样的设备,平稳地用鼻子呼吸着。贝罗安注意到,他的双手没有颤抖——睡觉是唯一的例外,睡着的时候或者死亡

311

的时候。巴克斯特头上的绷带并没有像安德莉亚头上的绷带那样使他显得尊贵。顶着浓密的短发，再加上肿大的眼圈，让他看起来更像一位被致命一击撂倒的武士，或者一位倒班期间在储藏间打盹的筋疲力尽的厨师。睡觉的时候，他的下巴是放松的，多少柔和了他野蛮的外表。对各种不公正的习惯性的皱眉也舒展开了，展现出难得的宁静。

贝罗安拿过一把椅子，坐下来。房间尽头的一位病人突然叫出声来，也许是在噩梦中，她一连叫了三次。贝罗安没有回头，但意识到护士正朝她走去。贝罗安看了一眼手表，已经三点半了。他知道自己该走了，绝不能在椅子里睡过去。但现在他既然已经在这里了，虽然并非有意，他还是得待上一会儿，他不可能睡着，因为他知道自己心事重重，他的脑海里充斥了各种相互矛盾的冲动。他的思绪错综复杂、蜿蜒曲折，连带着让房间里的空气仿佛也起了涟漪，椅子下面的地板似乎也在荡漾，这种感觉就像物理课上定义的光波一样。他必须待在这里，把自己的感受分解成基本构成——量子，查明起因的来龙去脉；只有到那时，他才真正知道该怎么做，怎样做才是对的。贝罗安把手指按在巴克斯特的手腕上，测试他的脉搏。其实这是完全没有必要的，因为监控器上清晰地显示一行闪亮的蓝色数字——每分钟六十五次，他之所以还要做只是因为自己想做而已。这是他做学生的时候最初学做的几件事情之一，虽然很简单，但这是同病人最直接的接触，可以使病人安下心来——只要让自己充满权威的自信。贝罗安数着脉搏跳动的次数，那轻柔的撞击，只需测十五秒内的脉搏,再乘以四就知道每分钟是多少了。护士还在病房的尽头。透过旋转门的玻璃窗能看到那两个警察还在走廊里等着。十五秒早就过去了,贝罗安却还握着巴克斯特的手,他正在整理思路,决定接下来该怎样做。

卧室里沙发旁的台灯还亮着,是罗莎琳特意为他保留的。灯光的亮度调节到了最小,灯泡发出像蜡烛一样微弱的光芒。她蜷伏着侧身躺着,被子只盖到腹部,枕头被挤掉在地板上——一切都表明她睡得很不踏实。他站在床尾静静地观察了一分钟左右,想知道自己进来的时候是否惊扰到了她。她还是那么年轻,几缕发丝垂在面颊上,看起来无忧无虑,妩媚动人。贝罗安走进浴室,选择在黑暗中脱去衣服,因为他不想看到自己在镜子里的形象。憔悴的面容很容易让他陷入对衰老的焦虑之中,那将会侵蚀他的睡眠。他冲了个澡,来洗去全神贯注留下的汗渍和所有医院的痕迹——他想到巴克斯特颅骨的粉末很可能在钻孔的时候飞溅到自己前额的毛孔上——于是用香皂使劲擦洗着。当擦干身体的时候,他注意到即使在微弱的灯光下,他胸部的瘀肿仍然清晰可见,而且好像比以前的范围更大,就像衣服上的污迹一样醒目,但现在用手触摸的话不那么疼了。自己遭受殴打时的情景和那一刹那间的剧痛仿佛都是很久以前发生的事情,已经变成一个遥远的记忆。相对于疼痛来说,羞辱更令他难忘。也许他应该打开灯好好检查一下伤势。

但他没有这么做,而是裹着毛巾走进卧室,顺手关掉了台灯。微弱的白光从一扇微微分开的百叶窗的缝隙中钻进来,洒落在地板对面的墙上。他不想费事去关严它——完全的黑暗和感官的闲置可能反而会让他的思潮翻涌,倒不如借着有限的光线凝视某个地方,希望能让眼皮越来越沉重。他的疲惫变得十分脆弱、飘忽不定,就像疼痛一样说来就来,说去就去。他得好好地酝酿睡意,不惜一切代价将自己和胡思乱想隔绝。但当来到床的另一边的时候,他又犹豫了;光线亮到足够看清罗莎琳已经占用了全部的被子,并把它拧成一团压在她胸前。要把被子拽出来,注定会惊醒罗莎琳,但没有被子睡下又太冷。他从浴室里找出两套厚重的睡袍当毛毯。罗莎琳用不了多久就会翻身,到时他再把自己的那部分被子拽回来。就在他躺下的时候,罗莎琳突然伸出手揽着他的胳膊低声说:"我一直不停地梦到你回来,这回你真的回来了。"

罗莎琳掀开被子,让他钻进她温暖的被窝里。她的皮肤是滚热的,而他的是冰凉的。他们面对面地躺着。他几乎看不清她的脸,但窗缝中透出的光线却在她的眼中折射出两个光点。他用胳膊揽着她,她挪了挪身体靠得更紧,他吻了吻她的额头。

她说:"你身上的味道真好闻。"

他嘟囔一句,算是含糊地表达了满意。接着就是沉默,好像都在试图让自己相信这只是个普通的夜晚,像以前无数个难眠的夜晚最终相拥而眠。也有可能他们都预知会有什么事情发生。

过了一会儿,贝罗安轻轻地说:"告诉我你在想什么。"他这样说着的时候,手滑到了她的腰间。

她的呼吸开始急促。他问了她一个很难回答的问题。"很生气。"最后她这样说。因为她的声音很低,听起来好像底气不足,所以她又补充道:"现在还是心有余悸,那些人太恐怖了。"

他刚开始向她保证他们再也不会回来的时候,她的声音盖过了他的:"不,不,我的意思是,我感到他们好像还在房子里似的,他们仍然还在这里,我还是很害怕。"

他感到她的腿在颤抖,就更紧地搂着她,吻着她的脸,低声地说:"亲爱的,没事了。"

"很抱歉,我开始上床睡觉的时候,腿一直就抖个不停,后来平静下来了。天哪,我想让它停下来。"

他把手伸下去,放在她腿上——颤抖好像是从膝关节那里传出来的,不由自主的痉挛,就像是关节的骨头在摩擦。

"你只是受了惊吓。"他一边给她的腿按摩,一边安慰她。

"哦,天哪!"她还在说,但除了这个再也说不出别的。

他抱着她,摇着她,不停地说他爱她,几分钟之后,抖动终于慢慢停了下来。

当她终于平静下来的时候,她用她那惯用的平稳语调说:"我还是很生气,没有办法停止,但我真的想让他受到惩罚。我是说,我恨他,我想让他去死。你问的是我的感觉,不是我的决定。那个恶毒而无耻的混蛋,那样对待爸爸,还强迫黛西那样做,又拿刀子抵着我的脖子,还用刀子逼你到楼上。我还以为再也看不到你活着回来了……"

她停下来,他等着她继续说下去。当她再次开口的时候,语气就没有刚才那么冲动了。他们再次面对面地躺着,他握着她的手,用大拇指爱抚着她的手指。

"我送你出大门的时候,告诉你的话,我说不要你去报复他,其实我害怕的是我自己内心的感受。我想处在你那样的位置,我一定会真的做点什么让他受点罪的事。我担心你也有同样的想法,要是那样的话,你就会陷入真正的麻烦。"

他有好多话要告诉她,跟她商量,但现在不是时候。他知道他此刻不会从她那里得到自己想要的反应,还是等到明天吧,等她更安定一些,赶在警察到来之前再说。

她用指尖找到他的嘴唇,吻了一下,"手术进行得怎么样?"

"很顺利,一切如常。他流了好多血,我们把断骨都接上了。罗德尼干得不错,但单独处理他可能还有点困难。"

"那个人,巴克斯特,醒了之后就要面对指控。"

贝罗安没有直接回答,只是用浓重的鼻音嘟囔一声,算作肯定。他觉得有必要挑选一个适合谈论这个话题的最佳时刻,例如在星期天早晨,煮上一大杯咖啡,在充满冬日阳光的温室里徘徊,翻阅他们总在谴责却始终还看的报纸。这时他再靠近她,拉起她的手,她抬头看着他,他可以从她脸上看出那份平静的睿智和专注来,还有宽容的心。他睁开眼睛,发现自己还在一片黑暗之中,才意识到自己刚才居然睡着了,也许只是几秒钟而已。

罗莎琳在说:"他喝了很多的酒,变得很脆弱,就像平时醉了的时候。要顾及周边所有的事情是很困难的。但孩子们真行,他们叫了一辆出租车把外公送回宾馆,宾馆的医生给他检查了一下伤口。"

贝罗安突然有种夜间旅行的感觉。他和罗莎琳曾经有一次乘坐卧铺从马赛到巴黎,他们挤在上铺狭窄的铺位上,躺着欣赏法国沿途的夜景,一直谈论到黎明也没有睡觉。今晚,谈话本身就是一次旅行。

在舒适而惬意的心境下,贝罗安对岳父的好感倍增,于是说:"他真是很了不起,没有被他们吓倒,还沉着地告诉黛西该怎么做。"

"他确实非常勇敢,"罗莎琳也赞同,"但你也同样令人赞叹。从一开始我就知道你一直在谋划、盘算,我看到你不停地给西奥使眼色。"

他拿过她的手,吻着她的手指:"我们中没有一个人像你遭遇到了那么大的危险,你才是最伟大的。"

"是黛西让我有了坚强的勇气,她那么勇敢……"

"西奥也是,如果不是他那么迅速地爬上楼梯……"

在接下来的几分钟里,当晚的惊险被描述得起伏跌宕,成了一出对勇敢的讴歌,展现了人性在面对威胁时的足智多谋和坚韧不拔。他们过去常喜欢这么谈论全家人的表现,但都是当他们去攀登苏格兰山脉时的经历——每次总会出点差错,但都很有意思、充满兴味。此刻两人都突然间兴奋起来,都忙着赞许所有人,因为这让他们沉浸在为家人骄傲的那种熟悉的欢悦之中,反倒是对彼此的赞美显得有点尴尬。贝罗安和罗莎琳过去的二十多年里,不知曾多少次这样共度时光——安静地独处,共同谈论他们的孩子。最后的一幕在黑暗中依然光鲜——西奥拥抱着父亲,黛西也注视着父亲,多么可爱而又善良的孩子啊,能做他们的父母是多么的幸运。但兴奋的谈话很难长久,渐渐地他们说出来的话开始变得空洞,听起来也不很真实,于是他们的声音慢慢地消沉了。因为他们再也无法回避想起给他们带来痛苦和灾难的肇事者巴克斯特——这个看似凶残,其实脆弱的喜怒无常的家伙,他们迟早要面对。他们还谈到了黛西,但有意避开了黛西怀孕的事情,因为他们还没有准备好要敞开心扉,但是已经快了。

停了片刻,贝罗安说道:"整件事情是这样的。他已经失去了自我控制,他认为自己一定要出这口气才行。谁知道是什么样不可控制的激动情绪驱使他那样做的。"接着贝罗安详细地给罗莎琳讲述了发生在大学街上的冲突,包括一切他认为可能相关的事情——从警察挥手让他通行,到高尔半岛街上的游行示威活动和其间送葬般的鼓声,一直到武力冲突前自己内心的好斗本能,全都一字不漏地告诉了罗莎琳。他在说这些的时候,她用手抚摸着他的脸颊。他们本来可以打开灯的,但这样亲密而又可靠的黑暗让他们感到一种慰藉,与性无关的孩子般纯洁的相拥而谈,直到天明。黛西和西奥也经常这样做,在楼上他们各自的卧室里,和留宿的朋友在黑暗中交谈——窃窃私语直到凌晨三点还不肯罢休,抵挡着阵阵袭来的睡意,变换着话题一直喋喋不休。贝罗安十岁的时候,一位姑妈生病住院,小他一岁的表妹到他家来借宿一个月。贝罗安因为睡的是一张双人床，而家里又没有其他的地方可睡人，妈妈就让小表妹莫娜到贝罗安的床上去和他一起睡。抵达的当天，他们都漠视对方的存在——莫娜是个小胖子，戴着厚厚的眼镜，还少了一根手指，但最主要的还是因为她是个女孩子——但是第一个晚上，床的另一半睡着的温暖的身体发出了绵绵的低语声，讲述了到糖厂参观时发生的惊心动魄的一幕。巧克力像瀑布一样飞下流水线的斜道，机器转得那么快，根本看不清楚，接着就是迅速而毫无感觉地肢解，飞溅的血"就像鸡毛掸子"一样染红了老师的上衣，朋友们昏厥过去，工头趴在地上把手伸到机器下面去寻找"丢失的那一部分断指"。贝罗安听得目瞪口呆，除了急促的呼吸之外，一个字也说不出来，但莫娜是一个容易满足的女孩，所以从那天开始他们每天晚上都会驾驶想象中的时间机器，踏上短暂但不失惊险的旅程，直到东方发白，每晚都是不同的主题。

在听完了贝罗安讲述遭遇的经过之后，罗莎琳说："你没有滥用自己的医学权威，你只是保护自己的生命安全罢了。"

这不是他想从她那里听到的结论——他悉心描述细节是想引导她树立相反的观点。他正打算再试试，她却开始说自己的事了。这种床上夜话就是这样的——不按牌理出牌，不按照逻辑的顺序。

"刚才我在等你回来的时候，在睡着之前，我一直在想他究竟拿着刀子对着我多长时间，在我的记忆中好像根本没多久——我的意思并不是说时间很短，只是那时我完全没有了时间概念,没有意识到时间,可能是一分钟,也可能是一小时,只是……"

她一边回忆,一边又开始发抖,但比先前微弱,而且马上就停止了,他紧紧地握着她的手。

"我开始以为是不是因为我当时心里只想着一件事情——那就是纯粹的恐惧,怕到失去知觉,怕到忘了时间。但并不是这样的,我意识到了其他的事情。"

她停顿了很长一段时间。看不到她的表情,他正犹豫着是否该催促她。

最后他说道:"你意识到其他什么事情?"

她的声音显示她在若有所思,而不是痛苦,"你,我想的是你,我只有在当年自己手术之前才感到过同样强烈的恐惧和无助,我几乎坚信自己会失明,但你来到了我的身边,陪我一起迎接手术,那时的你显得那么笨拙但又是那么真诚,身上穿的白大褂,衣袖还不到你的肘部。我总是说也就是那时候我爱上了你,现在回想是完全正确的。有时候我在想这都是我幻想出来的,其实是后来才爱上的。今天晚上的恐惧远远超越了当年,但仍旧是你在我身边,设法用眼睛和我对话,这么多年过去了,你还在这里保护我,你是一直支撑我的力量。"

他感到她的手指滑过自己的脸庞,然后她吻了他,不再是孩子似的接吻,而是唇舌纠缠的深吻。

"但是黛西救了你,她用一首诗拨动了他的情绪,是一个叫什么阿诺德的人写的,对吗?"

"马修·阿诺德。"

他想起了黛西的身体，那苍白、隆起的腹部正孕育着他的外孙，婴儿已经具备了心脏，有了自己独立的神经系统，小小的脑袋——黑暗的子宫里无数的变化正在发生。

罗莎琳揣摸着贝罗安的沉默，开口说："我又和她谈了一次，她说她爱他，她很兴奋自己要做妈妈了。亲爱的，我们不能不支持她呀。"

"我也是这样想的，"他说，"我们是在支持她。"

他闭上眼睛，专心地听罗莎琳说话。这个孩子的生活正在被设定——和狂喜的父母在巴黎待一年，然后去伦敦，在那里一项重要的挖掘工作正等着他的父亲——城市东郊发现了一幢罗马时期的别墅。他们也许会搬过来，住到广场这边来。贝罗安嘟囔着说他没意见，他很高兴——这房子足够大，有七千平方英尺，这里也该有孩子的声音再次响起来。他感觉自己的身体就像一块大陆，无限地伸展——他就是这里的国王，慷慨而宽容，任何出于仁慈和温柔的计划他都会接受。让孩子在这座宫殿里学会走第一步，开口说第一句话吧。既然黛西想要这个孩子，那就用最好的条件去迎接他吧。如果她注定要做一名诗人，她就应该能够从孕育生命中获得灵感——和纯粹的爱情同样值得歌颂。贝罗安的头有点僵硬，手也几乎没有力气去抚摸罗莎琳。她正在给他勾画未来，商量家事的安排——他听得很仔细，因为她的声音是那么动听。起初的震惊已经云淡风轻，她又恢复了正常。西奥也谈了自己的计划，他的新蓝调乐队即将成为纽约东部某个俱乐部的常驻乐队,这意味着他将在纽约待上十五个月。这是必须的,西奥的音乐需要他这样做,他们作为父母的理应支持他,可以帮助他找个合适的住所,时不时地他们会去看望他。贝罗安这个国王再次表示赞同。

这时一辆救护车呼啸着穿过广场,朝南面的夏洛特大街驶去,这使贝罗安警醒了一些,他用一只胳膊肘撑着半抬起身来,离罗莎琳更近了一些,他现在可以俯视她了。

"我们该睡了。"

"是的,警察说他们十点钟过来。"

但是当他们吻过对方之后,贝罗安说:"摸摸我。"

当一股甜蜜的暖流传遍全身的时候,他听到她说:"告诉我你是我的。"

"我是你的,全都是你的。"

"用舌头舔舔我的乳房。"

"罗莎琳,我想要你。"

这是他等了一天的终结。这一刻他们的需求远比早上那漫不经心的开始更加急不可待——他们的动作迅速而又贪婪,充满了饥渴,更胜过享受——好像他们刚刚流放回来,刚从条件艰苦的监狱里被释放出来,正在狼吞虎咽地饱餐一顿丰盛的筵席。他们的食欲是吵闹的,吃相是粗鲁的。他们不肯依赖未来的运气,只想在短暂的时间内获得自己想要的一切。他们也知道当他们占有了彼此之后,将不会记得此刻的感受。

有一刻,罗莎琳附在他耳边低声说:"亲爱的,我们差一点就

322

被杀掉，现在居然还能好好地活着。"

他们疯狂地爱着，但只是短暂地。终于在骤然的跌落感中，欢愉达到了极致，强烈得让人几乎无法忍受，美妙得无处可逃，那种感觉直接得就像神经末梢被完全暴露出来一样。一切结束之后，他们并没有立即分开，而是静静地躺在黑暗里，感受着彼此的心跳渐渐地放慢。原本的筋疲力尽，现在更增添了性爱发泄后的虚空，让贝罗安感觉自己如沙漠般干涸而平坦。接下来将只剩下他独自一人，但他不介意。终于他们捏了捏手算作互道晚安——他们都觉得粗暴过后不适合亲吻——然后罗莎琳转向她那一侧，不久呼吸就变得平稳起来。

贝罗安却依然清醒——可能是困倦到了极点，疲乏本身反而抑制了睡眠。他仰面躺着，耐心地等待着睡眠的降临，扭头转向墙上折射的光线，突然感觉膀胱里有种不断增加的不适的压力。又等了几分钟，他才决定起床，从地上拾起一件晨衣披在身上，走进洗手间。

脚下的大理石地板冷冰冰的，透过北边窗户拉开的窗帘依稀可见寥寥几颗残星闪烁在已经被朝霞染上一抹橘红的天空中。已经五点十五分了，尤斯顿大街上已经开始响起车辆的喧嚣声。方便之后，他俯下身子从盥洗池的水龙头里喝了不少水。回到卧室，他听到远处传来一阵飞机的轰鸣声，希思罗机场一天的繁忙就此开始。他胡乱地猜想着，又一次被声音吸引到了他先前站立过的窗前，打开百叶窗。他宁愿站在这里远眺几分钟，也不想百无聊赖地躺在床上,强迫自己入睡。他轻轻地抬起窗户,空气比上次要暖和得多,但他仍然禁不住打了个冷战。外面的灯光也柔和了许多,广场和旁边的悬铃树林看起来似乎也不那么孤寂了,仿佛水乳交融在了一起。难道是因为昨日清晨的低温而让周遭的一切都格外棱角分明?

长椅失去了昨日那种期盼的模样,垃圾桶已被倾倒一空,人行道上也被清扫得干干净净,精力充沛的清洁工们一定忙碌了整个晚上。贝罗安试图从这一片秩序井然中找到安慰,在记忆中搜索着广场最生机盎然的时刻——周间的午餐时间,温暖祥和的天气,从周围办公楼里涌出的各行各业的职员带着他们的三明治和沙拉穿过公园敞开着的大门。他们懒洋洋地三五成群围坐在草地上,男的、女的,各种肤色的人种。大都二三十岁,自信、欢乐、无忧无虑,拥有着市中心的私人健身房里锻炼出来的健美身材。他们和坐在长凳上的落魄一族相比,一个天上,一个地下。这其中的差异不能简单地归结于阶层的优越感或机遇的不平等,工作只不过是一种外在的体现。酒鬼和瘾君子也来自不同的社会层次,就像这些白领一样出身也不尽相同,生活最潦倒的人中不乏贵族学校的毕业生。贝罗安身为医学工作者,禁不住认为也许是隐性的基因,在分子的层次上决定了人性的千变万化。一个人如果无力养家糊口,无法抵挡酒的不断诱惑,或者昨天刚下定决心要重新做人,今天就忘到九霄云外去了,那么这样的人生注定是灰暗没有希望的。社会公义永远不可能杜绝或者减少这些游荡于都市闹市中的潦倒大军,那么该拿他们怎么办呢？贝罗安把晨衣裹得更紧。你只能承认他们是时运不济，你要怜悯他们。有些人你可以帮助他们摆脱病因，但很多候你唯一能做的就是尽可能地让他们少遭受一些痛苦。

总得尽力而为！当然，他不是什么社会学家，他指的就是巴克斯特——那个让他无法释怀的痛处。也许是因为想到了巴克斯特的缘故，才让他感到虚弱，也可能是肉体的疲倦造成的——他不得不用手撑在窗台上来稳住身体。他感觉自己就像身处在一个巨大的转轮上，就像泰晤士河南岸的伦敦眼一样的大圆圈，即将到达顶点——感知的轮回。在坠落之前，眼前是一马平川。或者他想到的是地球自东向西的自转，每小时一千英里的速度将他推向天边的拂晓。如果他只是按照睡没睡觉而不按钟表来划分每一天，那他现在还在过着星期六，尽管已经度过了几个世纪一般长的时间，但好像还没有结束。处在一个新的顶点上，在坠落到最低点之前，他可以看得很远。星期天不会勾起和前一天同样的期待和兴奋。他下面的广场，空旷而静寂，没有丝毫有关未来的迹象。但从他现在站的地方看过去，他知道有些事情注定会发生。在不久的将来，他的母亲会走到她生命的尽头，母亲病危的消息会从老人院里传来，然后他和家人会守在母亲的病床前，坐在她狭小的摆满私人饰物的房间里，喝着浓浓的红茶，最后看母亲一眼，目睹这个曾经的游泳健将永远地沉睡下去。想到这些，贝罗安并没有觉得异样，因为他知道悲伤已经不会再次侵袭，因为它早就来过了。

当年母亲的病情日益严重，迫使他不得不把她从家里搬出去,离开那幢她生活了一辈子的老屋,搬到养老院去住。因为疾病已经打乱了这个家庭主妇终生信守的有条不紊的生活,她会把黄油盘子收进烤箱里,烤上一夜;她把家门钥匙藏到地板的缝隙里,然后把自己关在外面;她分不清洗发精和漂白剂。除此之外,她会突然之间大脑一片空白,不知道自己怎么会站在街头,或者某间商店里,或者坐在别人家里,也不知道自己从哪里来的,和她一起的是什么人,更不知道自己住哪里,也弄不明白自己要去干什么。一年之后,她甚至完全忘记了自己的从前和她的老屋。但如果将母亲的房子卖掉,总觉得是对她的背叛,所以贝罗安没有那么做。他和罗莎琳时不时地回去照看一下他那个童年的家,贝罗安每年夏天都回去把草坪修剪一次。每样东西还都摆在原来的地方,默默地等待着——黄色的塑胶手套还挂在木质的挂钩上,抽屉里还整齐地叠放着茶巾和桌布,陶瓷小毛驴驮着满满一背篓的牙签。一种久无人烟的味道开始萦绕屋内,她的东西慢慢地破旧起来,却不是因为灰尘。甚至从外面的路上看去,这个家也显露出破败的景象。终于在某年十一月的一个下午,一群孩子用石头砸碎了起居室的窗户,他知道自己必须有所行动了。

一个周末贝罗安带着罗莎琳和孩子们过来清理这个家,他们每人选了一件纪念品——好像如果不这么做就是对长辈的侮辱。黛西拿了一个埃及的铜盘,西奥留下一块旅行表,罗莎琳选了一只简单的陶瓷果盘,贝罗安则留下了满满一鞋盒的照片。剩下的那些都送给了侄子、侄女们。母亲的床、床头柜、两个衣橱、地毯和抽屉,交给搬家公司搬走。他和家人收拾了她的衣服、厨房用具和一些不要的装饰品,都捐给了慈善商店——贝罗安从来没想过那些地方竟然是在经营死人的遗物。他们把剩下的东西都装进垃圾袋里,丢出去让清洁工收走。他们始终在一片寂静中收拾着,好像劫匪似的——这时候听收音机似乎不太合适。他们用了一整天的时间,才终于清理掉了母亲曾经住在这里的痕迹。

他们仿佛在没有获得剧组的允许的情况下,就擅自拆除了一个舞台的布景,这里曾经上演过一出只有一个女主角的家庭剧目。他们从她称作缝纫间的房间开始收拾——以前曾是贝罗安的卧室。虽然她永远不会再回来住了,也已经不再记得如何做针线活,但是收起她的针线和上千种绣花的样本,以及一件未完成的小孩围巾,并把这些都送给陌生人,等同于把她从活人的世界里驱逐出去了。他们收拾得异常迅速,甚至有点忙乱。她还没有死,贝罗安不停地这样告诉自己。但当逝者已逝,有关这个人的一切就将随风而去,很快很轻易地就会被生者遗忘,世人皆是如此,母亲也不能例外。东西一旦失去了主人或是与记忆隔离就瞬间变得一文不值——没有了母亲,她的老茶水保温套也变得令人嫌弃,上面的老房子图案早已褪色,廉价的布料上布满了棕色的污渍,里面填充的棉絮单薄得可怜。当所有的架子和抽屉都被清空,东西都被装进箱子和袋子之后,贝罗安才骤然醒悟,其实人从来不曾真正拥有任何东西,它们都是租来的,或借来的。我们所谓的财产总比我们自己要长寿得多,生不带来,死不带去。他们一家人忙碌了整整一天,成果就是留给清洁工的二十三个垃圾袋。

贝罗安感觉裹在晨衣里的自己单薄而虚弱,面对着外面依然黑暗的晨曦,感到昨天还在延续。是的,母亲的事情早晚要发生,他应该早做安排。记得她曾经带他去过他家附近的墓地,那里有一堵墙,里面镶着一排排带锁的小金属盒子,她希望有一天自己的骨灰也能安置在那里。这一切注定都要发生,到时候他们会站在那里,低着头聆听为死者而作的悼词。或者他们该把母亲火化? 人世血肉之躯,寿命何其短暂……贝罗安多年来常听到这些话,但还是只记住只言片语。他的生命如影子般转眼即逝,如草木一样瞬间枯萎。是的,接着就会轮到约翰,嗜酒的人很容易染上恶疾,再不就是心脏病突发或者中风。他们都会在不同程度上承受失去这位亲人的哀痛,虽然贝罗安可能要比其他人少一点难过。今天晚上这位老诗人的表现是勇敢的,他假装自己的鼻子不碍事,正确地指挥了黛西的行动。当约翰真的不在了,城堡的危机就会发生,如果特丽萨已经和约翰结婚了的话,那她就将拥有继承权,熟知法律的罗莎琳将不得不通过法律艰难地争取她的继承权,抢回她母亲留下的城堡,那个黛西、西奥和罗莎琳自己度过童年假期的地方。那他贝罗安又能做什么? 只有矢志不渝地支持罗莎琳的一切决定。

除了死亡,他还想到了什么? 西奥即将第一次远离家门——他只会偶尔打个电话回来,而不用指望会有什么明信片或书信,也不会有电子邮件。也许他们会去纽约欣赏他的乐队的演奏——美国人民会喜欢他们的蓝调吗,也许不会——他也可以顺便去拜访在伯尔尼医院的老朋友们。黛西会出版她的诗集,生下一个小宝宝,把居里奥带回家来——贝罗安眼前闪现出的形象还是黛西诗里面的那个黑皮肤、光着上身的情人形象,尽管他知道自己没有太读懂那首诗。婴儿和无数的母婴用品将会使这个家再度充满生命的活力,有人会在夜里起床去照顾婴儿,不是他,也不是罗莎琳,更不会是居里奥,除非他不是个传统的意大利人。所有的这些都是让人喜悦的未来,但是接下来要发生的就是,他迈入五十岁,不得不放弃壁球运动,停止参加马拉松赛跑,黛西和居里奥也搬进了自己的小窝,西奥也会有自己的居所,家里会一下子空荡起来,贝罗安和罗莎琳只能相拥着衰老下去,因为他们生儿育女的任务已经完成了。他曾经怀有的对另一种生活的向往和渴望也会慢慢地消失。迟早有一天,他将真的不用再做这么多的手术了,而是更多地参与一些管理性的工作——那就是所谓的另一种生活 ——罗莎琳也会离开报社,开始写她的书,很快他们就发现自己已经再也没有体力到广场上去散步,也没有力量保护自己的安全,再也无法忍受交通噪音和飞扬的尘埃。也许他们会因为一场恐怖袭击而和其他的胆小鬼一起躲到郊区或者乡下去,甚至搬到城堡去——等到那个时候,他们的星期六将变成真正意义上的休息日。

　　他身后的罗莎琳好像也被他内心的思绪惊搅了,辗转反侧,呻吟着,变换着睡姿,贝罗安转过头来再次望向窗外。偌大的伦敦其实和他所居住的这个角落一样的脆弱,就像其他上百座城市一样随时都有被投放炸弹的可能。交通高峰期应该是最危险的时间。场面可能类似于帕丁顿车站的那场事故——扭曲的铁轨,彼此相连的翻倒的车厢,担架从打破的窗户里传递出来,医院实施应急预案。柏林、巴黎、里斯本这样的城市遭受恐怖袭击是迟早的事,这一点政府早就坦言过。时代不一样了——报纸上写的不一定都是假的。但当新的一天即将揭晓之际,很难相信那样的未来真的会发生,情愿相信未来有多种可能。一百年前,或许曾有过一位中年医生穿着丝绸的睡衣,在一个冬日的黎明站在窗前,展望着未来。假设时间是一九〇三年的二月。你可能会嫉妒这个爱德华时代的绅士,羡慕他无从预知今日的境遇。如果那个医生有儿子的话,他将会在十几年后的一战中失去他们。如果你告诉他未来将要遭遇的惨痛,或者警告他的话,那个好好医生——那个和平而殷实的时代的产物——一定不会相信你所说的话。警惕那些可怕的追求理想社会秩序的乌托邦主义者,他们固执地以为自己掌握着实现完美社会的钥匙。他们就是当今世界上的不同形式的极权主义者,尽管目前还是一盘散沙、未成气候,但是暗中正在积蓄力量,饱含愤怒和嗜血的饥饿,迫不及待要发起又一轮的血腥屠杀。人类是否将面临一场百年之灾?或许这只是他一个人的过度悲观,是闲暇中放任自流的疯狂想象,是夜晚勾起的片刻的忧郁,随着时间的流逝和理智的回归终能得到化解。

眼前的情景,即将发生的事情,这些都不难理解——就像母亲的去世,就像特勒伯教授很快就要请贝罗安在霍斯顿区的伊拉克饭店吃饭一样确定无疑。战争下个月就要打响——确切的日期肯定早已经确定下来了,就像大型的户外体育赛事一样预定了日程。再晚一点的话,天气状况可能不适合杀戮或者解放,巴格达正等着炮弹的降临。但是他先前要推翻暴君的坚定到哪里去了?在经历了这样的一个星期六之后,在这个特殊的夜晚,他突然怯懦了,他下意识地不断用睡衣把自己裹得更紧。又有一架飞机穿过他的视野,沿着泰晤士河在预定的航道上缓缓地驶向希思罗机场。现在很难回忆起,或者说再燃起他和黛西争论时的激情——曾经确信的理由此时看来不过是争论的过程;他坚持特勒伯教授描述的世界是无法忍受的,纵使美国居心叵测,但至少它有建立和平和制止屠杀的可能。他记得黛西当时回答他说,"可能"两个字不够好,贝罗安被一个伊拉克教授的故事蒙蔽了双眼。一个怀孕中的女人自有一种权威。也许当明天来临的时候他又会恢复对武力解决危机的坚定信念,但至少现在他唯一的感觉就是恐惧。昨晚的事情让他意识到自己是多么的脆弱和无知,他害怕局面脱离自己的控制,又衍生出更多的麻烦,导致更复杂的后果,以至于最终沦落到一种你做梦都没想到的,也永远不会希望看到的境地——例如一把刀子架在你的脖子上。正当住在三楼的安德莉亚·查普曼幻想着被不可能爱她的年轻医生带走,并梦想着自己也成为一名医生的时候,一层楼下的巴克斯特正躺在黑暗当中,被两名警察严密监视着。但有一件事情贝罗安无比确定,是一项决定,早在晚饭的时候,在施特劳斯打电话来叫他之前，就已经萌生了，直到他在重症监护室里测试巴克斯特的脉搏的时候才真正下定决心。他一定要先说服罗莎琳，接着是其他家人，还有警察，一起放弃对巴克斯特的起诉，一定不能让他们把他抓走。要抓的话让他们去找另外一个同谋吧。巴克斯特尚能正常生活的时日已经不多了，要不了多久他就会完全丧失理智。贝罗安可以在同事当中找到一两个这方面的专家，去说服皇家检控署不要起诉，因为很有可能等到那一天到来的时候巴克斯特已经无法再出庭了。会不会真是这样尚不可知，但必须有医院，而且是合适的医院立刻接纳他，以免他的病症殃及更多的人。贝罗安可以想办法为他安排这一切，并确保他生活得舒服一些。这算是对巴克斯特的宽恕吗？也许不是，他不知道，至少不应该由他来发出。或者他才是寻求宽恕的人？毕竟他对此负有责任。二十多个小时之前，是他开车穿过官方禁止通行的街区，引发了之后一系列的事件。也有可能是他变得软弱了——人到了一定年纪，剩下的岁月开始显得有限起来，你第一次领略到了那种死亡临近的恐慌，如今再看到垂死之人都会让你有种感同身受的悲伤。但是贝罗安更愿意相信这是出于现实主义的考虑：对一个黄泉路上的人落井下石是无耻的行为。虽然在手术室救了巴克斯特一命，但终究是贝罗安害得他被送进医院，巴克斯特已经受够了惩罚了。医院是贝罗安真正能够施展权威、左右局势的领域，他深知医疗体制的运作规则——好的护理和差的护理之间有着天壤之别。

黛西吟诵那首诗如同给巴克斯特施了魔咒一般，也许所有的诗歌对他都有这种在一瞬间扭转情绪的功效。不论如何,巴克斯特拜倒在了诗歌的魅力之下,诗歌触动了他的心灵,让他意识到自己对生命的渴望是如此的热切。没有人能宽恕他的持刀行凶的行为,但巴克斯特体会出了贝罗安从来不曾体会过的,而且有可能永远也无法体会的诗歌的境界,无论黛西如何努力地教化她的父亲。一个十九世纪的诗人——贝罗安至今还未搞清楚他究竟是大名鼎鼎还是默默无闻——竟然勾起了巴克斯特自己都无法描绘的渴望,他渴望能够活下去,像正常人一样生活。生命之珍贵在于它的短暂,感官的大门正在缓缓关闭,不能把他关在监狱里遭受渴望的折磨,而等待他的只有即将到来的荒谬的审判。一个小小的遗传变异,一个生命密码的意外重复,决定了他命运多舛,但他绝不能就此放弃——这一点贝罗安同样坚信。

贝罗安轻轻地关上窗户。窗外依旧黑暗,此时正是一天之中最冷的时刻,要到七点钟天才会亮起来。三个护士正从广场上穿过,她们欢快地交谈着,正朝着贝罗安所在的医院走去,大概是去上早班。他合上百叶窗,回到床上,任由睡袍滑落到脚下。罗莎琳背对着他,双膝蜷曲着。他闭上眼睛,这个时候心无杂念不再是一件困难的事情了,再也没有什么可以阻止他的睡眠。睡眠不再是虚幻的概念,它即将成为事实。睡眠是最古老的旅行方式之一,像一条柔软的轨道,将他带进星期天。他紧紧地贴着罗莎琳,感受着她的丝滑的睡衣、她的体香、她迷人的曲线,贝罗安情不自禁地将她拥得更紧。贝罗安在黑暗中亲吻着她的颈项。他最后想着的是：就算一无所有，至少还有她，也只有她。终于，他在朦朦胧胧中睡着了——这个星期六终于画上了句号。

致　谢

　　我非常感激英国爱丁堡皇家外科医学院院士、神经外科顾问医师兼伦敦皇后广场国立神经学和神经外科医院副院长尼尔·凯陈医生。在过去的两年里，我有幸得以现场观摩这位医术精湛的外科医师在手术室里救死扶伤。感谢他在百忙之中抽出时间来，热情而又耐心地为我解说神经外科的奥秘、大脑的结构和无数的病理学知识。在此，我亦要表达对在同一医院工作的英国皇家麻醉学院院士、神经麻醉顾问医师萨利·威尔森的感激之情。一并要感谢的还有伦敦大学医学院附属医院急救中心的顾问医师安妮·麦吉尼斯女士，及总探长阿曼·麦卡菲先生。感谢弗兰克·弗杜谢克医生及其大作《神经外科的故事：当空气袭击你的大脑时》①让我对神经蝶窦垂体切除手术有了深入的了解。感谢雷伊·杜兰先生帮忙审阅了《星期六》的手稿，他是我所认识的最富有文学素养的科学家之一，为我提供了神经学方面的宝贵意见。提姆·嘉顿·亚叙和克瑞格·瑞恩也对本书的草稿提出了有益的建议。尤其感谢克瑞格·瑞恩先生慷慨地允许我借用他的诗句来充当黛西·贝罗安的创作，本书中提到的"奇异的玫瑰"和"兴奋的喷壶"都出自他的作品，"性感的对句"和"鲨鱼般的凶猛根茎怎会孕育出温柔的玫瑰"也是出自《读她过去有关一场婚礼的信件》一诗[2]。最后,还要感谢我的妻子安娜莲娜·麦卡菲,作为《星期六》各个阶段手稿的读者,她睿智的评价和温柔的鼓励让我的心中充满感恩。

伊　恩

伦敦 2004

---

①　诺顿出版公司,纽约,1996 年版。
②　选自《诗歌选集 1978—1999》(斗牛士出版公司,伦敦,2000 年版)。

译后记

翻译《星期六》的感觉和起初阅读它的感觉一样,我经历了一个从困惑到理解到共鸣最后到喜爱的过程。

如果说书中的男主人公贝罗安是现实生活中的神经外科专家的话,那么作者麦克尤恩就是文学世界里的神经外科医生。唯一的不同是前者开动的是患者的大脑,而后者处置的是笔下的文字。麦克尤恩在《星球六》中的文风就如同外科医生一样——客观、精准而又干净利落。让人在流连于故事情节的同时,时刻意识到自己是在通过一个科学专家的眼睛解读当今世界的人和事。

翻译泰斗傅雷先生在谈到翻译时曾表示,译者应当选择适合自己的文学作品去翻译,意思是平日里若毫无幽默感的人最好不要尝试喜剧,因为想要忠实地再现原文的魅力,译者自己必须先爱上原作——这一点曾令我陷入迷失,因为起初觉得麦克尤恩的笔触太细腻了,发生在一个平凡星期六二十四小时内的一切,在他的笔下几乎如同显微镜中的皮下毛细血管一样清晰细致,纵有千丝万缕,却有条不紊。故事几乎是一分一秒地展开着,主人公所看到的、感觉到的和思绪里流淌的影像是如此的细致入微，促使我不得不见其所见、感其所感、思其所思，才有可能理解当时当刻作者的意图。从冷眼旁观贝罗安这个出于职业习惯对生老病死不会感情用事的男人，到爱上这个在一个周末的早上对身处的世界、亲情和自身做出了如此复杂而又充满激情的审视的人物，这种冰与火并存的感觉，让我到最后放下译笔时不由得对作者这位现代语言大师的杰出才华产生了深深的敬意。

能有机会把如此独特的作品带给中文的读者，我的确有诚惶诚恐的感觉。读者在本书的一开始就会遇到诸多和神经外科有关的内容，本人毫无医学从业的经验，只能通过短时间内对大脑结构以及手术流程等医学术语的学习来尽力准确地表述，但深信仍有诸多让内行人见笑的错误，这点还恳请专业人士适当包容并批评指正。最后，希望在您合卷之时，心中会抱有和我读原作时同样的感动。

夏欣茁
2010 年仲夏于沈阳

图书在版编目(CIP)数据

星期六/(英)伊恩·麦克尤恩(Ian McEwan)著；
夏欣茁译.—上海：上海译文出版社,2018.6
(麦克尤恩作品)
书名原文：Saturday
ISBN 978 - 7 - 5327 - 7769 - 3

Ⅰ.①星… Ⅱ.①伊…②夏… Ⅲ.①长篇小说—英
国—现代 Ⅳ.①I561.45

中国版本图书馆 CIP 数据核字(2018)第 042401 号

图字号：09 - 2009 - 406 号

星期六
〔英〕伊恩·麦克尤恩 著 夏欣茁 译
责任编辑／宋 玲 装帧设计／储平工作室

上海译文出版社有限公司出版、发行
网址：www.yiwen.com.cn
200001 上海福建中路 193 号 www.ewen.co
江阴金马印刷有限公司印刷

开本 850×1168 1/32 印张 10.75 插页 5 字数 192,000
2018 年 6 月第 1 版 2018 年 6 月第 1 次印刷
印数：0,001—7,000 册

ISBN 978 - 7 - 5327 - 7769 - 3/I · 4757
定价：65.00 元